劍來

第一部 一 少年起微末

烽火戲諸侯 著

高寶書版集團

目錄

第一章 驚蟄

二月二，龍抬頭。

暮色裡，小鎮名叫泥瓶巷的僻靜地方，有個孤苦伶仃的清瘦少年。此時，他正按照習俗，一手持蠟燭，一手持桃枝，照耀房梁、牆壁、木床等處，用桃枝敲敲打打，試圖借此驅趕蛇蠍、蜈蚣等。他嘴裡念念有詞，是這座小鎮祖祖輩輩傳下來的老話——二月二，燭照梁，桃打牆，人間蛇蟲無處藏。

少年姓陳，名平安，爹娘早逝。

小鎮的瓷器極負盛名，本朝開國以來，就承擔起「奉詔監燒獻陵祭器」的重任，有朝廷官員常年駐紮此地，監理官窯事務，而無依無靠的陳平安，很早就成了燒瓷的窯匠。起先只能做些雜事粗活，跟著一個脾氣糟糕的半路師傅，辛苦熬了幾年，剛剛琢磨到一點燒瓷的門道，結果世事無常，小鎮突然失去了官窯造辦這張護身符，小鎮周邊數十座形若臥龍的窯爐，一夜之間全都被官府勒令關閉熄火。

陳平安放下新折的那根桃枝，吹滅蠟燭，走到屋外，坐在臺階上，仰頭望去，星空璀璨。他至今仍然清晰記得，那個只肯認自己做半個徒弟的老師傅姓姚。去年暮秋時分的一個清晨，姚老頭被人發現坐在一張小竹椅上，正對著窯頭方向，閉了眼。不過如姚老頭這般鑽牛角尖的人，終究是少數。

世世代代都只會燒瓷一事的小鎮匠人，既不敢僭越燒製貢品官窯，也不敢將庫藏瓷器私自販賣給百姓，只得紛紛另謀出路。十四歲的陳平安也被掃地出門，回到泥瓶巷後，繼續守著這棟早已破敗不堪的老宅，面對著差不多家徒四壁的慘澹場景，便是他想要當敗家子，也無從下手。

當了一段時間飄來蕩去的孤魂野鬼，陳平安實在找不到掙錢的營生，靠著那點微薄積蓄也只能勉強填飽肚子。前幾天聽說幾條街外的騎龍巷來了個姓阮的外鄉鐵匠，對外宣稱要收七、八個打鐵的學徒，不給工錢，但管飯，陳平安就趕緊跑去碰運氣，不承想那中年漢子只是斜瞥了他一眼，就把他拒之門外。

當時陳平安就納悶，難道打鐵這門活計，不是看臂力大小，而是看面相好壞？要知道陳平安雖然看著孱弱，但力氣不容小覷，這是他這些年拉胚燒瓷鍛鍊出來的身體底子。除此之外，陳平安還跟著姓姚的老人跑遍了小鎮方圓百里的山山水水，嘗遍了四周各種土壤的滋味，任勞任怨，什麼髒活累活都願意做，毫不拖泥帶水。

可惜姚老頭始終不喜歡陳平安，嫌棄他沒有悟性，是榆木疙瘩不開竅，遠遠不如大徒弟劉羨陽。這也怪不得老人偏心，師父領進門，修行在個人，同樣是枯燥乏味的拉胚，劉羨陽短短半年功力，就抵得上陳平安辛苦三年的水準。

雖然這輩子都未必用得著這門手藝，但陳平安仍是像以往一般，閉上眼睛，想像自己身前擱置有青石板和軲轆車，開始練習拉胚，熟能生巧嘛。

大概每過一刻鐘，他就會歇息少許時分，抖抖手腕，如此循環反復，直到整個人徹底精疲力盡才起身，一邊在院中散步，一邊緩緩舒展筋骨。從來沒有人教過陳平安這些，是他自己瞎琢磨出來的門道。

天地間，原本萬籟俱寂，陳平安卻聽到一陣刺耳的譏諷笑聲。他停下腳步，果不其然，看到那個同齡人蹲在牆頭上，咧著嘴，毫不掩飾他的鄙夷。

此人是陳平安的老鄰居，據說更是前任督造大人的私生子。那個大人唯恐清流非議、言官彈劾，最後孤身返回京城述職，把孩子交由頗有私交情誼的接任官員，幫著看管照拂。如今小鎮莫名其妙地失去官窯燒製資格，負責替朝廷監理窯務的督造大人自己都泥菩薩過江、自身難保了，哪裡還顧得上官場同僚的私生子，所以丟下一些銀錢，就火急火燎趕往京城打點關係去了。

不知不覺已經淪為棄子的鄰居少年，日子倒是依舊過得優哉游哉，成天帶著他的婢女在小鎮內外逛蕩，一年到頭遊手好閒，卻從來不曾為銀子發過愁。

泥瓶巷家家戶戶的黃土院牆都很低矮，其實鄰居少年完全不用踮起腳，就可以看到這邊院子的景象，可每次跟陳平安說話，他偏偏喜歡蹲在牆頭上。

相比陳平安這個名字的粗淺俗氣，鄰居少年的就要雅致許多，叫宋集薪，就連與他相依為命的婢女，也有個文謅謅的稱呼——稚圭。

稚圭此時就站在院牆那邊，她有一雙杏眼，怯怯弱弱。

院門那邊，有個嗓音響起：「你這婢女賣不賣？」

宋集薪愣了愣，循著聲音轉頭望去，是個眉眼含笑的錦衣少年，站在院外，一張全然陌生的面孔。錦衣少年身邊站著一個身材高大的老者，面容白皙，臉色和藹，輕輕瞇眼打量著兩座毗鄰院落中的少年、少女。老者的視線在陳平安身上一掃而過，並無停滯，但是在宋集薪和婢女稚圭身上，多有停留，笑意漸漸濃郁。

宋集薪斜眼道：「賣！怎麼不賣！」

那錦衣少年微笑道：「那你說個價。」

稚圭瞪大眼眸，滿臉匪夷所思，像一頭驚慌失措的年幼麋鹿。

宋集薪翻了個白眼，伸出一根手指，晃了晃：「白銀一萬兩！」

錦衣少年臉色如常，點頭道：「好。」

宋集薪見那錦衣少年不像是開玩笑的樣子，連忙改口道：「是黃金萬兩！」

錦衣少年嘴角翹起，道：「逗你玩的。」

宋集薪臉色陰沉。

錦衣少年不再理睬宋集薪，偏移視線，望向陳平安：「今天多虧了你，我才能買到那條鯉魚，買回去後，我越看越歡喜，想著一定要當面跟你道一聲謝，於是就讓吳爺爺帶我連夜來找你。」

錦衣少年拿出一只沉甸甸的繡袋，拋給陳平安，笑容燦爛，道：「這是酬謝，你我就算兩清了。」

陳平安剛想要說話，錦衣少年已經轉身離去。

陳平安皺了皺眉頭。白天自己無意間看到有個中年人，提著只魚簍走在大街上，捕獲的一尾巴掌長短的金黃鯉魚正在竹簍裡蹦跳得厲害。陳平安只瞥了一眼，就覺得很喜慶，於是開口詢問，能不能用十文錢買下牠。

中年人本來只是想著犒勞犒勞自己的五臟廟，眼見有利可圖，就坐地起價，獅子大開口，非要三十文錢才肯賣。囊中羞澀的陳平安哪裡有這麼多閒錢，又實在捨不得那條金燦燦的鯉魚，就眼饞地跟著中年人，軟磨硬泡，想著把價格砍到十五文，哪怕是二十文也行。就在中年人有鬆口跡象的時候，錦衣少年和高大老者正好路過，他們二話不說，用五十文錢買走了鯉魚和魚簍，陳平安只能眼睜睜看著他們揚長而去，無可奈何。

死死盯住那對爺孫越行越遠的背影，宋集薪收回惡狠狠的眼神，跳下牆頭，似乎記起什麼，對陳平安說道：「你還記得正月裡的那條四腳嗎？」

陳平安點了點頭。怎麼會不記得，簡直就是記憶猶新。

按照這座小鎮傳承數百年的風俗，如果有蛇類往自家屋子鑽，是好兆頭，主人絕對不要將其驅逐打殺。宋集薪在正月初一的時候，坐在門檻上曬太陽，然後就有條俗稱四腳蛇的小玩意兒，在他的眼皮子底下往屋裡躥。

宋集薪一把抓住就往院子裡摔出去，不承想那條已經被摔得七葷八素的四腳蛇，越挫越勇，把從來不信鬼神之說的宋集薪給氣得不行，一怒之下就把牠甩到了陳平安院子裡。哪裡想得到，宋集薪第二天就在自己床底下看到了那條盤踞蜷縮起來的四腳蛇。

宋集薪察覺到稚圭扯了扯自己袖子，他與她心有靈犀，下意識就將已經到了嘴邊的話語重新咽回了肚子。

他想說的是，那條奇醜無比的四腳蛇，最近額頭上有隆起，如頭頂生角。

宋集薪換了一句話說出口：「我和稚圭可能下個月就要離開這裡了。」

陳平安嘆了口氣：「路上小心。」

宋集薪半真半假地道：「有些物件我肯定搬不走，你可別趁我家沒人，就肆無忌憚地偷東西。」

陳平安搖了搖頭。

宋集薪驀然哈哈大笑，用手指點了點陳平安，嬉皮笑臉道：「膽小如鼠，難怪寒門無貴子，莫說是這輩子貧賤任人欺，說不定下輩子也逃不掉。」

陳平安默不作聲。

各自返回屋子，陳平安關上門，躺在堅硬的木板床上，他閉上眼睛，呢喃道：「碎碎平，歲歲安；碎碎平安，歲歲平安……」

天微微亮，尚未雞鳴，陳平安就已經起床。單薄的被褥實在留不住熱氣，而且陳平安在燒瓷學徒的時候，已養成了早起晚睡的習慣。他打開屋門，來到泥土鬆軟的小院子，深呼吸一口氣，伸了個懶腰，走出院子，轉頭看到一個纖弱身影，彎著腰，雙手拎著一木桶水，正用肩膀頂開自家院門，正是宋集薪的婢女稚圭。她應該是剛從杏花巷那邊的鐵鎖井打水回來。

陳平安收回視線，穿街過巷，向小鎮東面一路小跑而去。泥瓶巷在小鎮西邊，最東邊的城門那兒有個人負責小鎮商旅進出和夜禁巡防，平時也收取、轉交一些從外邊寄回來的家書，陳平安接下來要做的事情，就是把那些信送給小鎮百姓，酬勞是一封信一枚銅錢，這還是他好不容易求來的掙錢門路。陳平安已經跟那邊約好，在二月二龍抬頭之後，就開始接手這攤子買賣。

用宋集薪的話說就是天生窮苦命，哪怕有福氣進了家門，他陳平安也兜不住、留不下。宋集薪經常說一些晦澀難懂的話語，約莫是從書籍上搬來的內容，陳平安總是聽不太懂，例如前兩天宋集薪念叨什麼料峭春寒凍殺少年，陳平安就完全不明白。至於每年熬過了冬天，入春之後有段時日反而更冷，他倒是有切身體會。宋集薪說那就叫倒春寒，跟沙場上的回馬槍一樣厲害，所以很多人會死在這些個鬼門關上。

小鎮並無城牆環繞，畢竟別說流寇匪徒，就是小偷毛賊都少有，所以名義上是城門，其實就是一排東倒西歪的老舊柵欄，馬馬虎虎有那麼個讓行人、車輛通過的地方，就算是這座小鎮的臉面了。

陳平安小跑路過杏花巷的時候，看到不少婦人孩子聚在鐵鎖井旁，水井轆轤一直在吱呀作響。再繞過一條街，陳平安就聽到不遠處傳來一陣熟悉的讀書聲。

那裡有座鄉塾，是小鎮幾個大戶人家合夥湊錢開的。教書先生是外鄉人，陳平安小的時候，經常跑去躲在窗外，偷偷蹲著，豎起耳朵。先生雖然教書的時候極為嚴苛，但是對陳平安這些「蹭讀書、蹭蒙學」的孩子並不呵斥攔阻，後來陳平安去了小鎮外的一座龍窯做學徒，就再沒有去過學塾。

再往前，陳平安路過一座石牌坊。由於牌坊樓修建有十二根石柱，當地人喜歡把它稱為螃蟹牌坊。這座牌坊的真實名字，宋集薪和劉羨陽的說法很不一樣。宋集薪信誓旦旦地說一本叫地方縣誌的老書上，稱這裡為大學士坊，是皇帝老爺的御賜牌坊，為了紀念歷史上一位大官的文治武功。與陳平安一般土包子的劉羨陽說這就是螃蟹牌坊，咱們都喊了幾百年了，沒理由叫什麼狗屁不通的大學士坊。

劉羨陽還問了宋集薪一個問題：「大學士的官帽子到底有多大，是不是比鐵鎖井的井口還大？」問得宋集薪滿臉通紅。

此時陳平安繞著十二腳牌坊跑了一圈，牌坊每一面都有四個大字，字體古怪，顯得各不相同，分別是「當仁不讓」、「希言自然」、「莫向外求」和「氣沖斗牛」。聽宋集薪說，除了某四個字，其餘三處匾額石刻，都曾被塗抹、篡改過。陳平安對這些懵懵懂懂，從未深思，當然就算他想要刨根問底，也是徒勞，他連宋集薪經常掛在嘴邊的地方縣誌到底是什麼書都不知道。

過了牌坊沒多遠，很快就看到一棵枝繁葉茂的老槐樹。樹底下，有一段不知被誰挪來此地的樹幹，略作劈砍後，首尾兩端下邊墊上兩塊青石板，這截大樹便被當作了簡易的長凳。每年夏天的時候，小鎮百姓都喜歡在這邊乘涼，家境富裕的人家，長輩還會從水井裡撈出一籃子的冰鎮瓜果，孩子們吃飽喝足，就拉幫結派，在樹蔭下嬉戲打鬧。

陳平安習慣了上山下水，跑到柵欄門口附近，在那座孤零零的黃泥房門口停下，心不跳、氣不喘。

小鎮外人來往得不多，照理說，如今官窯燒製這棵搖錢樹都倒了，就更加不會有新面孔。姚老頭在世的時候，曾經有次喝高了，就跟陳平安和劉羨陽這些徒弟們說，咱們做的是天底下獨一份的官窯生意，是給皇帝陛下製作御用瓷器，其他老百姓哪怕再有錢，哪怕當的官再大，膽敢沾碰，那可都是要被砍頭的。那天的姚老頭，精氣神格外不一樣。

今天陳平安望向柵欄外，卻發現好些人在等著開城門，不下七、八人之多，男女老少都有，而且都是陌生人。小鎮當地百姓的進進出出，無論是去燒瓷還是做莊稼活，都很少走東門，理由很簡單，小鎮東門的道路延伸出去，沒有什麼龍窯和田地。

此時陳平安和那些外鄉人，隔著一道木柵欄，兩兩相望。

那一刻，穿著自編草鞋的陳平安，只是有些羨慕那些人身上穿著的厚實衣衫。肯定很暖和，能抗凍。

門外那些人，明顯分作好幾撥，並不是一夥人，但都望向門內的清瘦少年，大多臉色漠然，偶有一、兩人，視線早已越過陳平安的身影，望向小鎮更遠處。

陳平安有些奇怪，難道這些人還不知道朝廷已經封禁了所有龍窯？還是說他們正因為知道真相，所以覺得有機可乘？

有個頭戴古怪高冠的年輕人，身材修長，腰間懸有一塊綠色玉佩。他似乎等得不耐煩，獨自走出人群，想要去推開本就無鎖的柵欄大門。只是在手指就要觸碰到木門的時候，他猛然停下，緩緩收回手，雙手負後，笑咪咪望向門內的陳平安，也不說話，就是笑。

陳平安的眼角餘光，無意間發現年輕人身後的那些人，好像有人失望，有人玩味，有人皺眉，有人譏諷，情緒微妙，各不相同。

就在此時，一個頭髮亂糟糟的中年漢子猛然打開門，對著陳平安罵罵咧咧道：「小王八蛋，是不是掉錢眼裡了？這麼早就來催命叫魂，你趕著投胎去見你死鬼爹娘啊？」

陳平安翻了個白眼，對這些尖酸刻薄的言語，不以為意。一來生活在這個總共沒幾本書籍的鄉野地方，如果被人罵幾句就惱火，乾脆找口水井跳下去得了，省心省事。二來這個看門的中年光棍，本身就是個經常被小鎮百姓取笑打趣的人，尤其是那些膽大潑辣的婦人，別說嘴上罵他，動手打他的都有不少。加上這人還極其喜歡跟穿開襠褲的小孩吹牛，比如什麼老子當年在城門口，好一場廝殺，打得五、六個大漢滿地找牙，滿地都是血，城門前整條兩丈寬的道路，就跟下雨天的泥濘道路差不多！

他對陳平安沒好氣地說道：「你那點破爛事，等會兒再說。」

小鎮沒誰把這個傢伙當一回事，但是外鄉人能不能進入小鎮，中年漢子卻掌握著生殺大權。

中年漢子一邊提著褲子，一邊走向木柵欄門。

這個背對著陳平安的中年漢子打開門後，時不時跟人收取一個小繡袋，放入自己袖口，然後一一放行。

陳平安很早就讓出了道路。八個人大致分作五批，走向小鎮，除了那個頭戴高冠、腰懸綠佩的年輕人，還先後走過兩個七、八歲的孩子，男孩穿著一件顏色喜慶的紅色袍子，女孩長得粉粉嫩嫩，跟上好瓷器似的。

男孩比陳平安要矮大半個腦袋，跟陳平安擦身而過的時候，張了張嘴，雖然並沒有發出聲響，但是有明顯的口型，應該是說了兩個字，充滿了挑釁。牽著男孩的中年婦人，輕輕咳嗽了一下，男孩這才稍稍收斂。

中年婦人和男孩身後的小女孩被一個滿頭霜雪的魁梧老人牽著，小女孩轉頭對著陳平安說了一大串話，還不忘對身前的同齡男孩指指點點。陳平安根本聽不懂小女孩在說什麼，不過猜得出，她是在告狀。

魁梧老人斜瞥了一眼陳平安。

只是被人有意無意看了一眼，陳平安純粹下意識地後退了一步。如鼠見貓。

看到這一幕後，原本嘰嘰喳喳像隻小黃雀的小女孩，頓時沒了煽風點火的興致，轉過頭不再多看陳平安一眼，好像再多看一眼就會髒了她的眼睛。

陳平安的確沒見過世面，但不等於看不懂臉色。

等到這行人遠去，看門的中年漢子笑問道：「想不想知道他們說了什麼？」

陳平安點頭道：「想啊。」

中年漢子樂了，笑嘻嘻道：「誇你長得好看呢，全是好話。」

陳平安扯了扯嘴角，心想：『你當我傻啊？』

中年漢子看破陳平安心思，笑得更加開心：「你要是不傻，老子能讓你來送信？」

陳平安沒敢反駁，生怕惹惱了這傢伙，即將到手的銅錢就要飛走了。

中年漢子轉過頭望向那些人，伸手揉著鬍子拉碴的下巴，低聲嘖嘖道：「剛才那婆娘，兩條腿能夾死人啊。」

陳平安猶豫了一下，好奇問道：「那位夫人練過武？」

中年漢子愕然，低頭看著陳平安，一本正經道：「你小子，是真傻。」

陳平安一頭霧水。

中年漢子讓陳平安等著，大步走向屋子，回來的時候，手裡多了一摞信封，不厚不薄，約莫十封。中年漢子遞給陳平安後，問道：「傻人有傻福，好人有好報。你信不信？」

陳平安一手拿信，一手攤開手掌，眨了眨眼睛：「說好了一封信一文錢的。」

中年漢子惱羞成怒，將事先準備好的五枚銅錢狠狠地拍在陳平安手心後，大手一揮，豪氣干雲道：「剩下五文錢，先欠著！」

小鎮不大不小，六百多戶人家，鎮上窮苦人家的門戶，陳平安大多認得，至於家底殷實的有錢人家，門檻高，泥腿子少年可跨不進去，一些大戶扎堆的寬敞巷弄，陳平安甚至都沒有踏足過。那邊的街道，多鋪以大塊大塊的青石板，下雨天，絕不會一腳踩下去泥漿四濺。那些質地絕佳的青石板，經過千百年來人馬車輛的踩踏碾壓，早已被磨得光滑如鏡。

盧、李、趙、宋四個姓氏，在小鎮這邊是大姓，鄉塾就是這幾家出錢設的，他們在城外大多擁有兩、三座大龍窯，歷任窯務督造官的官邸就和這幾戶人家在一條街上。

不湊巧，陳平安今天要送的十封信，幾乎全是小鎮出了名的闊綽戶。這也很合情理，龍生龍、鳳生鳳，老鼠生兒打地洞，能夠寄信回家的遠方遊子，家世肯定不差，否則也沒那底氣出門遠行。其中九封信，陳平安其實就去了兩個地方，福祿街和桃葉巷。第一次踩在大如床板的青石板上，陳平安有些忐忑，放緩了腳步，竟然有些自慚形穢，忍不住覺得自己的草鞋髒了街面。

陳平安送出去的第一封信，是祖上得到過一柄皇帝御賜玉如意的盧家。

陳平安站在門口，越發侷促不安。

有錢人家就是講究多，盧家宅子大不說，門口還擺放著兩尊石獅子，等人高，氣勢凌人。宋集薪說這玩意兒能夠避凶鎮邪，陳平安根本不清楚何謂凶邪，只是很好奇等人高的獅子嘴裡好像還含著一顆圓滾滾的石球，這又是如何雕琢出來的？

陳平安強忍住去觸摸石球的衝動，走上臺階，叩響那個青銅獅子門首，很快就有個年輕人開門走出，一聽說是來送信的，面無表情，用雙指拈住信封一角，接過那封家書後，便重重關上了貼有彩繪財神像的大門，轉身快步走入宅子。

之後陳平安的送信過程，也是這般平淡無奇。桃葉巷街角有戶名聲不顯的人家，開門的是個慈眉善目的矮小老人，收起信後，笑著說了句：「小夥子，辛苦了。要不要進來歇歇，喝口熱水？」

陳平安靦腆地笑了笑，搖搖頭，跑著離開了。

矮小老人將那封家書輕輕放入袖子，沒有著急回宅院，而是抬頭望向遠方，雙目渾濁。最後視線由高到低，由遠及近，凝視著街道兩旁的桃樹，貌似老朽昏聵的矮小老人這才擠出一絲笑意，轉身離去。

沒過多久，一隻顏色可愛的小黃雀停到桃樹枝頭，喙啄猶嫩，輕輕啁鳴。

留到最後的那封信，陳平安需要送給在鄉塾授業的教書先生，其間路過一個算命攤子。身穿老舊道袍的年輕道人，挺直腰杆坐鎮桌後，他頭戴一頂高冠，高冠像一朵綻放的蓮花。

年輕道人看到快步跑過的陳平安後，趕緊打招呼：「年輕人，走過路過不要錯過，來抽一支籤，貧道幫你算上一卦，可以幫你預知吉凶福禍。」

陳平安沒有停下腳步，不過轉過頭，擺了擺手。

年輕道人猶不死心，身體前傾，提高嗓門：「年輕人，往日貧道替人解籤要收十文錢，今兒破個例，只收你三文錢！當然了，若是抽出了一支上籤，你不妨再多加一文喜錢；如果鴻運當頭，是上上籤，那貧道也只收你五文錢。如何？」

遠處陳平安的腳步，明顯停頓了一下，年輕道人已經火速起身，趁熱打鐵，高聲道：「大早上的，年輕人你是頭位客人，貧道乾脆就好人做到底，只要你坐下抽籤，實不相瞞，貧道會寫一些黃紙符文，可以幫你為先人祈福，積攢陰德。以貧道的能耐，不敢說一定讓人投個大富大貴的好胎，可要說多出一、兩分福報，終歸是可以嘗試一下的。」

陳平安愣了愣，將信將疑地轉身返回，坐在攤子前的長凳上。

一樸素道士，一寒酸少年，兩個大小窮光蛋，相對而坐。

年輕道人笑著伸出手，示意陳平安拿起籤筒。

陳平安猶豫不決，突然說道：「我不抽籤，你只幫我寫一份黃紙符文，行不行？」

在陳平安的記憶中，好像這位雲遊至此的年輕道爺，在小鎮已經待了至少五、六年，模樣倒是沒什麼變化，對誰也都和和氣氣的，平時就是幫人摸骨看相、算卦抽籤，偶爾也能代寫家書。有意思的是，桌案上那只簇擁著一百零八支竹籤的籤筒，這麼多年來，小鎮男男女女抽籤，既沒有誰抽出過上上籤，也沒有誰從籤筒搖晃出一支下籤，彷彿整整一百零八籤，籤籤中上，無壞籤。所以若是逢年過節，純粹為了討個好彩頭，小鎮百姓花上十文錢，也能接受，可真遇上煩心事，肯定不會有人願意來這裡當冤大頭。

若說這個年輕道人是徹頭徹尾的騙子，倒也冤枉了人家。小鎮就這麼大，如果真只會裝神弄鬼、坑蒙拐騙，早就給人攆了出去。所以說這個年輕道人的功力，肯定不在相術、解籤兩事上，倒是有些小病小災，很多人喝了道人的一碗符水，很快就能痊癒，頗為靈驗。

年輕道人搖頭道：「貧道行事，童叟無欺，說好了解籤加寫符一起，收你五文錢的。」

陳平安低聲反駁道：「是三文錢。」

年輕道人哈哈笑道：「萬一抽出上上籤，可不就是五文錢了嘛。」

陳平安下定決心，伸手去拿籤筒，突然抬頭問道：「道長是如何知道我身上恰好有五文錢的？」

年輕道人正襟危坐：「貧道看人福氣厚薄，財運多寡，一向很準。」

陳平安想了想，拿起那只籤筒。

年輕道人微笑道：「年輕人，不要緊張，命裡有時終須有，命裡無時莫強求，以平常心看待無常事，便是第一等萬全法。」

陳平安重新將籤筒放回桌上，神情鄭重，問道：「道長，我把五文錢都給你，也不抽籤了，只請道長將那張黃紙符文，寫得比平時更好一些，行不行？」

年輕道人笑意如常，略作思量，點頭道：「可。」

桌案上，筆墨紙硯早就備好，年輕道人仔細問過了陳平安爹娘的姓名、籍貫、生辰，抽出一張黃色符紙，很快就寫完了，一氣呵成。

至於寫了什麼，陳平安茫然不知。

擱下筆，提起那張符紙，年輕道人吹了吹墨跡：「拿回家後，人站在門檻內，將黃紙燒在門檻外，就行了。」

陳平安鄭重其事地接過那張符紙，小心翼翼地珍藏起來後，沒有忘記把五枚銅錢放在桌案上，鞠躬致謝。年輕道人揮揮手，示意陳平安忙自己的事情去，於是陳平安撒開腿跑去送最後一封信。

年輕道人懶洋洋地靠在椅子上瞥了眼銅錢，彎腰伸手將它們摟到身前。就在此時，一隻小巧玲瓏的黃雀，從高空飛撲到桌面上，輕啄了一下某枚銅錢，很快便沒了興致，振翅遠去。

「黃雀始欲銜花來，君家種桃花未開。」年輕道人悠悠然念完這句詩後，故作瀟灑地輕輕揮袖，嘆氣道，「命裡八尺，莫求一丈啊。」

這一揮袖，就有兩支竹籤從袖子裡滑落，掉在地上，年輕道人哎喲一聲，趕緊撿起來，然後鬼鬼祟祟四處張望，發現暫時無人留心這邊，這才如釋重負，重新將那兩支竹籤藏入寬鬆的袖口。年輕道人咳嗽一聲，板起臉，繼續守株待兔，等待下一位客人。他有些感慨，果然還是賺女子的錢，更容易一些。

其實年輕道人袖中所藏兩支竹籤，一支是上上籤，一支是下下籤，都是用來掙大錢的，不足為外人道也。

陳平安自然不清楚這些奧妙玄機，一路腳步輕盈，來到那座鄉塾館舍外，附近竹林鬱鬱，綠意欲滴。

陳平安放緩腳步，屋內響起中年人的醇厚嗓音：「日出有曜，羔裘如濡。」隨後便有一陣齊整清脆的稚嫩嗓音響起：「日出有曜，羔裘如濡。」

陳平安抬頭望去，旭日東昇，煌煌泱泱，讓他不禁怔怔出神。

等他回過神，蒙學孩童正在搖頭晃腦，按照先生的要求，嫻熟背誦一段文章：「驚蟄時分，天地生發，萬物始榮。夜臥早行，廣步於庭，君子緩行，以便生志……」

陳平安站在學塾門口，欲言又止。兩鬢微霜的中年儒士轉頭望來，輕輕走出屋子。

陳平安將書信雙手遞出去，恭敬道：「這是先生的書信。」

一襲青衫的中年儒士接過信封之後，溫聲說道：「以後無事的時候，你可以多來這裡旁聽。」

陳平安有些為難，畢竟他未必真有時間來此聽這位先生教書，他不願欺騙先生。

中年儒士笑了笑，善解人意道：「無妨，道理全在書上，做人卻在書外。你去忙吧。」

陳平安鬆了口氣，告辭離去。

陳平安跑出去很遠後，鬼使神差地轉頭回望。只見那個先生始終站在門口，身影沐浴在陽光中，遠遠望去，恍若神人。

如果沒有去過福祿街或是桃葉巷，陳平安可能這輩子都不會意識到泥瓶巷的陰暗狹窄。不過他非但沒有生出失落的感覺，反而終於感到心安。他笑著伸出雙手，剛好掌心觸碰到兩邊的黃泥牆壁，記得大概三、四年前，他還只能雙手指尖觸及泥牆。

走到自家屋前，發現院門大開，以為遭賊的他連忙跑進院子，結果看到劉羨陽坐在門檻上，背靠上鎖的屋門，正百無聊賴地打著哈欠。

看到陳平安後，劉羨陽火燒屁股一般站起身，跑到陳平安身前，一把攥緊陳平安的胳膊狠狠拽向屋子，壓低嗓音道：「趕緊開門，有要緊事要跟你說！」

陳平安沒能掙脫開這傢伙的束縛，只得被拉去開了屋門。比他年長兩歲且身體健壯的劉羨陽很快就甩開陳平安，躡手躡腳地摸上了陳平安的木板床，將耳朵死死貼在牆壁上，聽起了隔壁的牆根。

陳平安好奇地問道：「劉羨陽，你在幹什麼？」

劉羨陽對陳平安的問話置若罔聞，約莫半炷香後，終於恢復正常，坐在木板床邊緣，臉色複雜，既有些釋然，也有些遺憾。

劉羨陽此時才發現陳平安正在做一件古怪的勾當，蹲在門內，身體向外傾，用一截只剩下拇指大小的蠟燭，燒掉一張黃紙，灰燼都落在門檻外。貌似陳平安嘴裡還念念有詞，只是離得有些遠，他聽得不真切。

劉羨陽正是一座老字號龍窯老師傅姚老頭的關門弟子，至於資質魯鈍的陳平安，老人從頭到尾根本就沒真正認下這個徒弟。在當地，徒弟沒有敬拜師茶，或是師父沒有喝過那杯茶，就等於沒有師徒名分。

陳平安和劉羨陽不是鄰居，雙方祖宅離得挺遠，劉羨陽當時之所以向姚老頭介紹陳平安，源於兩個少年有過一段陳年恩怨。劉羨陽曾是小鎮出了名的頑劣少年，爺爺去世前，家裡好歹還有個長輩管著，等到爺爺病逝後，十二、三歲就人高馬大、不輸青壯男子的劉羨陽成了令街坊鄰居人人頭疼的混世魔王。

後來不知為何，劉羨陽惹惱了一夥盧家子弟，結果被人死死堵在泥瓶巷裡，結結實實一頓毒打。對方都是年輕氣盛的少年，下手從不計較輕重，劉羨陽很快被打得嘔血不止，住在泥瓶巷的十多戶人家，多是在小龍窯討碗飯吃的底層匠戶，哪敢蹚這渾水。

當時的宋集薪全然不怕，反而樂滋滋地蹲在牆頭上看熱鬧，唯恐天下不亂。到最後，只有一個枯瘦如柴的孩子，偷偷溜出院子後，跑到了巷口，對著大街撕心裂肺地喊道：「死人啦！死人啦……」

聽到「死人」二字，盧家子弟這才悚然驚醒，看到地上滿身血汙的劉羨陽已經奄奄一息，那些富家少年郎總算感到一陣後怕，面面相覷後，便從泥瓶巷另一端跑掉了。

但是在那之後，劉羨陽非但沒有感激那個救了自己命的孩子，反而隔三岔五就來這邊捉弄戲耍。孤兒倔，不管劉羨陽如何欺負，就是不肯哭，讓他越發憤懣。只是後來有一年，劉羨陽眼見著那個姓陳的小孤兒，估計是實在扛不過冬天的樣子，終於良心發現，於是已經在龍窯拜師學藝的他，便帶著孤兒去往那座位於寶溪邊上的龍窯。

出了小鎮往西走，大雪天的幾十里山路，劉羨陽到現在還是沒有想明白，那個長得跟木炭似的小傢伙，兩條腿分明細得跟毛竹竿子差不多，是怎麼走到龍窯的？姚老頭雖然最後還是留下了陳平安，但對待兩人卻是天壤之別，對關門弟子劉羨陽也打也罵，但瞎子也能感受得到其中的良苦用心。例如有次下手重了，砸得劉羨陽額頭滲出血來，劉羨陽皮糙肉厚，沒覺得有什麼，反而是當師傅的姚老頭，很是後悔。這個在徒弟面前威嚴慣了的悶葫蘆老頭，礙於面子不好說什麼，結果在自家屋子裡，兜圈子兜了大半夜，仍是不放心劉羨陽，最後只得喊來陳平安，給劉羨陽送去一瓶藥膏。

陳平安這麼多年，一直很羨慕劉羨陽。不是羨慕劉羨陽天賦高、力氣大、人緣好，而是羨慕劉羨陽的天不怕、地不怕，走到哪裡都沒心沒肺，也從來不覺得獨自活著是什麼糟糕的事情。

劉羨陽不管到了什麼地方，跟誰相處，都能很快地勾肩搭背，稱兄道弟，喝酒劃拳。劉羨陽因為他爺爺身體不好，很早就自力更生，成為孩子王一般的存在，捕蛇、捉魚、掏鳥窩，無不嫻熟；木弓魚竿，彈弓捕鳥籠，好像什麼都會做，尤其是在鄉間田埂抓泥鰍和釣黃鱔這兩件事，劉羨陽無疑是小鎮上最厲害的。

其實劉羨陽當年從鄉塾退學的時候，那位齊先生還特意去找了劉羨陽病榻上的爺爺，說可以不收一文錢，但是劉羨陽死活不答應，說他只想掙錢，不想讀書，齊先生說他可以出錢僱用劉羨陽當自己的書童，劉羨陽依然不肯點頭。事實上，劉羨陽活得挺好，哪怕姚老頭死了，龍窯被封禁，沒過幾天他就被騎龍巷的鐵匠相中，開始在小鎮南邊搭建茅屋、爐子，忙碌得很。

劉羨陽看著陳平安將蠟燭吹滅，放在桌上，低聲問道：「你平時清晨有沒有聽到過古怪的聲響，就像……」

陳平安坐在長凳上，靜待下文。

劉羨陽猶豫片刻，破天荒微微臉紅：「就像春天貓叫一樣。」

陳平安問道：「是宋集薪學貓叫，還是稚圭？」

劉羨陽翻了個白眼，不再對牛彈琴，雙手撐在床板上，緩緩彎曲手肘，然後伸直手臂，屁股離開床板，雙腳離開地面。他的屁股懸在空中，撇嘴譏諷道：「什麼稚圭，分明是叫王朱，姓宋的從小就喜歡瞎顯擺，不知道從哪裡看到『稚圭』兩個字，就胡亂用了，根本不管兩個字的意思好不好。王朱攤上這麼個公子，也真是上輩子作孽，否則不至於來宋集薪身邊遭罪吃苦。」

陳平安沒附和劉羨陽的說法。

一直保持那個姿勢的劉羨陽冷哼道：「你當真不明白？為什麼你幫王朱那丫頭提了一次水桶，那之後她就再也不跟你聊天說話了？保准是宋集薪那個小肚雞腸的，打翻了醋罈子，威脅王朱不許跟你眉來眼去，要不然就要家法伺候，不但打斷她的腿，還要丟到泥瓶巷子裡……」

陳平安實在聽不下去了，打斷劉羨陽的話語：「宋集薪對她不壞的。」

劉羨陽惱羞成怒道：「你知道什麼是好、什麼是壞？」

陳平安眼神清澈，輕聲道：「有些時候她在院子裡做事，宋集薪偶爾坐在板凳上，看他那本什麼地方縣誌，她看宋集薪的時候，經常會笑。」

劉羨陽眼神呆滯。

驟然間，單薄木板床支撐不住劉羨陽的重量，從中斷成兩半，高大少年一屁股坐在了地面上。

陳平安蹲在地上，雙手按住腦袋，唉聲嘆氣，有些頭疼。

劉羨陽撓撓頭，站起身，也沒說什麼愧疚的話，只是輕輕踹了一腳陳平安，咧嘴笑道：「行了，不就一張小破床嘛。我今天來，就是給你帶來一個天大的好消息，怎麼都比你這破床值錢！」

陳平安抬起頭。

劉羨陽得意揚揚道：「我家阮師傅出了小鎮後，在南邊那條溪邊上突然就說要挖幾口井，原先人手不夠，需要喊人幫忙，我就隨口提了提你，說有個矮冬瓜，氣力還湊合。阮師傅也答應了，讓你這兩天就自己過去。」

陳平安猛然起身，正要道一聲謝，劉羨陽抬起一只手掌：「打住打住！大恩不言謝！記在心裡就好！」

陳平安齜牙咧嘴。

劉羨陽環顧四周，牆角斜放著一根魚竿，窗口躺著一只彈弓，牆壁上掛著木弓，他欲言又止，最後還是忍住沒開口。

劉羨陽大步跨過門檻，靴子明顯故意繞過了那些符紙的灰燼，陳平安便看著那個高大背影。

劉羨陽突然轉過身，面對門檻內的陳平安，一矬腰，腳不離地，直衝數步後，重重揮出一拳，然後收拳挺腰，大聲笑道：「阮師傅私底下跟我說，這拳法我只需要練一年，就能打死人！」劉羨陽似乎覺得猶不過癮，做了個稀奇古怪的踢腿動作，笑道：「這叫好腿必入襠，踢死悶倒驢！」

最後劉羨陽伸出拇指，指了指自己胸膛，趾高氣揚道：「阮師傅傳授我拳法的時候，我有些想法心得，便與他說了閒話，比如我對姚老頭製瓷的獨門絕學『跳刀』的感悟，阮師傅誇我是百年一遇的練武奇才。以後你只管跟著我混，少不了你吃香的、喝辣的！」

劉羨陽眼角餘光瞥見那隔壁丫鬟已經進了屋子，便一下子沒了扮演英雄好漢的興致，對陳平安隨口說道：「對了，方才我經過老槐樹的時候，那邊多了個自稱『說書人』的老頭兒，正在擺弄攤子，還說他積攢了一肚子的奇人趣事，要跟咱們念叨念叨，你有空可以去瞅瞅。」

陳平安點了點頭，劉羨陽這才大步離開泥瓶巷。

關於這個獨來獨往的桀驁少年，小鎮流傳諸多說法，但劉羨陽喜歡自稱祖上是帶兵打仗的將軍，所以他家才會有那件一代代傳承下來的寶甲。說是寶甲，陳平安親眼看過一次，其實模樣醜陋，既像是人身上的瘊子也像是老樹的疤節。不過劉羨陽的同齡人可不這麼說，只講劉羨陽的祖輩是個逃兵，逃到了小鎮這邊給人做了上門女婿，運氣好才躲過官府追捕。說得板上釘釘，好似親眼見過劉羨陽的祖輩如何逃離戰場，又如何一路顛沛流離到了這座小鎮。

陳平安想了想，蹲在門檻旁邊，低頭吹散那些灰燼。

宋集薪不知何時站在院牆那邊，身邊跟著婢女稚圭，他喊道：「要不要跟咱們一起去槐樹那邊耍？」

陳平安抬起頭：「不去了。」

宋集薪扯了扯嘴角：「沒意思。」他轉頭對自家丫鬟笑道：「稚圭，咱們走！去給妳買一整個將軍肚子罐的桃花粉。」

稚圭羞赧道：「小小的蛐蛐罐就夠了。」

宋集薪雙手負後，昂首挺胸，大步前行：「我宋家人，鐘鳴鼎食，世代簪纓，如何能夠小家子氣，豈非有辱家風？」

陳平安坐在門檻上，揉了揉額頭。這個宋集薪，其實不說那些怪話、胡話的時候，給人感覺並不差，但是比如現在這種時候，劉羨陽在場的話，就一定會說他很想朝宋集薪的後腦勺一板磚敲下去。

陳平安斜靠著屋門，想著明天的光景，多半會像今天，後天的光景，則會像明天，如此反復，於是他陳平安這輩子就會一直這樣走下去，直到最後跟姚老頭差不多。

人吃土一生，土吃人一回。

最後閉眼，再睜開眼，可能就是下輩子的事情了。

他低頭看著腳上的草鞋，突然就笑了起來。

踩在青石板上，跟踩在爛泥灘裡，感覺是不太一樣。

劉羨陽離開小巷，經過算命攤子的時候，那年輕道人招手道：「來來來，貧道看你氣色如烈火烹油，絕非吉兆啊，不過莫怕便是，貧道有一法，可以幫你消災……」

劉羨陽有些驚訝，記得這年輕道人以前給人解籤算命，且不說準不準，但還真沒有主動招徠過生意，幾乎全都屬於願者上鉤。難不成如今龍窯給朝廷官府關閉，這道士也要跟著倒楣，揭不開鍋了，所以寧肯錯殺、不願錯放？

劉羨陽笑罵道：「你的法門就是破財消災，對不對？滾你大爺的，想從我兜裡騙錢，下輩子吧！」

年輕道人也不惱火，對劉羨陽大聲喊道：「指望今年百事昌，誰知命裡有禍殃。無災不肯念神仙，欲得安穩當燒香……應當燒香啊……」

劉羨陽冷不丁轉身，快步如飛跑向算命攤子，一邊摩拳擦掌，一邊嚷著：「燒香是吧，我先燒了你的攤子！」

年輕道人顯然被嚇得不輕，起身後也顧不得攤子了，抱頭鼠竄。

劉羨陽站在攤子旁邊，看著年輕道人的狼狽身影，哈哈大笑，瞥見桌上的籤筒，隨意伸手將其推倒，竹籤嘩啦啦滑出籤筒，最後在桌上呈現出扇形模樣。

劉羨陽伸手指了指在遠處停步的年輕道人：「以後見你一次打一次！」

年輕道人抱拳作揖，求情討饒，劉羨陽這才甘休。

年輕道人等到劉羨陽走遠，才敢重新落座，嘆了口氣：「世道艱辛，人心不古，害得貧道也糊口不易啊。」

就在此時，年輕道人眼前一亮，趕緊閉上眼睛，朗聲道：「池塘盈滿蛙聲亂，刺人肚腸是人心。此處功名水上萍，只宜風動四方行！」

那對少年、少女顯然聽到了年輕道人的話語，只可惜沒有要停步的意思。

年輕道人微微睜開一絲眼縫，眼見著又要錯過了生意，只得一巴掌拍在桌案上，提高嗓門：「狀元本是人間子，宰相無非世上人。學貫天人名動城，得意揚揚精氣神！」

宋集薪和婢女稚圭只是繼續前行。

年輕道人灰心喪氣，低聲咕噥道：「這日子沒法過了。」

宋集薪毫無徵兆地轉過頭，向年輕道人遠遠拋去一枚銅錢，燦爛笑道：「借你吉言！」

年輕道人匆忙接住銅錢，攤開手心一看，愁眉不展，只是最小額的一文錢，不過年輕道人將這枚銅錢輕輕放在桌上。轉瞬之間，便有一隻黃雀疾墜於桌面，低垂頭顱，對著那枚銅錢輕輕一啄，之後將其銜在嘴中，抬頭望向年輕道人，黃雀眼眸靈動，與人無異。

年輕道人輕聲道：「去吧，此地不宜久留。」

黃雀一閃而逝。

年輕道人環顧四周，最後視線停留在遠處那座高高的牌坊樓，恰好對著「氣沖斗牛」四字匾額，感慨道：「可惜了。」最後年輕道人補上一句：「若是能拿到外邊去賣，怎麼都有千八百兩銀子吧？」

宋集薪帶著婢女稚圭來到老槐樹下，發現樹蔭裡人滿為患，將近半百號人坐在自家搬來的板凳、椅子上，陸陸續續還有孩童扯著長輩過來湊熱鬧。

宋集薪和稚圭並肩站在樹蔭邊緣，看到一個老人站在樹底下，一手托大白碗，一手負身後，神色激昂，正大聲說道：「方才說過了大致的龍脈走向，我再來說說這真龍。嘖嘖，這可就真了不得了，約莫三千年前，天底下出了一個了不得的神仙人物，先是在某座洞天福地潛心修行，證了大道，便獨自仗劍遊歷天下，手中三尺氣概，鋒芒畢露。不知為何，此人偏偏與蛟龍不對付，整整三百個春秋，有蛟龍處斬蛟龍，殺得世間再無真龍，這才甘休，最後不知所終。有人說他是去了極高的道法張本之地與道祖坐而論道，也有說是去了極遠的西方淨土佛國與佛陀辯經說法；更有人說他親自坐鎮酆都地府的大門，防止魑魅魍魎為禍人間……」

老人說得唾沫四濺，底下所有小鎮百姓卻都無動於衷，人人滿臉茫然。

婢女稚圭低聲好奇問道：「三尺氣概是什麼？」

宋集薪笑道：「就是劍。」

稚圭沒好氣道：「公子，這位老人家，也忒喜歡賣弄學問了，話也不好好說。」

宋集薪瞥了眼老人，幸災樂禍道：「咱們小鎮識字的沒幾個，這位說書先生算是媚眼拋給瞎子看了。」

稚圭又問道：「洞天福地又是什麼？世上真有人能夠活三百歲嗎？還有那酆都地府，不是死人才能去的地方嗎？」

宋集薪被問住了，卻不願露怯，便隨口道：「盡是胡說八道，估計看過幾本不入流的稗官野史，拿來糊弄鄉野村夫的。」

這一刻，宋集薪敏銳發現，那老人有意無意地看了自己一眼，雖然只是蜻蜓點水的視線，很快就一掠而過，但宋集薪仍是細心地捕捉到了，只是他並沒有上心，只當是巧合而已。

稚圭抬頭望向老槐樹，細細碎碎的光線透過樹葉縫隙，灑落下來，她下意識瞇起眼眸。

宋集薪轉頭望去，突然愣住了。

如今自己的這個婢女，有著一張剛開始褪去嬰兒肥的側臉，她好像跟記憶裡那個瘦瘦小小、乾乾癟癟的小丫鬟，有了很大的出入。

按照小鎮的習俗，女子嫁人時，便會聘請一位父母子女皆健在的福氣齊全人，請她絞去新娘臉上的絨毛，剪齊額髮和鬢角，謂之開面，或是升眉。

宋集薪還從書上看到過一個小鎮沒有的習俗，所以在稚圭十二歲那年，他便買了小鎮上最好的新釀之酒，搬出那只偷藏的釉色極美、猶如青梅的瓷瓶，把酒倒入其中後，將其小心泥封，最後埋入地下。

宋集薪突然開口說道：「稚圭，雖說姓陳的傢伙，按照我們讀書人老祖宗的說法，屬於『朽木不可雕也，糞土之牆不可杇也』，但是不管怎麼說，他這輩子總算還是做了一件有意義的事。」

稚圭並未答話，低斂眼眉，依稀可見睫毛微微顫動。

宋集薪自顧自說道：「陳平安呢，人倒是不壞，就是性子太死板，做什麼事情只認死理，雖說當了窯匠，但他再勤勞苦練，也註定做不出一件有靈氣的好東西來，所以劉羨陽的師父，那個姚老頭，對陳平安死活看不上眼，是有其獨到眼光的，這叫朽木不可雕。

至於糞土之牆不可杇嘛，大致意思就是說陳平安這種窮酸鬼，哪怕妳給他穿上件龍袍，他照樣是個土裡土氣的泥腿子……」宋集薪說到這裡的時候，自嘲道：「我其實比陳平安還慘。」

稚圭不知道如何安慰自家公子。

宋集薪和他的婢女稚圭，在這座小鎮上，一直是福祿街和桃葉巷的富人們茶餘飯後的重要談資，這要歸功於宋集薪的那個「便宜老爹」宋大人。

小鎮沒有什麼大人物，也沒有什麼風浪，故而被朝廷派駐此地的窯務督造官，無疑就是戲本上的那種青天大老爺。歷史上數十位督造官中，以上任督造官宋大人最得民心。宋大人不像之前那些高高在上的官老爺，他不但沒有躲在官署，修身養性，也沒有閉門謝客，一心在書齋治學，而是對官窯瓷器的燒造事必躬親，簡直比匠戶窯工更像是鄉野百姓。

十餘年間，這個原本滿身書卷氣的宋大人，皮膚被曬得黝黑發亮，平日裡裝束與莊稼漢無異，待人接物，從無架子。只可惜小鎮龍窯燒造而出的御用瓷器，無論是釉色品相，還是大器小件的形制，始終不盡如人意，準確說來，比起以往的水準，甚至還要稍遜一籌，讓老窯頭們百思不得其解。

最後大概朝廷那邊覺得兢兢業業的宋大人，沒有功勞也有苦勞，將其調回京城的吏部敕令文書上，好歹得了個「良」的考評。宋大人在返京之前，竟然千金散盡，出資建造了一座廊橋。後來發現宋大人離去的車隊當中，沒有捎帶某個孩子後，小鎮幾個大姓門庭便恍然大悟。可以說，宋大人與小鎮積攢過一份不俗的香火情，加上現任督造官的刻意照拂，少年宋集薪這些年在小鎮的生活，衣食無憂，逍遙自在。

如今改名為稚圭的丫鬟，關於她的身世來歷，眾說紛紜。住在泥瓶巷的當地人，說是一個鵝毛大雪的冬天，有個外地女孩沿路乞討至此，昏死在宋集薪家院門口，如果不是有人發現得早，女孩就要去閻王爺那邊轉世投胎了。官署那邊做雜事的老人，有另外的說法，信誓旦旦地說是宋大人早年讓人從別處買下的孤兒，為的就是給私生子宋集薪物色一個知冷暖的體己人，彌補一下父子不得相認的虧欠。不管如何，婢女被宋集薪取名為稚圭後，算是澈底坐實了兩人的父子關係，因為小鎮大族豪紳都曉得，宋大人最鍾情的一方硯臺，便刻有「稚圭」二字。

宋集薪回過神，笑臉燦爛起來：「不知為何，想起那條死皮賴臉的四腳蛇了。稚圭妳想啊，我都把牠摔到陳平安的院子了，牠依然要往咱們家躥，妳說陳平安的狗窩，得是多麼不招人待見，才會寒酸到連一條小蛇都不願意進去？」

稚圭認真想了想，回答道：「有些事，也講緣分的吧？」

宋集薪伸出大拇指，開懷道：「正是這個道理！他陳平安就是個緣淺福薄之人，能活著就知足吧。」

稚圭沒有說話。

宋集薪自言自語道：「咱們離開小鎮後，屋子裡的東西交由陳平安照看，這傢伙會不會監守自盜啊？」

稚圭輕聲道：「公子，不至於吧？」

宋集薪笑道：「喲，稚圭，監守自盜的意思也懂？」

稚圭眨了眨那雙秋水長眸：「難道不是字面的意思？」

宋集薪笑了，望向南方，心神露出一抹嚮往：「我聽說京城那個地方的藏書，比我們小鎮的花草樹木還要多！」

就在此時，說書先生說道：「世上雖已無真龍，龍之從屬，如蛟、虯、螭等等，仍是真真正正、實實在在活在人世間，說不定就……」老人故意賣了一個關子，眼見聽眾們無動於衷，根本不懂得捧場，只得繼續說道：「說不定就隱匿在我們身邊，道教神仙稱之為潛龍在淵！」

宋集薪打了個哈欠。

頭頂突然飄落一片槐葉，蒼翠欲滴，剛好落在他的額頭上。

宋集薪伸手抓住樹葉，雙指擰轉葉柄。

想著還是到城東門去一次討下債的陳平安，在臨近老槐樹的時候，也看到了眼前有槐葉飄落，於是他加快步子，想要伸手去接住，只是一陣清風拂過，樹葉從他手邊滑過。

陳平安身形矯健，快速橫移一步，想要攔截下這片樹葉，偏偏樹葉在空中又打了一個旋兒。

他不信邪，幾次輾轉騰挪，最後仍是沒能抓住槐葉，讓陳平安無可奈何。

一個從鄉塾蹺課的青衫少年，與陳平安擦肩而過，那個青衫少年自己都不知道，肩頭上不知何時停留了一片槐葉。

陳平安繼續去往城東門，哪怕要不到錢，催一催也是好的。

遠處算命攤子那邊，年輕道人閉目養神，自言自語道：「是誰說天運循環無厚薄？」

陳平安來到東門，看到那中年漢子盤腿坐在柵欄門口的樹墩上，懶洋洋地曬著初春的日頭，閉著眼睛，哼著小曲，雙手拍打著膝蓋。

陳平安蹲在中年漢子身邊。對陳平安來說，討債的事情，實在難以啟齒。他只好安靜地望向東邊的寬闊大路，大路蜿蜒而漫長，像一條粗壯的黃色長蛇。

他習慣性抓起一把泥土，攥在手心，緩緩揉搓。

他曾跟隨姚老頭在小鎮周邊翻山越嶺，背著沉甸甸的行囊，行囊裡裝有柴刀、鋤頭等各色物品，滿滿當當。在姚老頭的帶領下，他們會在各處走走停停。陳平安經常需要「吃土」，抓起一把泥土直接放入嘴中，咀嚼，細細品嘗滋味。久而久之，熟能生巧，陳平安哪怕只是手指研磨一番，就能清楚土壤的質地。以至於到後來，市面上一些老窯口的破碎瓷片，陳平安掂量一下，就能知道是哪座窯口，甚至是哪位師傅燒出來的。

姚老頭性子孤僻，不近人情，動輒打罵陳平安。曾經有一次，姚老頭嫌棄陳平安悟性太差，簡直就是個不開竅的蠢貨，一氣之下就把他丟在荒郊野嶺，獨自返回了窯口。等到陳平安走了六十里山路，臨近那座龍窯的時候，已是深夜時分。

那天大雨滂沱，當在泥濘中蹣跚而行，終於遙遙看到一點光亮的時候，倔強的陳平安在獨立討生活後，第一次有想哭的衝動。可是他從未埋怨過老人，更不會記恨。

陳平安家世貧窮，沒有讀過書，但是他明白一個書本外的道理，世上除了爹娘，再沒有人是理所應當對你好的。而他的爹娘，走得早。

陳平安耐得住性子發呆，邋遢漢子好像覺得多半是沒法子蒙混過關了，睜眼笑道：「不就五文錢嘛，男人這麼小氣，以後不會有大出息的。」

陳平安滿臉無奈：「你不就在計較嗎？」

中年漢子咧嘴，露出一嘴參差不齊的大黃牙，嘿嘿笑道：「所以啊，如果不想以後變成我這樣的光棍，就別惦記那五文錢。」

陳平安嘆了口氣，抬起頭，認真道：「你要是手頭緊，這五文錢就算了吧，可是事先說好，以後一封信一枚銅錢，不能再賴帳的。」

渾身透著一股酸腐味的中年漢子轉頭，笑咪咪道：「小傢伙，就你這種茅坑臭石頭的脾氣，將來很容易吃大虧的。你難道沒有聽過一句老話，吃虧是福？你要是小虧也不願意吃……」他瞥見陳平安手中的泥土，略作停頓，促狹道：「就是面朝黃土背朝天的命了。」

陳平安反駁道：「我方才不是說了，不要五文錢嗎？難道不算吃小虧？」

中年漢子有些吃癟，神色惱火，揮手趕人：「滾滾滾，跟你小子聊天真費勁。」

陳平安鬆開手指，丟了泥土，起身後說道：「樹墩子潮氣重……」

中年漢子抬頭笑罵道：「老子還需要你來教訓？年輕人陽氣壯，屁股上能烙餅！」

中年漢子轉頭瞥了眼陳平安的背影，歪歪嘴，嘀咕了一句，好像是罵老天爺的喪氣話。

塾師齊先生今天不知為何，破天荒早早結束了授業。

學塾後頭有個院子，北面開了一個矮矮的小柴門，能夠通往竹林。

宋集薪和婢女稚圭在老槐樹下聽故事的時候，有人喊他去下棋。宋集薪不太情願，只是那人說是齊先生的意思，想要看一看他們棋力有無長進。宋集薪對於不苟言笑的齊先生有一種說不清、道不明的觀感，大概可以稱之為既敬且畏，所以齊先生親自下了這道「聖旨」，宋集薪不得不赴約，但是他一定要等說書先生講完故事，再去學塾後院。

幫先生傳話的青衫少年只得先行打道回府，不忘叮囑宋集薪千萬別太晚到，絮絮叨叨，還是老調重彈那一套，什麼我家先生是最講究規矩的，不喜歡別人言而無信等等。

宋集薪當時挖著耳朵，不厭其煩，說：「知道了，知道了。」

當宋集薪帶著稚圭來到學塾後院時，涼風習習，文質彬彬的青衫少年郎如往常一般，已經在南邊的凳子上，腰杆挺直，正襟危坐。

宋集薪一屁股坐在青衫少年對面，坐北朝南；齊先生坐在西面，一向觀棋不語。

婢女稚圭每逢自家少爺與人下棋，都會去竹林散步，以免打擾到三位讀書人，今天也不例外。

偏居一隅的小鎮，沒有什麼所謂的書香門第，所以讀書人堪稱鳳毛麟角。按照齊先生訂立下來的老規矩，宋集薪和青衫少年要猜子，執黑先行。

宋集薪和對面的同齡人幾乎是同時開始學棋的，只是宋集薪天資聰穎，棋力進步神速，一日千里，所以被傳授兩人棋藝的齊先生視為高段者。猜子之時，由宋集薪先從棋盒中掏出一把白棋，數目不等，祕不示人。青衫少年隨後拈出一枚或兩枚黑子，猜對白子奇偶後，就能夠執黑先行，也就有了先行的優勢。

宋集薪在頭兩年的對弈當中，無論是執白後行，還是執黑先行，無一敗績。不過宋集薪對下棋興致不大，三天打魚、兩天曬網，反觀資質遜色的青衫少年，既是鄉塾學生，又擔任書童，與齊先生朝夕相處，哪怕只是旁觀先生枯坐打譜，也是受益匪淺，所以青衫少年從執黑才能偶爾僥倖獲勝，到如今只要執黑，勝負就能與宋集薪在五五之間，棋力手筋的進步，顯而易見。對於這種此消彼長，齊先生不置一詞，袖手旁觀而已。

宋集薪剛要去抓棋子，齊先生突然說道：「今日你們下一盤座子棋，執白先行。」兩個少年一頭霧水，皆不知「座子棋」為何物。

齊先生語速不急不緩，仔細解釋了下規矩，規矩並不煩瑣，只是在四星位分別放下黑白兩子。

齊先生拈子、落子，動作嫻熟，行雲流水，讓人賞心悅目。

平時最喜歡恪守規矩的青衫少年，聽聞「噩耗」後，目瞪口呆，癡癡看著棋盤，最後小心翼翼說道：「先生，如此一來，好像很多定式用不上了。」

宋集薪皺眉思索片刻，很快眼前一亮，眉頭舒展道：「是棋盤格局變小了。」然後宋集薪邀功一般，抬頭笑問道：「對吧，齊先生？」

齊先生點頭道：「確實如此。」

宋集薪朝著對面的同齡人挑了一下眉頭，笑問道：「要不要先讓兩子，否則你這傢伙肯定輸。」

對面的青衫少年頓時面紅耳赤，嚅嚅囁囁，因為他心知肚明，自己獲勝次數越來越多，除了棋力增長之外，其實真正的原因是宋集薪這兩年下棋越來越心不在焉，甚至有些不勝其煩了。很多勝負手，宋集薪會故意放水，或是先手布局占優後，棋至中盤，會刻意為了屠大龍而兵行險著。

對於才華橫溢的宋集薪來說，下棋好不好玩、有不有趣，才是首選。

對於青衫少年來說，從第一次拈子落於棋盤，他就執著於「勝負」二字。

齊先生望向自己的學塾弟子：「你可以執白先行。」

接下來青衫少年落子緩慢，謹小慎微，步步為營；宋集薪依舊是落子如飛，大開大合，羚羊掛角，雙方性情，天壤之別。

不過八十餘手，青衫少年就輸得一塌糊塗，緊抿著嘴唇，垂頭不語。

宋集薪手肘抵在桌面上，托著腮幫，一手雙指拈子，輕輕敲擊石桌，凝視著棋局。

按照齊先生的規矩，雙方對弈，投子無聲認輸即可，絕對不可言「我輸了」三字。

青衫少年儘管不甘心，仍是緩緩投子。

齊先生對青衫少年吩咐道：「練字去吧，不用收拾殘局，寫三百個『永』字。」青衫少年趕緊起身，畢恭畢敬作揖告辭。

宋集薪在青衫少年身影消失後，才輕聲問道：「先生也要離開這裡了？」

雙鬢霜白的儒雅文士點頭道：「一旬之內，就會離開。」

宋集薪笑道：「那正好，我還能為先生送行。」

齊先生猶豫片刻，終於還是開口說道：「無須為我送行。宋集薪，你以後到了小鎮外，記得不要太過張揚。我身無別物，三本蒙學書籍《小學》、《禮樂》、《觀止》，你可以一併拿去，經常溫習，須知讀書百遍，其義自見。若是能讀書破萬卷，自是下筆如有神，此間真意……你以後自然會知曉的。至於三本閒雜書，術算《精微》，棋譜《桃李》，文集《山海策》，不妨閒暇時翻閱，也可怡情養性。」

宋集薪滿臉驚訝，有些尷尬，壯著膽子說道：「先生像是在『托孤』，讓我好不適應。」

齊先生滿臉笑意，柔聲道：「沒你說的這麼誇張，人生何處不相逢，以後總有再見面的一天。」

齊先生微笑之時，讓人如沐春風。

齊先生突然說道：「你去趙繇那邊看看，就當提前道別。」

宋集薪起身笑道：「好嘞。那這棋局就勞煩先生收拾嘍。」說完，歡快跑去。

齊先生俯身收拾棋子，看似東一顆、西一枚，雜亂無序，實則先黑後白，從宋集薪最後落子的那枚黑子開始撿起，順序倒推而去，一子不差。

不知何時，婢女稚圭已經從竹林折返，只是站在柴門外，並不踏足院子。

齊先生沒有轉頭，沉聲道：「好自為之。」

在泥瓶巷長大的少女稚圭，此時滿臉懵懂神色，柔柔弱弱怯怯，楚楚可憐。

溫文爾雅的儒士隱約露出一抹怒容，緩緩轉頭望去，眼神冷漠。

少女稚圭依然是迷迷糊糊的模樣，天真無邪。

齊先生站起身，玉樹臨風，望向稚圭，冷笑道：「孽障逆種！」

稚圭緩緩收斂臉上的無辜神色，眼神逐漸冷冽，嘴角掛起譏諷笑意——她好像在說，你能奈我何？

她就這樣與齊先生直直對視。

小院內外，彷彿有一雙蟒蛟在對峙，兩者互視對方為仇寇。

遠處，宋集薪高聲喊道：「稚圭，回家啦。」

稚圭立即踮起腳尖，乖巧回了一句：「哎、好的，公子。」

她推開柴門，小跑著與教書先生擦身而過，跑出幾步後，不忘轉身，對那個背影施了個萬福，嗓音婉約可人：「先生，稚圭先走了。」

許久過後，齊先生嘆了口氣。

春風和煦，竹葉搖曳，如翻書聲。

頭戴蓮花冠的年輕道人收拾著攤子，唉聲嘆氣，相熟的小鎮百姓問起緣由，他也只是搖頭晃腦不作答。

最後一個曾經在此算姻緣的新嫁婦人，路過此地，眼見著年輕道人如此反常，羞羞澀澀停下腳步，嗓音軟糯，嘴上問著問題，那雙會說話的水潤眼眸，卻在年輕道人的英俊臉龐上使勁徘徊。

年輕道人不露聲色地瞥了眼女子，視線微微向下，是一幅鼓囊囊的風景。

年輕道人咽了咽口水，說了一句神叨叨的卦語：「今日貧道給自己算了一籤，下籤，大凶啊。」

第二章　稗草

杏花巷有口水井，名叫鐵鎖井。一根粗如青壯手臂的鐵鍊，年復一年垂掛於井口內，何時有此水井、有此鐵鍊，又是何人做此無聊奇怪事，早已無人知曉真相，就連小鎮歲數最大的老人，也說不出個子丑寅卯來。

傳聞小鎮曾經有好事者，不顧老人們的勸阻，試圖檢驗鐵鍊到底有多長，對於「拽鐵鍊出井口者，每出一尺，折壽一年」這口口相傳的老規矩，那人根本沒當回事。結果使勁拉扯了一炷香後，拔出一大堆鐵鍊，仍是沒有看到盡頭的跡象。那人已是精疲力盡，便任由那些拽出井口的鐵鍊盤曲在水井轆轤旁，說是明天再來，他就偏偏不信這個邪了。

那人回到家之後，當天便七竅流血，暴斃在床上，而且死不瞑目，不管家人如何費勁折騰，屍體就是閉不上眼睛。最後有一個世世代代住在水井附近的老人，讓那戶人家抬著屍體到水井旁邊，「眼睜睜」看著老人將那些鐵鍊放回水井。等到整條鐵鍊重新筆直沒入井口深水中，那具屍體終於閉了眼。

一老一小緩緩走向那口鐵鎖井，小傢伙是個還掛著兩條鼻涕蟲的孩子，可是說起這個故事來，口齒清晰，有條不紊，根本不像是個才蒙學半年的鄉野小娃娃。此時孩子正仰起頭，大大的眼睛像兩顆黑葡萄，輕輕抽了抽鼻子，兩條鼻涕小蛇就縮了回去。

孩子望著那個一手托著大白碗的說書先生，努努嘴說道：「我說完了，你也該給我看看你碗裡裝著啥了吧？」

老人笑呵呵道：「別急、別急，等到了水井邊上坐下來，再給你看個夠。」

孩子「善意」提醒道：「不許反悔，要不然你不得好死，剛到鐵鎖井旁邊就會一頭栽進去，到時候我可不會給你撈屍體；要不然就突然打個雷，剛好把你劈成一塊焦炭，到時候我就拿塊石頭，一點點敲碎……」

老人聽著孩子竹筒倒豆子，一大串不帶重複的惡毒晦氣話，實在有些頭疼，趕緊說道：「肯定給你看。對了，你這些話是跟誰學的？」

孩子斬釘截鐵道：「跟我娘唄！」

老人感慨道：「不愧是人傑地靈，鐘靈毓秀。」

孩子突然停下腳步，皺眉道：「你罵人不是？我知道有些人喜歡把好話反著說，比如宋集薪！」

老人連忙否認，然後岔開話題，問道：「小鎮上是不是經常發生一些怪事？」

孩子點點頭。

老人道：「說說看。」

孩子指了指老人，一本正經道：「比如說你托個大白碗，又不肯讓人放銅錢進去。你還沒說完故事的時候，我娘就說你講得不壞，雲裡霧裡，一看就是坑蒙拐騙慣了的，所以讓我給你送幾文錢，你死活不要，碗裡到底有啥？」

老人哭笑不得。

原來是先前在老槐樹下說完故事的說書先生，讓這孩子領著自己去杏花巷看那口水井。孩子起先不樂意，老人就說他這大白碗可有大講究，裝著了不得的稀罕玩意兒。那孩子天生活潑好動，被爹娘說成是個投胎的時候忘了長屁股的，他很小就喜歡跟著劉羨陽那幫浪蕩子四處瞎逛，但是為了釣上一條黃鱔或是泥鰍，這小屁孩也能夠在太陽底下暴曬半個時辰，一動不動，耐心驚人。所以當老人說那白碗裡裝著什麼時，孩子立即就咬餌上鉤了。

哪怕老人一開始提了個古怪要求，說要試試提起他，看他到底有多沉，想知道有沒有四十斤重，孩子毫不猶豫就點頭答應了，反正給人提幾下也不會掉塊肉。但是讓孩子一次次翻白眼的事情發生了——左手掌心托碗的老人，卯足勁用右手足足提了他五、六次，可一次也沒能把他成功提起來。

孩子最後斜瞥了眼老人的細胳膊細腿，搖了搖頭，心想同樣是瘦杆子，陳平安那個窮光蛋的力氣就比這個老頭子大多了。只是想著自己還沒瞧見白碗裡頭的光景，彷彿天生早早開竅的孩子，就忍著沒說一些會讓老人下不來臺的言語。要知道，在泥瓶巷、杏花巷這一帶，論吵架罵街，尤其是陰陽怪氣說話，這個孩子能排第三，第二是讀書人宋集薪，第一則是這個孩子他娘。

老人來到水井旁，但是沒有坐在井口上。

古井由青磚堆砌，井口不大，老人一眼望去，竟是深不見底，不但如此，隱約之間，還讓老人有種被他人凝視之感。

無形之中，老人呼吸沉重起來。

孩子走到水井旁，背對著井口，往後一蹦，屁股剛好坐在井口上。

這一幕看得老人冷汗直流，這要是一個不留神，兔崽子可就直接掉下去了啊，以這口古井的歷史淵源，收屍都難。

老人緩緩向前幾步，眯起眼，俯身審視著那條鐵鍊，一端捆綁死結於水井轆轤底部。

「風水勝地，甲於一洲。」

老人環顧四周，百感交集，心想：『不知道此件重器，最後會花落誰家？』

老人伸出空閒的左手，凝視手心——掌心紋路，斑駁複雜，但是出現了一條嶄新紋路，正在緩緩延伸，如同瓷器崩裂出來的縫隙。

神人觀掌，如看山河。只不過這個老人，當下只是在看自身罷了。

老人皺起眉頭，驚嘆道：「不過短短半天，就已是這般慘澹光景，那幾位豈不是？」

孩子已經站在井口上，一手叉腰，一手指著老人，大聲催促道：「你到底給不給我看白碗！」

老人無奈道：「你趕緊下來，趕緊下來，我這就給你看！」

孩子將信將疑，最後還是跳下井口。

老人猶豫片刻，臉色肅穆：「小娃兒，你我有緣，給你看看這碗的玄妙也無不可，但是看過之後，你不許對外人提起，便是你那位娘親也不行。你若是做得到，我便讓你見識見識，若是做不到，便是被你小娃兒戳脊梁骨，也不給你看半眼。」

孩子眨了眨眼睛：「開始吧。」

老人鄭重其事地向前走到井口旁邊，一低頭，發現兔崽子這次換成雙腳岔開，坐在井口上，老人有些後悔自己招惹這個無法無天的小娃兒了。老人收斂雜念，面朝井口，五指抓住大白碗的碗底，掌心開始微微傾斜，幅度微不可察。

孩子感覺等了挺久，也沒見頭頂那個白碗有絲毫動靜，老頭子始終保持著那個姿勢。就在孩子的兩條鼻涕蟲快要掛到嘴邊，耐心耗盡的前一刻，只見手指粗細的一股水流，從白碗中傾瀉而出，墜入水井深處，無聲無息。

孩子齜牙，就要破口大罵，卻突然閉上嘴巴，有些驚訝。片刻後，孩子的臉色已經從震驚變成茫然。再然後，孩子開始恐懼，猛然回過神，一下子跳下井口，往自己家逃去。

原來，老人用那只白碗倒入水井中水的分量，早就一大水缸都不止了，可是一直有水從白碗中向外倒出。

孩子覺得自己肯定是白天見鬼了。

劉羨陽隨手從路邊折了一根剛抽芽的樹枝開始練劍，整個人跟滾動的車軲轆似的，癲狂旋轉，根本不心疼腳上那雙新靴子，小路上揚起無數塵土。

劉羨陽出了小鎮，一路由北向南，只要走過宋大人出錢建造的廊橋，再走三、四里路，就到了阮家父女開辦的那個鐵匠鋪。其實劉羨陽一向心高氣傲，但是阮師傅只用一句話，就讓他佩服得五體投地：「我們來這裡，只為開爐鑄劍。」

鑄劍好啊，劉羨陽一想到自己將來就能有一把真劍，就忍不住興奮起來，丟了樹枝，開始邊跑邊喊。

劉羨陽想著阮師傅私下傳授的那幾個拳架子就開始練習，倒也有模有樣，虎虎生風。

劉羨陽與廊橋越來越近。廊橋北端的臺階上，坐著四個人：姿態婀娜的豐腴美婦懷裡抱著一個身穿大紅袍子的男孩，男孩高高揚起下巴，像是一位剛剛獲得大捷的將軍；臺階那一頭坐著個滿頭霜雪的高大老人，老人正在小聲安慰一個氣鼓鼓的小女孩。小女孩粉雕玉琢，宛如世上最精巧的瓷娃娃，她的稚嫩肌膚在陽光照耀下晶瑩剔透，以至於能夠清晰看到皮膚下的一條條青筋脈絡。

兩個孩子剛剛吵完架，小女孩泫然欲泣，小男孩越發得意。

老人身材魁梧，如同一座小山，旁邊的婦人投來一個致歉的眼神，威嚴老人對此卻視而不見。

臺階底下，還站著個姓盧的年輕人，正是盧氏家主的嫡長孫，叫盧正淳。興許真的是一方水土養育一方人，在小鎮土生土長的人物，皮相總要生得比別處男女更好些。只不過盧正淳早就被酒色掏空了底子，落在臺階上坐著的四人眼中，就更是不堪入目。

盧家擁有的龍窯無論數目還是規模都冠絕於小鎮，盧氏也是族內子弟去外地開枝散葉最多的一個姓氏。可是以往在小鎮威風八面的盧正淳卻神色拘謹，臉色蒼白，整個人都緊繃起來，好像稍有紕漏就會被人抄家誅九族。

男孩說著小鎮百姓聽不懂的話：「娘親，這個姓劉的小蟲子，祖上真是那位……」

當他剛要說出姓名，婦人立即摀住男孩嘴巴：「出門前，你爹與你叮囑過多少次了，在這裡不可輕易對誰指名道姓。」

男孩掰開婦人的手，眼神炙熱，壓低嗓音問道：「他家當真代代傳承了寶甲和劍經？」

婦人寵溺地摸著男孩的腦袋，柔聲道：「盧氏用半部族譜擔保，兩件東西還藏在那少年家中。」

男孩突然撒嬌道：「娘親、娘親，咱們能不能跟小白家換一下寶物啊，咱們謀劃的那具寶甲實在太醜了。娘親妳想啊，換成那部劍經的話，就能夠夢中飛劍取頭顱，當真是神不知、鬼不覺，豈不是比一個烏龜殼厲害太多？」

不等婦人解釋其中緣由，旁邊的女孩已經怒氣沖沖道：「就憑你也想染指我們失傳已久的鎮山之寶？此次我們來此，是名正言順的物歸原主，可不像某些不要臉的傢伙，是做強盜、做小偷，甚至是做乞丐來著！」

男孩轉頭做了個鬼臉，然後譏笑道：「臭丫頭妳自己也說了，是鎮『山』之寶，山門輩分而已，了不起啊？」

男孩突然變換嬉笑臉色，從婦人懷中站起身後，眼神憐憫地俯視小女孩，像是學塾先生在訓斥幼稚蒙童：「大道長生，逆天行事，只在爭字。妳連這點道理都不懂，以後如何繼承家業，又如何恪守祖訓？你們正陽山後裔，歷代子孫務必每隔三十年就要拔高正陽山至少一百丈。臭丫頭，妳以為從妳爺爺到妳爹，做得很輕鬆不成？」

小女孩有些輸了氣勢，神色萎靡，耷拉著腦袋，不敢正視男孩。

滿頭霜雪的魁梧老人沉聲道：「夫人，雖說童言無忌，但是萬一害得我家少主道心蒙塵，你們自己掂量後果。」

婦人嫵媚一笑，重將臉色陰沉的幼子拽回懷中，綿裡藏針道：「孩子吵架拌嘴而已，猿前輩何須如此上綱上線，莫要壞了咱們兩家的千年友誼。」

不承想老人脾氣剛烈至極，直接頂回去一句：「我正陽山開山兩千六百年，有恩報恩，雖千年不忘；有怨報怨，從無過夜仇！」

婦人笑了笑，沒有做意氣之爭。

此次小鎮之行，人人身負重任，尤其是她，更是將自己的身家性命、兒子的前程、娘家的底蘊三者都孤注一擲，豪賭一場。

婦人雖然衣裳樸素，卻氣度雍容，只是小鎮百姓沒有見過世面，不知其中關竅玄機。

從頭到尾，盧正淳始終背對著廊橋臺階。

之前第一次在盧氏大宅見到這些貴客，自己那個親弟弟，不過是年輕氣盛，定力不夠，這才一時忘卻祖父的告誡，忍不住偷瞄了一眼美婦人的胸脯，便被氣得渾身發抖的祖父讓人拖下去，活活杖殺在庭院中，好像行刑的時候嘴裡塞滿了棉布，所以繼續陪著祖父在大堂議事的盧正淳，既聽不到弟弟的淒慘哀號，也見不到血肉模糊的畫面。

等到商議完畢，一起出門尋找那個劉姓少年，盧正淳跨出大堂門檻，才發現庭院當中，血跡早已清洗乾淨。那四位遠道而來的客人，哪怕是如同金童玉女的那兩個小孩子，對此竟也絲毫不以為異，彷彿這就是天經地義的事情。那一刻，盧正淳有些茫然。

死了一個人，怎麼像是比死了一條狗還不如？何況那個人還姓盧，前一天深夜，與他這個哥哥喝酒壯膽的時候無比雀躍，說是以後一定要飛黃騰達，光耀門楣，兄弟二人再不做井底之蛙了，要聯手在外邊闖出一片天地。直到走出盧家大宅後，盧正淳的腦子仍是一片空白。

盧正淳開始心生恐懼。陌生貴人們問話的時候，他說話嗓音會顫抖，帶路的時候，走路步伐會飄忽。他知道自己這個樣子會貽笑大方，會讓祖父失望，會讓家族蒙羞，但是年輕人實在是控制不住自己的恐懼，好像全身都在從骨子裡滲出寒氣。

祖父在去年年關，帶他們兄弟走入一間密室，告訴他們一個消息，盧家很快就要為某些貴人辦事。這是天大的福分，一定要小心應對，做成了，盧家會將報酬變成栽培兄弟二人的敲門磚，只要貴人願意點點頭，那麼以後他們兄弟腳下，就會出現一條陽關大道，他們就會平步青雲，最終獲得無法想像的榮華富貴。那個時候，他才明白自己和弟弟為何需要從小就學習那麼多種稀奇古怪的方言。

盧正淳看著那個越來越靠近廊橋的劉羨陽，他突然開始無比仇恨這個人。這個曾經被自己帶人堵在小巷裡的窮光蛋，曾經死狗一般躺在地上，如果不是某個小王八蛋跑到巷口那邊喊「死人了」，他和幾個死黨原本按照約定，正要脫褲子，給地上那個不識抬舉的少年當頭降下一場甘霖。

盧正淳直到現在，也不明白這些高高在上的貴人，為何會對劉羨陽刮目相看。至於他們所謂的什麼寶甲、劍經，什麼正陽山，什麼長生大道，還有什麼爭機緣、搶氣運等等，盧正淳好像都聽得懂，其實又都聽不懂。但是盧正淳能夠很確定一件事，就是他無比希望劉羨陽死在這裡。至於真正的原因，盧正淳不敢承認也不願深思。

在內心深處，盧正淳絕對不希望卑賤如狗的劉羨陽見到自己這個錦衣玉食的盧家大少，竟然淪落到跟他姓劉的一個鳥樣。奇恥大辱，莫過於此。

美婦人望著劉羨陽喃喃道：「來了。」

劉羨陽一路打拳而來，到後來出拳迅猛，越打越快，以至於身形都被拳勢裹挾，有些踉蹌。

在行家眼裡，粗具雛形的拳意當中，已經透出一絲剛柔並濟的大成風範。

武道拳法一途，有句入門口訣：不得拳真意，百年門外漢。一悟拳真意，十年打鬼神。

美婦人如釋重負，果不其然，這個姓劉的少年就是他們要找之人，確實天賦不俗，哪怕是在他們的那些仙家府邸裡，根骨、資質也不容小覷。當然了，在美婦人和魁梧白髮老人的廣袤世界裡，數量最多的，也正是這種人。

美婦人站起身，對臺階底下的盧正淳吩咐道：「你去告訴那少年，問他想要什麼，才願意拿出鎧甲和書籍這兩樣傳家寶。」

盧正淳轉過身的同時，就已經低頭躬身，同樣用小鎮百姓絕對如同聽天書的某種方言回答道：「是，夫人。」

美婦人淡然道：「記住，你與那少年說話的時候，要和顏悅色，注意分寸。」

男孩伸出手指，居高臨下，厲色道：「壞了大事，本公子就將你剝皮抽筋，再把你的魂魄煉製成燈芯，要讓你燈滅之前，時時刻刻生不如死！」

盧正淳嚇得打了個激靈，彎腰更多，惶恐不安道：「小人絕不會誤事！」

小女孩終於覺得扳回一城，嗤笑道：「在這些凡夫俗子面前，倒是威風十足，不知道是誰在來的路上，被同道中人當面罵作野種，也不敢還手。」

魁梧老人對那對勢利眼母子，其實一開始就觀感極差，於是補了一句：「小姐說錯了，哪裡是不敢還手，分明是不敢還嘴。」

一襲鮮豔紅袍的男孩咬牙切齒，死死盯住小女孩，臉色陰森，但是並沒有撂什麼狠話，最後反而展顏一笑，很是燦爛。

美婦人更是視線始終放在前方道路上，臉上雲淡風輕，至於她是否心有芥蒂，天曉得。

小女孩冷哼一聲，跑下臺階，蹲在溪邊，低頭望向水裡的游魚。偶爾有成群結隊的鯉魚在她視線裡游弋而過，數目不等，紅青兩色皆有。

一些小鎮上上了歲數的老人，在老槐樹底下閒聊的時候，經常說在雷雨天氣裡，他們經過廊橋時，都曾看到橋底下游出過一尾金燦燦的鯉魚。只是有老人說那條金色鱗片的鯉魚大小不過手掌長短，也有人說那條奇怪鯉魚大得很，最少也有半人長，簡直就是快成精了。眾說紛紜，老人們爭來爭去，以至於聽故事的孩子們誰也不願意當真。

此時，小女孩凝視著那條清澈見底的小溪，雙手托著腮幫，目不轉睛。

魁梧老人蹲坐在她身邊，輕聲笑道：「小姐，如果盧家沒有說謊，這份大機緣已經落入別人口袋了。」

小女孩轉過頭，咧嘴笑道：「猿爺爺，說不定有兩條的！」於是她露出缺了一顆門牙的滑稽光景，接著小女孩很快意識到這一點，趕緊伸手摀住嘴巴。

魁梧老人忍住笑意，解釋道：「還未走江的蛟龍之屬，最講究劃分地盤，不允許同類靠近。所以……」

小女孩「哦」了一聲，重新轉過頭，雙手托著腮幫發呆，喃喃道：「萬一有呢。」

在小女孩這邊始終慈眉善目的老人，第一次流露出威嚴長輩的神色，伸手輕輕按住小女孩的腦袋，沉聲道：「小姐，切記，這『萬一』二字，委實是我輩頭號死敵，決不可心存僥倖！小姐妳雖是金枝玉葉之身……」

小女孩抽出一隻手，使勁揮動，嬌憨抱怨道：「知道啦、知道啦，猿爺爺，我的耳朵要起繭子啦。」

魁梧老人說道：「小姐，我去盯著那邊的動靜了，對方雖然是咱們正陽山檯面上的盟友，但是那一大家子人的秉性品行，呵，不提也罷，省得髒了小姐的耳朵。」

小女孩揮手趕人，魁梧老人只好無奈離去。

這個身分像是家奴的魁梧老人，雙手垂膝，走路之時，後背微駝，如負重而行。

岸邊的小女孩，突然使勁揉了揉眼睛。她發現小溪裡的水位，分明開始緩緩上漲，肉眼可見！若是在小鎮之外，例如在正陽山或是在家鄉任何地方，哪怕是整條小溪流水瞬間乾涸，她也不會有半點驚奇。

小女孩疑惑道：「不是說在這裡天然封禁一切玄術、神通和道法嗎？而且越是修為高深，反噬越是厲害嗎？猿爺爺就說過，哪怕是傳說中的那個人，在這裡待的時間久了，如今差不多也是泥菩薩過河的艱難處境，很難真正阻止誰動手爭奪……」她最後晃了晃腦袋，懶得再想這個謎題。

小女孩轉頭望去，看著猿爺爺的高大背影。

她歡快想著，等到這裡徹底開禁之後，她就請求猿爺爺將那座名叫披雲山的山峰搬走，帶回家鄉後，當作她的小花圃。

陳平安回到院子後，眼皮就一直在跳，左眼跳財，右眼跳災。

於是陳平安坐到門檻上，開始想像自己在拉胚，雙手懸空，很快，就進入了忘我狀態。勤勉是一方面，此舉能夠扛餓，也很重要，所以陳平安養成了一有心事就拉胚的習慣。

燒瓷一事，最講天意，因為開窯之前，誰都不知道一件瓷器的釉色和器形最終是否契合心意，只能聽天由命。不過在燒窯之前，拉胚無疑又是重中之重，只不過陳平安被姚老頭認為資質差，多是做些練泥的體力活，而且他多是只能在旁邊仔細觀摩，然後自己練泥，自己拉胚，尋找手感。

隔壁院子響起柴門推開的聲音，原來是宋集薪帶著婢女稚圭從學塾返回，英俊少年一個衝刺輕鬆跨上矮牆，蹲下後，鬆開手掌，手掌裡全是指甲蓋大小的石子，色彩多樣，如羊脂、豆青、白藕等等。這種不值錢的石頭大小不一，在小鎮溪灘裡隨處可見，其中以一種如同滲滿雞血的鮮紅石頭最為討喜，學塾裡的齊先生就為弟子趙繇雕刻了一枚印章，宋集薪覺得挺有眼緣，好幾次想要拿東西跟那傢伙換，可對方死活不肯。

宋集薪丟出一顆石子，力道不重，砸在陳平安的胸口，後者無動於衷。再丟，這一次丟中了陳平安的額頭，陳平安仍是巋然不動。

宋集薪對此見怪不怪，膀裡啪啦，一把石子七、八顆，先後都丟了出去。雖說宋集薪有意讓陳平安吃痛分心，但仍是沒有直接砸陳平安的手臂、十指，因為宋集薪覺得那樣做就是勝之不武了。

宋集薪丟完石子，拍了拍手掌。陳平安長呼一口氣，抖了抖手腕，根本不理睬宋集薪，想了想，低下頭，左手五指作握刻刀狀。

跳刀這門技藝在小鎮老窯匠當中，並不算誰的獨門絕活，但老姚頭的跳刀手法，不管誰看到了，都會伸出大拇指。老姚頭先後收了幾個徒弟，始終沒有人能讓他真正滿意，到了劉羨陽這裡，才認為找到了可以繼承衣缽的人。以前劉羨陽練習的時候，陳平安只要手頭沒事，就會蹲在一旁使勁盯著。

劉羨陽最好面子，也知道陳平安口風緊，就經常拿老姚頭的祕傳口訣來震懾他，例如：「想要刀的線路走得穩，手就要不能是死板的穩，歸根結底，是心穩。」不過當陳平安追問什麼叫心穩時，劉羨陽就抓瞎了。

宋集薪看了一會兒，覺得無趣乏味，就跳下牆頭進了屋子。

婢女稚圭站在牆邊，她若是不踮腳，剛好只露出上半張臉龐，即便如此，已經隱約可見是個美人胚子。

她想了想，輕輕踮起腳跟，視線落在陳平安四周，最後在地上找到了兩顆心儀的石子，一顆色澤猩紅且剔透，一顆雪白瑩潤，都是她家公子方才丟掉不要的。

她猶豫了一下，壓低嗓音，怯生生道：「陳平安，你能不能幫我把那兩顆石子撿起來，我挺喜歡的。」

陳平安緩緩抬起頭，手上動作並未停歇，依然很穩，眼神示意她稍等片刻。

稚圭嫣然一笑，如入春後的枝頭第一抹綠芽兒，極美。

只是陳平安已經低下了頭，錯過了這幕動人景象。

稚圭嘴角翹起，一雙眼眸流光溢彩，似有極細微的活物在其中悠然游弋。

等到陳平安停下手頭事情，詢問到底是哪兩顆石子的時候，婢女稚圭的眼神便恢復了正常，一如既往，柔軟得像是雨後春泥。

陳平安按照她手指指向的方位，撿起那兩顆石子，走到牆邊，稚圭剛抬起手，他就已經將石子放在牆頭上了。

稚圭拿起兩枚石子，緊緊握在手心。

有心人刻意尋覓此物，便是大海撈針，十年難遇。有緣人哪怕無心，卻好似爛大街的破爛貨，唾手可得，全看心情收不收了。

陳平安笑問道：「就不怕鼻涕蟲堵在你們門口罵半天？」

她沒有承認自家公子偷拿別人東西，但好像也沒臉皮否認事實，就笑著不說話。

泥瓶巷住著一對母子，兩人的罵架功夫小鎮無敵，也就只有宋集薪能夠與他們過過招。那孩子特別頑劣，常年掛著兩條鼻涕蟲，喜歡去溪灘裡摸魚、撿石子，抓來的魚都養在一只大水缸裡，石子就堆積在水缸旁邊。宋集薪偏偏喜歡招惹這個小刺頭，隔三岔五就去順手牽羊幾顆石子，一天、兩天看不出，可是經不住宋集薪經常摸走。一旦孩子確認自己少了寶貝，就會炸毛，跟踩中尾巴的小野貓似的，能夠在院門外罵一個時辰，他娘親也從不管勸，反而還會可勁兒煽風點火，專門故意挑破宋集薪是前任督造官私生子的事情，好幾次把宋集薪氣得牙癢癢，差點就要拎著板凳出門幹架，婢女稚圭好說歹說才勸阻下來。

驀然間，一個尖銳嗓子響起：「宋集薪、宋集薪，快來捉姦，你家婢女跟陳平安正眉來眼去，明擺著是勾搭上了！你再不管管你家通房丫鬟，說不定今晚她就翻牆去敲陳平安的門了！趕緊滾出來，嘖嘖嘖，陳平安的手都摸上那小娘們的臉蛋了，你是沒看到，陳平安笑得賊噁心人了……」

宋集薪根本沒有露面，在屋裡直接喊道：「這算什麼，我昨晚還看到陳平安跟你娘親拉拉扯扯，被我撞見後，陳平安才把爪子從你娘衣領裡使勁『拔』出來。這也怪你娘親，她那兒呀，實在太壯觀、太飽滿了，可憐陳平安累得滿頭是汗……」

小巷裡有人狠狠踹著宋集薪家院門，憤怒道：「宋集薪，出來，單挑！你輸了，就把稚圭送給我當丫鬟，每天給我餵飯鋪床洗腳！我輸了，就把陳平安給你當下人雜役，咋樣？就問你敢不敢，反正誰不敢誰就是縮頭烏龜！」

屋內宋集薪懶洋洋道：「一邊涼快去！你爹我翻了翻皇曆，今天不適宜打兒子，顧璨，算你運氣好！」

屋外的孩子使勁捶門：「稚圭，妳跟著這麼個孬種少爺，多憋屈啊，妳還是跟劉羨陽私奔算了，反正那傻大個看妳的眼神，就像是要吃了妳。」

婢女稚圭轉身走向屋子。屋內，宋集薪正在仔細擦拭一只翠綠葫蘆，是年代不詳的老物件，也是那位宋大人留下的「家產」之一。宋集薪起先並不上心，後來無意間發現每逢雷雨天，葫蘆內便嗡嗡作響，可是宋集薪拔掉蓋子後，不管如何揮動搖晃，也不見有任何東西滑出，往裡頭灌水、裝沙子，倒出來還是水和沙子，一點不多，一點不少。

宋集薪實在沒轍，加上有次被門外顧璨的潑辣娘親一口一個「有娘生沒爹養的私生子」罵得心煩意亂，就拿刀對著葫蘆一頓劈砍，結果讓他瞠目結舌的是，刀刃已經翻捲，葫蘆依舊完好無損，一絲一毫的痕跡都沒留下。

早年被宋集薪燒掉的一封信上寫道：「官署搬至小院的金銀銅錢，保證你們主僕二人衣食無憂，閒暇時候，可以搜羅一些見之心喜的古董，權當陶冶性情。小鎮雖小，粗糧可以養胃，書籍可以養氣，景致可以養目，寂寥可以養心。今日起，盡人事、聽天命，潛龍在淵，日後必有福報。」

宋集薪雖然怨恨那個男人，但是有錢不花天打雷劈，在民風淳樸的小鎮上，想要大手大腳都很難。這麼多年來，宋集薪還真就喜歡上了收破爛的行當，滿滿當當一大朱漆箱子，全是翠綠葫蘆這樣的偏門玩意兒。只不過宋集薪有一種玄之又玄的直覺，一大箱子，五花八門，三十餘件物件，這只葫蘆最為貴重，其次是一只鏽跡斑斑的紫金鈴鐺，搖晃起來，明明看見懸錘在撞擊內壁，本該發出清脆聲響，卻是無聲無息，讓宋集薪既毛骨悚然，又心生驚奇。最後是一把落款為「山魈」的古樸茶壺，其餘物件，宋集薪喜歡得粗淺，稱不上一見鍾情。

名叫顧璨的孩子站在門外，破口大罵，中氣十足。沒過多久，罵聲戛然而止。然後陳平安看到顧璨猛然推開自己家院門，滿臉驚慌，閂上門閂後，蹲在門旁，不斷給自己使眼色，要自己也蹲到他身邊。

陳平安不明就裡，但是貓著腰跑到顧璨身邊，蹲下後輕聲問道：「顧璨，你做什麼？又惹你娘發火了？」

顧璨使勁抽了抽鼻子，壓低嗓音道：「陳平安，我跟你說，剛才我碰到個怪人，他手裡那只白碗能夠一直往外倒水，你看啊，才這麼點大的碗，我親眼看到他倒水倒了一個時辰！那傢伙剛才路過咱們泥瓶巷巷口的時候，好像停了下來，該不是看到我了吧？慘了慘了……」顧璨雙手比劃了一下白碗的大小，然後拍了拍胸口，感慨道：「真是嚇死宋集薪他爹了。」

陳平安問道：「你是說那個槐樹下的說書先生？」

顧璨使勁點頭：「可不是，老頭手上力氣沒幾斤，連我也提不起，可那口破碗是真瘮人啊，瘮人得很！」

顧璨突然抓住陳平安的手臂：「陳平安，我這次是真沒騙你！我可以發誓，如果騙你，就讓宋集薪不得好死！」

陳平安豎起一根手指，做了個噤聲的手勢，顧璨立即閉嘴。

門外有一陣腳步聲，漸漸響起，漸漸落下。

一物降一物。原本天不怕、地不怕的孩子，一屁股坐在地上，伸手胡亂擦了一把臉，臉色發白。顯而易見，這個名叫顧璨的鼻涕蟲，是真的被嚇得半死。

顧璨冷不丁問道：「陳平安，那傢伙不會是去我家了吧？咋辦啊？」

陳平安無奈道：「我陪你回你家看看？」

顧璨大概就等著陳平安這句話了，猛然起身，又頹然坐下，哭喪著臉道：「陳平安，我腿軟走不動路啊。」

陳平安站起身，彎腰扯住顧璨的後領口，一手拎著他，一手打開門閂，走出院子。

顧璨家離陳平安家不遠，也就百來步路程。果不其然，顧璨看到那老頭子就在他家院子裡，他娘親竟然還給那老頭子拿了一條凳子。那一刻，顧璨覺得天都塌下來了，所以他選擇躲在陳平安身後，讓高個子的頂上去。陳平安也沒有讓他失望，有意無意護在他身前。

熊孩子顧璨握住陳平安的袖口，沒來由立即滿腔豪氣了。

老人對此不以為意，坐在板凳上，略作思量，手中那只白碗，憑空消失不見了。

顧璨立即又腿軟了，整個人躲在陳平安身後，戰戰兢兢。

老人看了眼那個神色出奇平靜的鄉野村婦，又看了眼眉頭緊皺的陳平安，最後對縮頭縮腦的顧璨說道：「小娃兒，知不知道你家水缸裡養著什麼？」

顧璨在陳平安身後喊道：「還能有啥，我從溪裡摸上來的魚蝦螃蟹，還有從田裡釣上來的泥鰍黃鱔！你要是喜歡，就拿走好了，別客氣……」孩子的嗓音越來越低，顯然底氣不足。

婦人捋了捋鬢角髮絲，望向陳平安，柔聲道：「平安。」

陳平安領會她的意思，揉了揉顧璨的腦袋，然後轉身離去。

婦人眼神深處，對這個草鞋少年，隱藏有一抹愧疚。

她摒棄雜念，轉頭對老人問道：「這位遠道而來的仙師，對於這份機緣，是要買，還是搶？」

老人搖頭笑道：「買？我可買不起。搶？我也搶不走。」

婦人也搖頭：「以前是如此，以後未必了。」

原本意態閒適的老人聽聞此言，如遭雷擊，猛然揮袖，五指掐動如飛。

老人喟然長嘆道：「何至於此啊！」

婦人臉色冷漠，譏笑道：「仙長以為這座小鎮，能有幾個好人？」

老人站起身，深深看了眼懵懵懂懂的孩子，似乎下了一個天大的決定。他手腕一晃，白碗重新浮現。

老人走到半人高的大水缸旁，迅速用白碗舀了一碗水。

婦人雖然故作鎮定，其實手心裡全是汗水。

老人坐回凳子，朝顧璨招手道：「小娃兒，過來瞅瞅。」

顧璨望向娘親，她點了點頭，充滿鼓勵的眼神。

顧璨走近後，老人朝碗中水面輕輕吹了一口氣，漣漪陣陣。

老人笑道：「張嘴。」與此同時，老人隨手一抹，便從顧璨身上不知何處摸出了一片槐葉，雙指虛拈，並未實握。

顧璨下意識「啊」了一聲，老人屈指一彈，這片蒼翠欲滴的槐葉沒入顧璨嘴中。

顧璨愣在當場，然後發現自己嘴中好像並沒有任何異樣。

老人不給他詢問的機會，指了指掌心所托的白碗：「仔細看看有什麼。」

顧璨瞪大眼睛凝神望去，先是看到一個極其微小的黑點，然後漸漸變成一條稍稍醒目的黑線，最終緩緩壯大，好像變成了一條土黃色的小泥鰍，在白碗水面的漣漪中歡快翻滾。

腦子一團糨糊的顧璨靈光乍現，驚呼道：「我記得牠！是我從陳平安那邊……」

婦人一巴掌打在自己兒子臉上，怒道：「閉嘴！」

老人對此毫不意外，淡然道：「我輩修士，為證長生，大逆不道。這點爭奪不算什麼。不用如此緊張，該是你兒子的，逃不掉；不該是那個少年的，也守不住。」

這個叫顧璨的孩子，體重不足四十斤，但是其「根骨」之重，匪夷所思。所以這個身負神通的托碗老人，之前破例施展祖傳祕術，對其摸骨稱重，卻是拎不動。

這便是他收徒的前提。否則三歲小兒，持金過市，不是自找死路嗎？

老人灑然一笑，眼神卻冰冷，緩緩道：「當然了，就算原本是那少年的，又如何？如今有老夫親自坐鎮，也就不是他的了。」

顧璨噤若寒蟬，牙齒打戰。婦人如釋重負。

老人重新換上那副慈祥和藹的臉龐：「孩子，這只碗，裝著整條江水，如今還養著一條小蛟。從現在起，你就是我的嫡傳弟子了。老夫是一位『真君』，只差半步就是『開宗』之祖，雖是下宗……總之，以後你自然會明白，真君和開宗這四個字的分量。」接著老人哈哈笑道：「只會比這一碗江水更重。」

顧璨突然哭了起來：「這樣不對！牠是陳平安的！」

婦人惱羞成怒，高高抬起手臂，又要教訓這個豬油蒙心的蠢兒子。

老人擺擺手，笑了笑，輕描淡寫道：「有此心腸，並非全是壞事。」

顧璨低下頭，用手背擦拭淚水以及鼻涕。

婦人悄然望向老人，老人會心一笑，點了點頭。

同道中人，一切盡在不言中。

顧璨抬起頭後，他的娘親和莫名其妙就從天上掉下來的半路師父，已是笑意淡淡。

顧璨轉過頭，陳平安離開的時候，沒有忘記關上院門。

小鎮就像是一塊莊稼地，趕上了大年份，豐收的季節。不過有些人，只是夾雜在稻穀之中的一株稗草，被人看過一眼，就再無第二眼。例如孤孤單單走在泥瓶巷裡的草鞋少年陳平安。

一男一女拐入泥瓶巷中。

年輕男人頭戴高冠，腰懸綠佩，比起小鎮首富盧氏的子孫更像是個富貴公子哥兒。女子年齡不好辨認，乍一看，少女模樣，肌膚水嫩，尖尖的下巴，像是冬天掛在屋簷邊上的冰錐子；又一看，三十來歲的風情，丹鳳眼眸，身姿妖嬈，從頭到腳，有著一股傾瀉直下的風流，走起路來腰肢擰轉，有著小鎮女子絕沒有的韻味。

女子左顧右盼，滿是好奇，甚至伸手去觸摸黃泥牆壁，實在察覺不出蛛絲馬跡，好奇問道：「苻南華，這裡真是你說的隱蔽福地之一？為何我家老祖之前給出的堪輿形勢圖上，對這條巷弄並未著重標注？」

荇南華答非所問：「若是妳我真在此地得了意外之喜，妳如何報答我？」

女子側過身，十指交錯放在身後，襯托得胸口風光越發飽滿豐碩，她半真半假地柔聲笑道：「任君採擷，如何？」

荇南華不承想她如此直白，反倒是沒了章法，何況來此「訪親尋友」，擔負著整個家族百年興衰甚至是千年昌盛的重任，他再花花心腸，也絕不敢在「眾目睽睽之下」的小鎮與眼前女子來一場露水鴛鴦姻緣。所以他很快轉移話題，用手指向小巷深處，笑道：「蔡仙子，朋友歸朋友，生意歸生意。我不得不再重複一遍，按照之前的約定，這條泥瓶巷裡的兩戶人家，一對主僕、一對母子，我可以由妳先任選其一，押注的本錢便是你們雲霞山的特產雲根石，每年送給我們老龍城十塊。」

女子點頭，笑意嫵媚：「當然可以呀。」

荇南華緩緩前行，繼續說道：「接下來，妳一旦在此獲得家族預期外的機緣，那件物品必須交由妳我雙方祖師鑒定，給出一個公道價格，之後你們雲霞山就得拿出一半的等價雲根石。蔡金簡，妳可有異議？或者說，妳能否確定，妳在此時此地答應此事且能夠在利益得手、落袋為安的事後，也能夠說服你們雲霞山的那幾位祖師爺們，點頭認可這項賭約？」

女子已經變了臉色，肅穆端莊，與先前判若兩人，像是淪落風塵的青樓花魁搖身一變，成了母儀天下的皇后娘娘。這個被稱為雲霞山蔡金簡的女子，斬釘截鐵道：「可以！」

荇南華瞇起眼，臉色晦暗，停下腳步，正視身高不輸自己的蔡金簡：「醜話說在前頭。妳我今日能夠結盟，互利互惠，可不是妳我二人如何一見鍾情，意氣相投，只是老龍城與雲霞山數百年來，歷代祖師長輩們辛苦積攢下來的香火情。萬一我們搞砸了，惹來那幫老頭子們的雷霆震怒，別說我苻南華，或是妳蔡金簡，就算是我們的父母、師父，也一樣擔待不起！」

蔡金簡笑道：「所以在小鎮這段時日，我們一定要坦誠相見，精誠合作，對吧？」

苻南華在這條陰暗巷弄，也盡顯英俊風流，笑道：「除此之外……」

苻南華轉頭看了一眼，收回視線後，壓低嗓音道：「咱倆還需小心那兩人才是，畢竟他們不是正陽山，稱不上是有口皆碑的名門正派，而且聽說那兩個傢伙，本來就路子極野，不太講規矩。」

蔡金簡眯起那雙會說話的丹鳳眸子，像是在嬌滴滴說著：所以我蔡金簡才會選中你苻大公子嘛。

苻南華輕聲道：「走吧，雖說此地有聖賢鎮壓，平衡各方勢力，但是還是小心為妙，陰溝裡翻船就不好了。總之，妳我能否鯉魚跳龍門，在此一舉。」

這位名動一方的天之驕子，道心越發堅定，在心中默念道：『大道可期，阻我前路，仙佛可殺！』

他望向小巷深處，看到一個清瘦少年從對面遙遙走來。

這是他們第二次見面了。

兩人繼續悠悠然前行，如同一對落在凡間的神仙眷侶。

蔡金簡也看到了那個少年，打趣道：「門那邊，小巷裡，兩次碰著了，你說這個少年會不會？」

她話只說了一半，苻南華當然知道她的言下之意，哭笑不得道：「我的蔡大仙子，小鎮六百戶人家，加上十姓大族豢養的奴婢雜役將近五千人，再是藏龍臥虎，也有個定數。何況這麼多年來，那些個有根骨、有福運、有淵源的好胚子，早就被暗中瓜分殆盡了，我們這次之所以能夠『撿漏』，無非是那些心思難料的大神通人物，在故意賣漏而已。」

蔡金簡也是自嘲一笑，為自己的天真想法感到赧顏。

猶豫一下，苻南華仍是說道：「我不知妳祖師如何傳授天機，我爹倒是跟我說過一番言語。進入此地後，若是有人讓妳心生寒意，必須主動退避，敬而遠之，絕不可輕易忤逆挑釁。畢竟此地藏龍臥虎，深不可測。心生惡感之人，多半就是此次小鎮探幽尋寶的對手了。至於讓妳心生親近之人，可能是此方地域的福祿厚重之人，有望轉為自己的機緣，到時候只要別輕易殺人，不要壞了那幾條雷打不動的老規矩，除此之外，是買是騙還是強取豪奪，就看……」

蔡金簡嘴角翹起：「就看我們的心情了。」她突然皺了皺眉頭：「苻公子，你為何不讓我帶上扎根本地的趙氏子孫，雖說我臨行前也學了一些此地方言……」

苻南華打斷蔡金簡的話語，搖頭道：「那些大姓門戶跟外邊一直有藕斷絲連的祕密管道，能夠在聖人眼皮子底下傳遞一些不痛不癢的消息，而不被視為越過雷池。一代代積累下來，底蘊深厚。這些姓氏的真正靠山，我們老龍城和雲霞山仍是略遜一籌。再者假借外人之力，終究不美，容易橫生枝節，貽誤大事。等下妳要是不願說話，我來代勞便是。」

蔡金簡笑道：「沒關係，說些拗口話罷了，我還不至於如此嬌氣。」

苻南華一笑置之，蔡金簡也未多說什麼。

歸根結底，半路結盟的朋友，比不得一家人。更何況，在某些野心勃勃、志在證道的人眼中，祖孫父子、夫妻兄弟，又算什麼？

苻南華笑容恬淡，雍容華貴，如人間頭等豪閥的世家子。

他之所以洩露天機，將他爹祕傳自己的「心法」說給蔡金簡聽，理由其實很簡單。相較先前同行人中的其餘兩個——木訥的男子和冷峻的黑衣少女，苻南華在踏入小鎮柵欄城門的第一步，就對身邊這個盟友女子雲霞山的蔡金簡，心生殺意！

苻南華下意識伸手握住腰間那枚綠佩。

老龍布雨，巧奪天工。君子無故，玉不去身。

蔡金簡想了想，閉上眼睛，片刻後睜眼說道：「宋集薪，顧璨……我選顧璨好了。」

苻南華挑了一下眉頭：「好。一言為定！」

兩人視野中，那少年一路左拐右跳地走到了小巷一處，就要開鎖推門而入。

苻南華帶著蔡金簡快步上前，笑道：「很巧，咱們又見面啦。」

寒酸少年正是從顧璨家出來的陳平安，聽到聲音後，轉過身，點頭問道：「有事嗎？」

苻南華用嫻熟流暢的小鎮方言說道：「這裡是叫泥瓶巷吧？想問你這邊是不是住著一個叫宋集薪的人，還有一個叫顧璨的小孩子。我是京城人氏，我們家與宋集薪父親是世交，我身邊這位姐姐，姓蔡，是顧璨他娘親的娘家人，所以我們兩個結伴而行，剛好都在一條巷子裡。你說巧不巧，感覺什麼都湊一起了，真是無巧不成書。」

苻南華笑意從容，與市井底層的少年說話，身材修長的他為了照顧對方，微微彎腰，並始終保持這個姿態，既不顯得矯揉造作，讓人覺得居心不良，又會讓旁人覺得溫良恭儉讓，謙謙君子。

仰著腦袋的陳平安「嗯」了一聲，笑容靦腆，輕聲道：「是很巧。」

苻南華笑意更濃，溫聲道：「那麼這兩家人是住在？」

不承想陳平安搖頭道：「我前不久還是一口龍窯的學徒，在小鎮外邊住了很多年，剛搬來這兒，還不熟悉街坊鄰居，你要不要問問別人？」

苻南華笑了笑，沒有急於說話，似乎在醞釀措辭。

蔡金簡笑道：「小弟弟，說謊可不好，你覺得我們像是壞人嗎？退一萬步說，光天化日之下，我們能做什麼壞事？」

陳平安眨眨眼：「可是我真的不知道。」

蔡金簡恢復了平時的言語，對苻南華問道：「這孩子是不是想要報酬？」

苻南華臉色如常：「不像。」

蔡金簡眉眼間露出一抹隱藏得極淺淡的煩躁：「實在不行，我們挨家挨戶問過去，一樣能找到人。」

苻南華對她擺擺手，耐著性子對陳平安循循善誘：「幫我們一個小忙，我就送你一樣東西，如何？」

陳平安撓撓頭，身形單薄，眼神清澈。

苻南華猛然站直身體，結果看到一個滿身書卷氣的少年蹲在不遠處的牆頭上，正在打量他們。衣衫素雅的少年附近站著一個少女，露出上半張臉龐，清清秀秀，乾乾淨淨，眉眼如黛。

那一刻，苻南華心思大定——眼前少年，必然是自己的囊中之物了。

那少年站起身大聲問道：「你們找人？」

苻南華和蔡金簡只得仰起頭，前者說道：「對，我找你。我身邊這位姐姐，要找顧璨，你能幫忙嗎？」

少年皺眉道：「你認識我？」

苻南華笑道：「我當然不認識你，但是我認識如今在禮部任職的宋大人。」

宋集薪開門見山問道：「幫你找鼻涕蟲顧璨，可以。好處是什麼？」

苻南華二話不說，摘下腰間綠佩，高高拋給站在矮牆上的宋集薪：「歸你了。」

宋集薪入手後，微微心驚，臉色卻並無異樣，低頭對婢女稚圭說道：「妳去吧。」

稚圭點了點頭，出了院子，當少女安靜站在狹窄巷弄中時，整條泥瓶巷彷彿剎那間鮮亮起來。

苻南華對陳平安笑道：「小傢伙，送你一句話，天雨雖寬，不潤無根之草。」然後他率先走向稚圭那邊。

蔡金簡沒有挪步，眼神玩味，對陳平安低聲問道：「你知道是什麼意思嗎？」

她眼神熠熠，沒來由來了興致，不等陳平安回答，就開懷笑道：「其實就是告訴你，你錯過了一樁大機緣。這位公子，只要從他指甲縫裡摳出一點來，也足以讓你這輩子裡，在『山下』活得無比滋潤。不過運氣好的是，你應該這輩子都不曉得今天錯過了什麼，真是不幸中的萬幸，要不然你得悔青腸子。」

苻南華聽在耳朵裡，覺得她是在對牛彈琴。

小鎮之外，人與人之間的差距，尤其是高低之分，比陰陽之隔還要巨大。

蔡金簡倒退著走向那名婢女，所以是面朝陳平安：「天雨雖寬，不潤無根之草，記住哦。」

陳平安一直沒有什麼神色變化，只是驀然大聲道：「小心身後的……」

蔡金簡猛然身體僵硬。

陳平安放低嗓音：「狗屎。」

蔡金簡當時後退著行走，其實當那一腳踩下去後，她就已經意識到事情不妙了。比踩中狗屎更加無法忍受的事情，當然是踩到了，結果還被別人看在眼中，而比這更慘烈的事情，無疑是看到的人，還開口告訴妳，妳真的踩到狗屎了。

蔡金簡不是心性淺薄的女子，更不是吃不得苦的嬌柔千金。她身為雲霞山山主的眾多子嗣之一，能夠脫穎而出，贏得最終名額，就很能說明這一切。雲霞山總計大小十八峰，終年煙霧繚繞，盛產的雲根石，是道家丹鼎派煉製外丹的一味重要材料，以「無瑕無垢」

著稱於世，獨樹一幟。所以雲霞山上的人，必須講究清潔素雅，故大多有潔癖，蔡金簡當然也不例外。如果不是小鎮牽連太大，蔡金簡這輩子都不會踏足，更別提讓她一腳一腳走在充滿雞糞狗屎的泥瓶巷。最尷尬的是，來此之後，他們這些原本高高在上的神仙中人就像一條條被拋上岸的小魚，突然之間失去了所有倚仗，占據某一處洞天福地的家族，搬山倒海、御風凌空的通玄修為，降妖伏魔、敕神馭鬼的玄妙法寶全部都沒了。然後，就有了蔡金簡踩中狗屎這一幕。

苻南華原本覺得有趣，纖塵不染的雲霞山蔡仙子，一靴子黏糊糊的臭狗屎，說出去，誰敢相信？

但是下一刻，苻南華就沉聲喝道：「蔡金簡，住手！」

站在泥牆上的宋集薪瞳孔微縮，攥緊手心的那枚雕龍綠佩。

只見巷弄中，蔡金簡好像一步就跨到了陳平安身前，她那隻晶瑩如羊脂美玉的纖手迅猛拍向陳平安的天靈蓋。在身後苻南華出聲阻止的瞬間，她驟然停下手掌，最後輕輕提起，柔柔拍下。

做完這個彷彿長輩寵溺晚輩的親暱動作後，她彎下腰，凝視著陳平安那雙眼眸——像一汪清澈見底的清泉，蔡金簡幾乎能夠從那裡瞧見自己的臉龐。只可惜她當下心情糟糕至極，皮笑肉不笑道：「小傢伙，我知道你說話的時候，故意放慢了速度。」

苻南華鬆了口氣，如果蔡金簡果真膽敢在此悍然殺人，極有可能被逐出小鎮，連累整座雲霞山淪為天下的笑柄。

他臉色陰沉，用正統的官話雅言提醒她：「蔡金簡，請妳三思而後行，如果妳接下來還是這麼衝動，我覺得有必要放棄盟約，我不想被妳害得竹籃打水一場空。」

背對著老龍城少城主的蔡金簡，小聲快速念道：「上品見佛速，下品見佛遲……實實有淨土，實實有蓮池……」她很快轉過頭，對苻南華歉意一笑：「是我失態了。我保證，之後絕對不會發生類似的事情。」

苻南華冷笑道：「妳確定？」

蔡金簡一笑置之，沒有跟苻南華如何信誓旦旦，重新低頭望向陳平安，以盛行一洲的官話雅言自顧自說道：「我雲霞山源於佛門五宗之一，最講求降伏心猿、拴住意馬，可是我來此之前，連心猿意馬到底為何物也捉摸不透，家族長輩對此也從不願揠苗助長，只是讓我自行摸索。不承想今日在你們泥瓶巷，踩中了一坨狗屎，反而讓我察覺到一絲端倪……」

陳平安提醒道：「這位姐姐，妳踩中狗屎，已經大半天了，為啥還不趕緊刮蹭掉？」

蔡金簡感覺自己已經躋身一種佛家淨土心境，聞言之後，頓時破功，墮回俗世，臉色鐵青。只是苻南華的告誡還在耳畔迴蕩，只得洩憤一般，伸出一根手指在陳平安額頭輕輕戳了一下，瞪眼道：「小小年紀，難道沒人教過你，氣性乖張是早夭之相，尖酸刻薄是削福之人？」

陳平安皮糙肉厚，沒在意，只是看向不遠處的宋集薪，也不說話，後者跳腳大罵道：「陳平安，你看我幹什麼，真是晦氣！」

苻南華驚奇發現，自己竟然還沒有跨入宋集薪的院子，便有些臉色不悅了，毫不掩飾自己的譏諷：「蔡金簡！真是有意思，世上還有人為了一坨狗屎，耽誤了長生大道的腳步。」

蔡金簡破天荒沒有惱火，深深看了眼貌不驚人的陳平安，轉身就走。

突然，身後的陳平安輕聲說道：「姐姐，妳的睫毛很長。」

粗鄙至極的世俗螻蟻，也敢調戲仙家神女？蔡金簡勃然大怒，猛然轉頭，打定主意，哪怕折損一些氣數，也要教訓這個貌似憨厚、實則奸猾的村野賤胚子。雖說蔡金簡他們進入此地，如犯人被拘押入牢籠，束手束腳，四處碰壁，一切術法器物，暫時都已經無法駕馭，可是自幼修行的裨益，猶如登堂入室，得以反哺身軀，好似時時刻刻在淬鍊筋骨，雖然效果並不顯著，遠遠比不得專注於此道的武道中人，但是憑此底子，對付一個在市井泥濘裡摸爬滾打的少年，信手拈來，隨手一掌，在某些重要竅穴上動點手腳，使其種下病根，折其陽壽，還是輕而易舉。但是略顯昏暗的巷弄裡，她只看到一張黝黑的臉龐，和一雙明亮的眼眸。

海上生明月。

蔡金簡先是眼前一亮，隨即泛起些女子天生的憐憫情緒，最後她那雙丹鳳眼眸中，一點點褪去那些可惜，她越發笑容燦爛，恍然大悟。

斬卻心魔，正是機緣。

須知近佛遠道的雲霞山一脈，自開山鼻祖雲霞老仙起始，就始終推崇一個觀點：每次緣起緣滅，即是一次渡劫。當然，這渡劫之法，並無定理定數定勢，一切需要當局者自行解謎破局，比如當下的蔡金簡。

她覺得找到了需要鎮壓降伏的心猿意馬，正是那個看似無辜、實則障礙的少年。於是她再次抬起一隻手掌覆蓋在陳平安心口上，輕輕一按。

這一切動作，行雲流水，快若奔雷。哪怕陳平安有意識向後退出半步，仍是敵不過她的出手。

苻南華死死盯著那誘人心魄的婀娜背影，心中非但沒有半點旖旎漣漪，反而殺意騰騰，幾乎要凝聚成一副鐵石心腸。他刻意掩飾自己的殺機，故意大聲怒道：「先前妳手指輕戳少年額頭，使得他接下去常年疾病纏身，如此懲戒一次，就夠了！為何還要……蔡金簡，妳是不是失心瘋了？難道真想為了個賤種，連大道機緣也不管不顧？」

蔡金簡置若罔聞，苻南華放低嗓音，恢復世家子弟雍容氣度，嘖嘖笑道：「堂堂雲霞山蔡金簡跟一個市井少年斤斤計較，傳出去，不嫌丟人？」

蔡金簡轉過身，笑道：「這條小巷真是與我有緣，哪裡想到這都能讓我撈到一份機緣，雖然不大，可蚊子肉也是肉，好兆頭啊。我對那個叫顧璨的小孩，更有信心了！」

苻南華愕然。難不成這娘們當真有所頓悟？

蔡金簡抬起一隻腳，看到那份不堪入目的噁心汙穢，笑呵呵道：「真是走狗屎運了。」

宋集薪臉色陰沉不定，看不出心思變化。

無人關注的婢女稚圭站在原地，寂靜無聲，某個瞬間，她眼眸當中，浮現出兩雙淡金色的眼瞳，一眼雙瞳。

苻南華隱約間心生模糊感應，猛然間轉頭，快速張望，沒有察覺到絲毫異樣，最後上下打量了一番少女丫鬟，並無不妥之處，他只好將這股不適感，當作是蔡金簡的所作所為，惹來了小鎮上那位天人聖賢的凝視目光。

蔡金簡心情舒暢，之前積攢諸多的種種凝滯念頭，洪水決堤一般直流而下。

何止是小機緣？

若非內囊中空的雲霞山確實需要一件足夠分量的「仙家重器」，用來鎮住不斷外泄的山門氣運，她也需要以此來奠定自己下任山主的地位，否則她蔡金簡恨不得立即離開此地，回到雲霞山閉關十年、二十年。

蔡金簡走向苻南華身後的那個陋巷婢女。

身後的陳平安問道：「妳是不是對我做了什麼？」

蔡金簡頭也沒回：「小傢伙，你想多了。」

陳平安沉默下去。

蔡金簡回眸一笑：「你最多半年時間就要死了。」

陳平安愣了一下。

蔡金簡柔媚笑道：「還真信啊，姐姐騙你的！」

陳平安咧嘴一笑。

蔡金簡和苻南華這對仙家男女，幾乎同時在心頭冒出一個想法：井底之蛙，山下螻蟻。

蹲在牆頭上看戲的宋集薪，雙手揉著太陽穴，臉色極其罕見地有些認真。

哪怕稚圭已經帶著那個性情古怪的姐姐去找鼻涕蟲顧璨了，而那個一言不合就一擲千金當冤大頭的年輕傢伙也走進了自家院子，心思玲瓏的宋集薪仍是蹲在那裡發呆。天資卓絕的少年視線之中，有個清瘦少年，站在泥瓶巷當中，看了一會兒高挑女子的背影，很快就收斂視線，走向自家院門，但是柴門久久不見推開。

宋集薪很討厭這種感覺，有個傢伙平時不顯山、不露水，可在某些時候，就像是一塊茅坑裡的石頭，不搬，礙眼；搬走，嫌髒。以至於苻南華在他身後的言語，他也未聽清楚。

這位老龍城少城主，只得重複一遍：「宋集薪，你知不知道這世上有一種人，與你們大不相同？」

宋集薪終於回過神，轉身繼續蹲著，俯視著高冠風流、錦衣華服的苻南華，平淡道：「我知道。」

苻南華只得把已經跑到嘴邊的一句話，強行咽回肚子，不過仍是有些不甘心，笑問道：「真知道？」

身世神祕的宋集薪眼神冷漠，冷笑道：「你是不是想說，他們生死人，肉白骨，長生久視，道法無邊？」

苻南華點了點頭，欣慰道：「我們能算半個道友。」

宋集薪眼角餘光瞥了一下隔壁院門，略顯心不在焉，不合時宜。

苻南華開誠布公道：「那我就打開天窗說亮話了。不管你有什麼，只要你肯開價，我砸鍋賣鐵也要買下來！」

宋集薪疑惑道：「我看得出來，你和那個女子之間，你的家世地位要高出一籌，既然她都能夠那麼對待隔壁那傢伙，為何你願意對我如此……」

苻南華主動接過話：「平起平坐？」

宋集薪點了點頭，誇獎道：「你這人挺上道，和你說話不吃力。」

苻南華沒有在乎宋集薪的居高臨下，無論是位置，還是說話的倨傲口氣。與蔡金簡視陳平安為卑微螻蟻截然不同，苻南華對宋集薪不但心生親近，對泥瓶巷這一片地帶，始終心懷敬畏，說不清、道不明。所以苻南華的的確確將眼前少年當作了同道中人。

這條大道之上，越是前行，身分貴賤，男女之別，年齡大小，皆是虛妄，毫無意義。

宋集薪跳下院牆，低聲道：「去屋裡說。」

苻南華點頭道：「好。」

宋集薪在跨入門檻的時候，漫不經心問道：「隨便問問，你跟那個一看就是好生養的姐姐是什麼關係？」

苻南華毫不猶豫道：「暫時是一夥的，但不是一路人。」

宋集薪「哦」了一聲，說了些莫名其妙的話：「那你們做事情也太拖泥帶水了，一點都不爽利。我以前聽說外頭的那個世界，神仙妖魔，光怪陸離，但只要是修行中人，有了恩怨，不該是斬草除根、永絕後患嗎？」

苻家大公子，終究是老龍城長大的仙家後裔，見慣了大風大浪，聽到這番話後，臉上並未流露出什麼情緒。他笑問道：「你們之間有仇？」

宋集薪睜大眼睛，故作驚訝道：「你在說什麼？」

似乎發現眼前男人根本不信，於是宋集薪收斂了臉上浮誇做作的神色，率先在大堂椅子上落座，伸手示意苻南華也坐下，然後認真說道：「我跟隔壁很小就沒了父母的陳平安，當了這麼多年鄰居，從來沒吵過架，信不信由你。」

苻南華瞬間就聽明白了宋集薪的隱晦意思。

隔壁少年，無依無靠，無根浮萍罷了。

如果死了也就死了，不會有誰追究此事。

老龍城少城主哭笑不得，突然意識到這條小巷的風波，發生得有些荒誕滑稽。

隔壁那個貧寒少年，可以說，正是為了刻意隱瞞宋集薪主僕二人的地址，而惹來一場飛來橫禍，甚至會為此遭殃喪命。恰恰是方才，這個彷彿出身鐘鳴鼎食之家的宋家少年，卻要借刀殺人，置人於死地。一刀不夠，再來一刀。

苻南華不禁滿心感慨，難怪《尸子》有云：「虎豹之子，雖未成文，已有食牛之氣。」

顧璨家院子裡，顧璨已經被他娘鎖在內屋房間，婦人和自稱「真君」的老人相對而坐。

老人收起掌心紋路縱橫交錯的手掌，微笑道：「大局已定。」

婦人疑惑道：「敢問仙師剛才做了什麼，才能讓那陳平安……」說到這裡，她發現老人眼神驟然綻放鋒芒，嚇得她趕緊閉嘴不言。

老人望向院門那邊，輕輕拂袖，帶起一股清風。那股清風在小院旋轉不定，徘徊不去，老人這才道：「如我這般身分的人物，越是涉足此地，越是深陷於泥菩薩過河的無奈境地，雖然目前還談不上自身難保，但是時間越久就越……嗯，如宋集薪那少年所說，叫作拖泥帶水，只能混一個沾惹滿身因果的下場。好就好在那人，天怨人怒，哪怕已經作退一步想，仍是晚節不保，難逃滅頂之災。可惜啊，原本有望享受千秋香火的局勢，急轉直下，慘不忍睹……趁此機會，我才能夠為你兒子做些謀劃，看看能否既了結那少年的性命，又掐斷以後某些聖人仙師的順藤摸瓜，免了秋後算帳的後顧之憂，好讓我這個新收弟子在未來登仙路上，挾風雷之勢，最終化龍……」

婦人坐在一旁，斷斷續續，聽得大汗淋漓。

老人笑問道：「是不是很奇怪，分明是餐霞飲露、不理俗事的世外之人，為何潛心修道，修來修去好像只修出了這般城府戾氣？比妳這眼窩子淺的無知村婦也好不到哪裡去？」

婦人連忙低頭顫聲道：「萬萬不敢作此想！」

老人一笑置之，安靜等待雲霞山蔡金簡敲門。

修行路上，術法無邊，神通無窮。理有大小，道有高低。

蔡金簡視你們如螻蟻，本真君何嘗不是視她與苻南華為螻蟻？

與腳下螻蟻，講甚道理？

第三章　少女和飛劍

一位雙鬢如霜的儒士帶著青衫少年郎離開鄉塾，來到那座牌坊樓下。這位小鎮學問最大的教書先生臉色有些憔悴，伸手指向頭頂的一塊匾額：「『當仁不讓』，四字何解？」

少年趙繇既是學塾弟子又是齊先生書童，順著視線抬頭望去，毫不猶豫道：「我們儒家以仁字立教，匾額四字，取自『當仁，不讓於師』，意思是說我們讀書人應該尊師重道，但是在仁義道德之前，不必謙讓。」

齊先生問道：「不必謙讓？修改成『不可』，又如何？」

趙繇相貌清逸，而且比起宋集薪的咄咄逼人、鋒芒畢露，氣質要更為溫潤內斂，就像是初發芙蓉，自然可愛。當先生問出這個暗藏玄機的問題後，他不敢掉以輕心，小心斟酌，覺得是先生在考教自己的學問，豈敢隨意？

齊靜春看著弟子如臨大敵的拘謹模樣，會心一笑，拍了拍趙繇的肩頭：「只是隨口一問而已，不必緊張。看來是我之前太拘著你的天性了，雕琢過繁，讓你活得像是文昌閣裡擺放的一尊塑像似的，板著臉，處處講規矩，事事講道理，累也不累……不過目前看來，反倒是件好事。」

趙繇有些疑惑不解，只是齊靜春已經帶他繞到另外一邊，仍是仰頭望向那四字匾額。

齊靜春神色舒展，不知為何，這個不苟言笑的教書先生，竟是說起了許多趣聞公案，對弟子娓娓道來：「之前『當仁不讓』四字匾額，寫此匾額的人，曾是當世書法第一人，引起了很多爭辯，例如『格局』、『神意』的筋骨之爭，『古質』、『今妍』的褒貶之爭，至今仍未有定論。韻、法、意、姿，書法四義，千年以來，此人奪得雙魁首，簡直是不給同輩宗師半條活路。至於此處的『希言自然』，便有些好玩了，你若是仔細端詳，應該能夠發現，四字雖然用筆、結構、神意都相似相近，但事實上，是由四位道教祖庭大真人分開寫就的，當時有兩位老神仙還書信來往，好一番爭吵來著，都想寫玄之又玄的『希』字，不願意寫俗之又俗的『言』字……」

然後齊靜春帶著趙繇再繞至「莫向外求」下，左顧右盼，視線幽幽：「原本你讀書的那座鄉塾，很快就會因為沒了教書先生，而被幾個大家族停辦，或者乾脆推倒，建成小道觀或是立起一尊佛像，供香客朝拜，有個道人或是僧人主持，年復一年，直至甲子期限。其間興許會『換人』兩、三次，以免小鎮百姓心生疑惑，其實不過是粗劣的障眼法罷了。只不過，在這裡完成一門芝麻大小的術法神通，如果擱在外邊，興許就等於天神敲大鼓、春雷震天地的恢弘氣勢了吧……」到後邊，齊靜春說話的嗓音細如蚊蠅，哪怕讀書郎趙繇豎起耳朵，也聽不清楚了。

齊靜春嘆了口氣，語氣有些無奈和疲憊：「很多事情，本是天機不可洩露，事到如今，才越來越無所謂，但我們畢竟是讀書人，還是要講一講臉面的。更何況我齊靜春若是帶頭壞了規矩，無異於監守自盜，吃相就真的太難看了。」

趙繇突然鼓起勇氣說道：「先生，學生知道你不是俗人，這座小鎮也不是尋常地方。」

齊靜春好奇笑道：「哦？說說看。」

趙繇指了指氣勢巍峨的十二腳牌坊：「這處地方，加上杏花巷的鐵鎖井，還有傳言橋底懸掛有兩柄鐵劍的廊橋，老槐樹，桃葉巷的桃樹，以及我趙家所在的福祿街，每年張貼的穀雨帖、重陽帖等等，都很奇怪。」

齊靜春打斷趙繇：「奇怪？怎麼奇怪了，你自幼在這裡長大，根本從未走出去過，難道你見識過小鎮以外的風光景象？既無對比，何來此言？」

趙繇微沉聲道：「先生那些書，內容我早已爛熟於心，桃葉巷的桃花就和書上詩句描述出入很大。再有，先生教書，為何只傳蒙學三書，重在識字，蒙學之後，我們該讀什麼書？讀書又為了做什麼？書上『舉業』為何？何謂『朝為田舍郎，暮登天子堂』？何謂『天子重英豪，文章教爾曹』？先後兩位窯務督造官，雖然從不與人談及朝廷、京城和天下事，但是……」

齊靜春欣慰笑道：「可以了，多說無益。」

趙繇立即不再說話。

齊靜春小聲道：「趙繇，以後你需要謹言慎行，切記禍從口出，所以儒家賢人大多守口如瓶。賢人之上的君子，則講慎獨，飭躬若璧，唯恐有瑕疵。至於聖人，比如七十二座書院的山主們……這些人啊，就能夠如道教大真人、佛家金身羅漢一般，一語成讖，言出法隨。這撥人與諸子百家裡的高人，到達此境界後，大致統稱為陸地神仙，算是一隻腳邁入門檻了。不過這些人物，人人如龍，一些高高在上，像是道觀寺廟裡的神像，高不可攀，一些神龍見首不見尾，尋常人根本找不到。」

趙繇聽得迷迷糊糊，如墜雲霧。他忍不住問道：「先生，你今天為什麼要說這些？」

齊靜春臉色豁達，笑道：「你有先生，我自然也有先生。而我的先生……不說也罷，總之，我本以為還能夠苟延殘喘幾十年的，突然發現有些幕後人連這點時日也不願意等了。所以這次我沒辦法帶你離開小鎮，需要你自己走出去。有些無傷大雅的真相，也該透露一些給你，你只當是聽個故事就行。只是希望你明白一個道理，天外有天，人上有人，不管你趙繇如何『得天獨厚，鴻運當頭』，都不可以志得意滿，心生懈怠。」

井水下降，槐葉離枝，皆是預兆。

齊靜春提醒道：「趙繇，還記得我讓你收好的那片槐葉嗎？」

趙繇使勁點頭：「與先生贈送的那枚印章一起放好了。」

「天底下哪有樹葉離開枝頭的時候，如此蒼翠欲滴，新鮮嬌嫩？小鎮數千人，得此『福蔭』之人，屈指可數。那片槐葉，可以經常把玩，以後說不定還有一樁機緣。」齊靜春眼神深邃：「除此之外，這些年來，我一直讓你在小鎮行善舉、結善緣，無論對誰都要以禮相待、以誠相交，以後你就會慢慢明白其中玄機。那些看似不起眼的瑣碎小事，滴水穿石，最終收穫的裨益，未必比抱著一部《地方縣誌》要差。」

趙繇發現有一隻黃鳥停在石梁上，偶爾蹦蹦跳跳，嘰嘰喳喳叫著。

齊靜春雙手負後，仰頭望著黃鳥，神情凝重。

趙繇看不出有任何異樣。

齊靜春突然望向泥瓶巷那邊，越發眉頭緊皺。

齊靜春輕輕嘆息道：「蟄蟲漸聞春聲，破土而出。只是身為客人，在主人眼皮子底下鬼鬼祟祟，行那鬼蜮伎倆，是不是也太托大了？當真以為靠著自作主張的小半碗水就能在這裡為所欲為？」

趙繇憂心忡忡：「先生？」

齊靜春擺擺手，示意此事與他無關，只是帶著他來到最後一面匾額下。

少年趙繇就好像驟然間聽到一聲春雷的蟄蟲，猛然間停下腳步，眼神直直呆呆。

只見不遠處，有一個頭戴帷帽的黑衣少女，薄紗遮擋了容顏，身材勻稱，既不纖細也不豐腴，她腰間分別懸佩一把雪白劍鞘的長劍和一柄綠鞘狹刀。

站在「氣沖斗牛」匾額下的她，雙臂環胸，揚起腦袋。

齊靜春感到好笑，輕輕咳嗽一聲。

趙繇只是呆若木雞，根本沒有領會先生「非禮勿視」的提醒。

齊靜春會心一笑，竟是沒有出聲呵斥，反而不再大煞風景地咳嗽出聲，任由身旁少年癡癡望向那個少女。

少女好像始終沒有察覺到少年的視線。

她似乎格外欣賞「氣沖斗牛」這四個大字，相較其餘三塊正楷匾額的端莊肅穆，這塊匾額的大字獨獨以行楷寫就，其中神韻，簡直是近乎恣意妄為——她喜歡！

趙繇突然驚醒過來，原來是齊靜春拍了一下他的肩頭，笑道：「趙繇，你該回學塾搬東西回家了。」

趙繇漲紅了臉，低著頭，跟著先生一起返回學塾。

少女這才緩緩鬆開了握住刀柄的五指。

遠處，齊靜春打趣道：「趙繇啊趙繇，我可是救了你一命啊。」

趙繇震驚道：「先生？」

齊靜春猶豫了一下，神色認真道：「以後見到她，你一定要繞道而行。」

溫文爾雅的青衫讀書郎，有些驚訝，也有些失落：「先生，這是為什麼啊？」

齊靜春想了想，說了一句蓋棺定論的言語：「她雖鋒銳無匹，但註定是一把無鞘劍。」

趙繇欲言又止。

齊靜春笑道：「當然了，如果只是偷偷喜歡誰，道祖、佛陀也攔不住。便是我們條條框框最多的讀書人，咱們那位至聖先師，也不過告誡非禮勿言、視、聽、動而已，沒有說過非禮勿思。」

這一刻，趙繇像是突然鬼迷心竅，脫口而出大聲道：「她很香啊！」

話一說出口，趙繇就懵了。

齊靜春有些頭疼，倒不是生氣，而是局面比較棘手，沉聲道：「趙繇，轉過身去！」

趙繇下意識轉身，背對先生。

牌坊樓下，少女轉頭，殺氣沖天。

她先是雙手下垂，兩隻手的拇指各自按在劍柄、刀柄之上，然後開始小步助跑，四、五步後，手腳驟然發力，雪白劍鞘的三尺長劍，碧綠刀鞘的纖細狹刀，率先出鞘，上斜向前。與此同時，她身形彈地而起，雙手迅速握住刀劍，二話不說，當頭劈下！

黑衣少女和小鎮那對師生之間，被兩條並不粗壯的胳膊，拉伸、爆綻出兩條光芒璀璨的弧月——絕非神通，更非術法，純粹是一個「快」字！

齊靜春神色閒適，沒有任何躲避的意思，只是輕輕一跺腳，一陣漣漪激盪而出。

下一刻，少女身體緊繃，殺意更重。

原本勢如破竹的一刀一劍，澈底落空不說，她整個人站在了刀劍出鞘時的地方。

齊靜春微笑道：「不錯，獅子搏兔亦用全力。只不過話說回來，我這個弟子，確實冒犯了姑娘，可是罪不至死吧？」

少女將劍緩緩放入鞘內，變成單手握刀的姿態，以刀尖直指齊靜春，並故意將嗓音弄得成熟沉悶：「你怎麼『覺得』那是你的事情，我不管。」

少女一步跨出：「我怎麼做是我的事情。當然，你可以……管管看！」

說完，迅猛前衝，她前、後腳所踩的地面，頓時塌陷出兩個小坑。

齊靜春一手負後，一手虛握拳頭，放於腹部，笑道：「兵家武道，唯快不破。只可惜此方天地，哪怕分崩離析在即，可只要是在那之前，便是十位陸地神仙聯手破陣，也不過是蚍蜉撼大樹。何況是妳？」

少女下一刻，再次無緣無故出現在了齊靜春左邊十數步外。

她略作思量，閉上眼睛。

齊靜春搖頭笑道：「並非是妳以為的障眼法，此方天地，類似佛家所謂的小千世界，在這裡，我就是……咦？」

他突然驚訝出聲，便停下話語，瞬間來到少女身邊，一探究竟，雙指輕輕拈住刀尖。

齊靜春問道：「是誰教妳的刀法和劍術？」

少女沒有睜眼，左手握住剛剛歸鞘的劍柄，一道寒光橫掃齊靜春腰間，試圖將其攔腰斬斷。

雙指拈住刀尖的齊靜春輕喝道：「退！」

地面上響起一陣稀裡嘩啦的聲響，塵土飛揚。片刻後，露出頭戴帷帽少女的身影。

少女雙腳一前一後站定，她腳下，到齊靜春身前，出現一條溝壑，就像是被犁出來的。

少女雙手血肉模糊。

刀出鞘了，劍也出鞘了，但是她竟然淪落到被人空手奪白刃的地步。而且她心知肚明，敵人除了對此方天地的「構架」之外，一直將實力修為壓制在與自己等同的境界上。

這是技不如人，而非修為不到。

她整個人像是處於暴走的邊緣。

恐怕少女自己都沒有意識到，以她為圓心的四周，光線都出現了扭曲。

這位學塾先生到底是最講道理的人，善解人意地勸說道：「妳暫時最好別跟我比較，有可能會妨礙妳的武道心境。武道登頂，循序漸進，至關重要。」

學塾先生此時的樣子有些古怪，一手提著劍尖，一手橫拿著劍身。

他突然笑了起來，模仿少女說話的口氣，「老氣橫秋」道：「聽不聽，是妳的自由；說不說，就是我的事情了。」

少女沉默片刻，嗓音低沉道：「受教！」

齊靜春笑著點了點頭，這個人並非一味氣焰跋扈的驕橫女子，這就很好。他輕輕將刀拋給少女，說道：「刀先還妳。」

他低頭看著手指尖的長劍，微微顫鳴。

雛鳳清於老鳳聲。

齊靜春惋惜道：「這把劍的質地相當不俗，但距離頂尖仍是有些差距，導致最多只能承載兩個字的分量，其實都有些勉強了，否則以妳的資質根骨，不說全部拿走四個字，三個字肯定綽綽有餘……」他嘆息的時候，順便抬起手，輕喝道：「敕！」

兩團刺眼光芒從「氣沖斗牛」匾額上飛掠而出，被他揮袖連拍兩下，拍入長劍之中。匾額上，「氣」、「牛」二字氣勢猶在，「沖」、「斗」二字彷彿是一個病榻上的遲暮老人，迴光返照之後，終於澈底失去了精氣神。

齊靜春漫不經心地抖動手腕，那柄長劍眨眼間就回到了主人的劍鞘，因為已經歸鞘，所以暫時無人知曉，劍身上有兩股氣息遊走如蛟龍。

接下來的一幕，讓歷經滄桑的齊靜春都感到了震驚。

少女緩緩摘下劍鞘，隨手一甩，劍鞘傾斜著釘入黃土地面，帷帽垂落的薄紗後，她眼神堅毅：「這不是我追求的劍道。」

齊靜春瞥了眼被少女捨棄的劍，內心深處感到一種久違的沉重，不得不問了個有失身分的問題：「妳知道我是誰嗎？」

少女點點頭，又搖搖頭：「我聽說這裡每隔甲子時光，就會換上一位三教中的聖人，來此主持一座大陣的運轉，已經好幾千年了。時不時有人從這裡出去，要麼身懷異寶，要麼修為突飛猛進，所以我就想來看看。看到你的時候，我就確定你的身分了，不然當時我出手，就不會那麼直截了當。」

齊靜春又問道：「那妳知不知道，剛才自己到底放棄了什麼？」

少女默不作聲。

地上那把劍鞘中，長劍顫抖不止，如傾國佳人在哀怨嗚咽，苦苦哀求情人的回心轉意。

少年讀書郎趙繇早已偷偷轉頭，小心翼翼望著遠處的少女。

齊靜春不可謂不學識淵博，對此仍是百思不得其解，但總不好將那把蘊含巨大氣數的長劍強塞給少女，最後只好出聲提醒道：「姑娘，最好收起那把劍。接下來，小鎮會很不……太平。多一樣東西防身，終歸是好事情。」

少女也不說話，轉身就走，仍是不願帶上那把劍。

齊靜春有些無奈，揮了揮衣袖，將那柄劍釘入一根牌坊石柱高處，若是有人強行拔走，必然會驚擾到坐鎮中樞的自己，就像之前「說書先生」一明一暗，兩次出手，都沒有逃過他的遙遙關注。

親自將趙繇一路從學塾送到福祿街趙家大宅，齊靜春緩緩而行，他每邁出一步，大街兩側庭院深深的高門大宅那有些隱蔽地方，便會有些不易察覺的流光，一閃而逝。

齊靜春呢喃道：「奇了怪哉，哪裡來的小丫頭？莫不是本洲之外的仙家子弟？」

他回到學塾後，坐在案前，案上擺放著一柄玉圭，長約一尺二寸，在四角雕刻有四鎮之山，寄寓四方安定，正面刻有密密麻麻的小篆銘文，不下百餘字。

依循儒教禮制，原本唯有一國天子可執鎮圭，足可見這座小鎮意義重大。

將其翻過來，玉圭背面只刻了寥寥兩個字。字跡法度嚴謹又豐神獨絕，筋骨極壯，神意極長。

書案上，還有一封剛到沒多久的密信。

雙鬢霜白的齊靜春眼眶微紅：「先生，學生無能，只能眼睜睜看你受辱至此……」他望向窗外，並無太多的悲喜，只是神色有些寂寞：「齊靜春愧對恩師，苟活百年，只欠一死。」

當宋集薪從內屋拿出一樣東西放在桌上時，苻南華不管如何掩飾，都藏不住臉上的狂喜——一把不起眼的小壺，壺底落款為「山魈」。

宋集薪雙手疊放在桌面上，身體前傾，笑咪咪問道：「這把壺值多少？」

老龍城少城主苻南華好不容易從小壺上收回視線，抬頭坦誠道：「放在世俗王朝販賣，一兩銀子都不值。但是如果交由我來賣，能買回來一座城池。」

宋集薪問道：「幾萬人？」

苻南華伸出三根手指。

宋集薪「哦」了一聲，撇撇嘴：「原來是三十萬。」

苻南華愣了愣，哈哈大笑。

他原本以為宋集薪會說三萬人。

杏花巷那邊，有個木訥男子蹲在鐵鎖井旁邊，盯著那根綁死在轆轤車底座上的鐵鍊，像是在糾結如何搬走它。

黑衣帷帽、氣質冷峻的少女在小鎮上隨意走動，漫無目的，此時只懸佩了那柄綠鞘狹刀，雙手只是用布條潦草包紮而已。

她剛剛走入一條不知名巷弄，嗖一下，某物破空而至，然後在少女身後乖乖停下，嗡嗡作響。

少女皺了皺眉頭，頭也不轉，從牙縫裡蹦出一個字：「滾！」

又是嗖一下，那柄出鞘長掠至此的「飛劍」，嚇得果真躲回了劍鞘。

驕傲的少女。乖巧的飛劍。

黑衣少女走向小巷深處，偶爾會有人家掛出喜慶的大紅燈籠。相比其他人，帷帽少女沒有什麼家族的精心鋪墊，沒有什麼草蛇灰線伏延千里，她就這麼孑然一身，闖入小鎮。

小巷不遠處，站著一個錦衣少年，雙手正高高捧起一方青色玉璽，稚童巴掌大小，雕刻有龍盤虎踞，在陽光的照射下熠熠生輝，玉璽內隱約有絲絲縷縷的霞光亮起。錦衣少年抬頭瞇眼望著手中這方至寶，滿臉陶醉。在他身邊，有個高大老人單膝跪地，正在用袖口仔細擦拭少年靴子上的泥土。

錦衣少年的眼角餘光其實早早就已發現了奇怪少女。少女頭戴淺露款式的帷帽，懸佩一柄綠鞘狹刀，步伐沉穩，顯而易見，她絕不會是小鎮本地人。

只不過錦衣少年毫不在意，仍然仔細端詳著那方沉寂千年的古老玉璽，內心深處，他甚至希望那少女心生奪寶念頭，要不然實在是太無趣了。

反正他已經兩樣東西到手，收穫之豐，遠超預想，如果再不找點事情做做，他就只能帶著老奴就此離去。對這個錦衣少年而言，會覺得缺少了點什麼。就好比他在小鎮萬里以外的那個家裡，身上穿著一襲金黃色的九蟒大袍子，只可惜，始終少了一爪。

來此小鎮，每個選定之人，可攜帶三個信物，分別裝入錦囊繡袋，之前交給看門人一只袋子，屬於必須掏出來的過路費。不管那個看門人身分高低，不論城門如何破爛不堪，即便是一國君主或者一宗祖師來此，也得老老實實按照這個規矩來。其餘兩只錦囊繡袋，意思是在此最多撈取兩件寶物帶出小鎮，否則任你在這裡搜刮到十件、百件寶貝，也要一一還回去。袋子裡的信物是三種形制特殊的銅錢，分別是市井百姓用以慶賀上梁的壓勝錢、皇宮每年懸掛於桃符上的迎春錢以及被城隍爺塑像托在掌心的供養錢。說是銅錢，其實質地是珍稀異常的金精。對於「山下」大多數凡夫俗子而言，連官家紋銀都不常見，更何況是一袋子沉甸甸的「黃金」，確實足以讓人心甘情願來兜售傳家寶。

錦衣少年對於三種不見於正史記載的銅錢鑽研了一路，也琢磨不出任何門道。

前方，渾身散發出一種冷峻氣息的少女，筆直前行，將小巷主僕二人視若無物。

錦衣少年臨時改變主意，收起了那方玉璽，裝入一只早就準備好的布袋子，繫掛在腰間，但是依然站在小巷中央，沒有要讓路的意思。

身材高大、皮膚白皙的老人也站起身，嗓音陰柔，細聲細氣道：「殿下，此人是個登堂入室的練家子，不可掉以輕心。若是在小鎮以外，自然不用在意。可是在此地，便是咱家這副走純粹武道的體魄，也時時刻刻承受此方世界的壓制，極為難受。一旦全力運轉氣息、竅穴大開，就會像是江海倒灌，經脈竅穴都會洪水氾濫，一發不可收拾。到時候咱家死了事小，殿下安危事大啊。如果由於咱家照顧不周，使得殿下修道的千秋大業出現丁點兒紕漏，回去之後，咱家如何跟陛下和娘娘交代？」

錦衣少年促狹道：「吳爺爺，你出宮之後，話變得多了。以前在宮裡頭，你一年到頭就是翻來倒去那幾句話，比我姐飼養的那隻笨鸚鵡還不如。」

老人自稱「咱家」，處處骨子裡透著卑躬屈膝，只能是忠心耿耿的宮中閹人。他見這位小主人好像沒有聽明白自己的言下之意，只得更加直白說道：「殿下，小巷此人在此地，已經有可能對殿下造成威脅。」

錦衣少年懶洋洋笑道：「雖然我早就聽聞修行路上，三教九流魚龍混雜，許多邪門歪道，更多旁門左道。但是我和她不過一場萍水相逢，她這就要見財起意，殺人奪寶？不太可能吧？要是『山上』人人如此，豈不是早就天下大亂了？」

老人嘆了口氣，山下王朝和山上仙家，雙方貌合神離，其實是相看兩相厭的立場。

錦衣少年有些心灰意冷：「算啦、算啦，把這筆爛帳算在一個丫頭頭上，不算大丈夫所為。」

黑衣少女走到他身前，左手按住刀柄。

錦衣少年笑了笑，側過身，示意少女先行。

黑衣少女也稍稍放緩腳步，微微側身，帷帽後的眼神，充滿戒備警惕。

當年邁宦官發現少女用棉布包紮的受傷雙手時，忍不住眉頭緊皺。

「放肆！」驟然間，老宦官一聲怒喝，如舌綻春雷，雙腳好似一滑，高大身影便來到錦衣少年身前，老宦官後背輕輕一靠，以巧勁將錦衣少年推到小巷牆壁上，同時左手張開五指，手心處傳來一記沉悶的撞擊聲。

原來是有人以石子作為暗器，砸向錦衣少年頭顱側面。聲勢驚人，力道幾乎足以貫穿一堵牆壁。

老宦官砰然捏碎手心拳頭大小的石子，卻不是殺向那名刺客，而是右手一拳轟向那個黑衣少女。

懸刀少女略作猶豫，強行壓抑下拔刀出鞘的本能，歪過腦袋，剛好躲過這勢大力沉的剛猛一拳。拳風之烈，瞬間吹亂少女的帷帽薄紗。

老宦官變直拳為橫掃，拳頭正好砸向少女的腦袋。拳勢圓轉如意，毫無凝滯。少女只得迅速抬起雙臂，雙手手背疊放在一起，護在耳畔之外，呈現出十字交錯的防禦姿態，擋在拳路前方。

下一刻，少女整個人側滑出去十多步。少女輕輕吐出一口濁氣，伸出手心鮮血滲透棉布更多的那隻手，扶正了頭頂有些歪斜的帷帽。

她有些生氣。

少女轉過身，望著那個左右張望了一下的老宦官，一板一眼說道：「如果不是我，他已經是個死人了。」

老宦官置若罔聞，只是相較之前，這個對於刺殺、偷襲可謂經驗豐富的老宦官，已經將少女的危害程度下降為第二位，第一把交椅，則讓位給了小巷另一側的出手之人。

當然，小巷除了主僕二人，真正的外人，也就只有兩個。

小巷那邊，站著個高高瘦瘦的蒙面人。手臂卻極其粗壯，隆起肌肉如鐵球。

蒙面人腰間懸掛兩只袋子，裝著滿滿當當的圓狀物體。

他就站在原地，好像在說，之前的偷襲，其實只是提醒罷了。

陰冷的視線掠過少女身上的時候，男人偷偷咧了咧嘴角，眼神炙熱。

少女呵呵一笑，說了兩個字：「回來！」

話音剛落，一劍過頭顱，男人命喪當場。

莫名其妙的刺殺，莫名其妙的身死，天下殺敵最快者——劍修飛劍。

飛劍來到少女身邊，環繞她急速旋轉，如稚童撒嬌。

她沒好氣道：「滾！」

飛劍一閃而逝。

主僕二人，呆若木雞。

年老宦官並非震驚於這一手飛劍術本身，而是對於少女能夠在此地隨意駕馭飛劍感到由衷的恐懼。這種感覺，讓老人恍惚之間像是回到了少年時代，初次入宮，戰戰兢兢，某天遙遙看著那位身穿大紅蟒服、行走於宮牆下的前輩。當然不是敬畏那個連名字都不知道的宦官本人，而是害怕那一抹刺眼的猩紅。

錦衣少年回過神後，笑了笑，充滿自嘲，向前走出一步，關心問道：「吳爺爺，沒事吧？」

白髮蒼蒼的老宦官臉色沉重，搖頭道：「小心為妙。實在不行，咱家就……」

錦衣少年趕緊擺手，問道：「要不然咱們道個歉？」

老宦官有些措手不及，繼而悲憤和自責。

主辱臣死，尤其是帝王家！

但是錦衣少年已經笑道：「吳爺爺，做了錯事，說句對不起，有什麼難的。」

老宦官仍是覺得此舉不妥，但錦衣少年已經向少女走去。

剎那之間，老宦官百感交集。原來錦衣少年後背並無半點泥屑。

帷帽少女沒有理睬走向自己的錦衣少年，視線越過少年肩頭，望向那個亦步亦趨的高大老人，她神色鬱鬱道：「方才你一言不合就要殺人，雖然你有你的理由，但是我覺得這樣不對。」

錦衣少年在冷峻少女七、八步距離外，停下身形，眼神真誠道：「我叫高積，是大隋弋陽郡人氏。吳爺爺若有得罪之處，我願意向姑娘道歉和補償。」

老宦官站在錦衣少年身後，心情複雜。所謂的大隋弋陽郡高氏子弟，其實不過是個含蓄的說法罷了。大隋國祚一千二百年，坐龍椅的人都姓高，太祖皇帝便是龍興於弋陽郡。

少女對此無動於衷，抬起雙手繫緊綁帶，對老宦官說道：「若是在外邊，面對一位極有可能已經『御風遠遊』的武道大宗師，我絕非對手。但是此時此刻，我只要假借飛劍，你必死無疑。」

老宦官冷笑道：「只要那名刺客事先知曉妳的殺手鐧，以他那副小宗師巔峰的體魄，只要護住要害，任妳刺穿十劍又如何？他尚且如此，更何況我比他高出兩個境界，其中一道門檻還被視為武道天塹。小姑娘，我不知道妳哪來的底氣，才說得出來『必死無疑』四個字。」

少女皺了皺眉頭，一隻手悄然扶住刀柄：「我是很怕麻煩的人，更討厭跟人吵架，不然我們出手試試真假？誰贏了誰有道理，如何？」

極少有機會被人威脅的老宦官有些惱火。如果不是身處於這個神憎鬼厭的詭譎地方，就少女這般修為，任她再天賦異稟，老人一隻手也能碾壓虐殺十個。退一步說，如果不是重任在身，需要照顧被大隋舉國寄予厚望的少年殿下，老人哪怕拚著被此處自行循環的大道鎮壓重傷，也要好好教訓一下這個不知天高地厚的少女。初生牛犢不怕虎，勇氣可嘉，僅此而已，可這並不意味著猛虎就不會把牛犢吃得一乾二淨。

自稱高積的錦衣少年趕緊打圓場道：「如果姑娘一定要追究，我願意拿出此物作為彌補。」

高積低頭打開腰間那只布囊，掏出那方玉璽，單手托著，遞向遠處的帷帽少女：「以表誠意，只求姑娘不要追究先前吳爺爺的無心冒犯，他畢竟是出於忠義，並無害人之心。」

眉髮皆白的高大老宦官頓時悚然，單膝下跪，惶恐不安道：「殿下不可！老奴何等腌臢，此方玉璽卻是殿下機緣所在，是世間罕有的純粹寶物，甚至能夠承載民間香火，兩者如何能夠相提並論，殿下這是要活活逼死老奴啊！」

出身天潢貴胄的高姓少年臉色僵硬。

少女好似有些不耐煩，譏諷笑道：「偏居一隅的井底之蛙，倒是人人都喜歡敝帚自珍。將那方玉璽收回去吧，我一直很喜歡一句話，叫君子不奪人所好。」

少女行事乾脆俐落，轉身就走。

高積如釋重負：「起來吧，吳爺爺，跪著多不像話。我大隋十二位大貂寺，素來只跪帝王。這要是被六科言官或是禮部的人瞧見，拿出來說事，咱們倆都要倒楣。行了，這趟小鎮之行，我承蒙祖宗庇護，圓滿完成，我們就不要橫生枝節了，速速離開此地，而且在外頭跟自己人接應後，也不可掉以輕心。要知道大驪王朝內的六大柱國，其中袁、曹兩家雖是對立陣營，但是很不湊巧，這兩根大驪砥柱，與我們大隋高氏有不共戴天之仇，一旦吳爺爺你在此有了意外，戰力受損，我很難安然無恙地返回大隋。」

老宦官點點頭，緩緩起身：「老奴知曉事情的輕重緩急。」

當老宦官說到「急」這個字眼的時候，帷帽少女已經走出去二十餘步。

高積身邊拂過一陣清風，鬢角髮絲和錦衣袍袖都被吹得飄蕩起來。

原來身邊這位在大隋權柄顯赫的老人，根本就沒有放過少女的心思，此時已經一衝而去，前三步重重踩踏在小巷地面上，聲響沉悶，直透地面底下一丈有餘，第四步的時候，老人已經高高躍起，一拳砸向少女後背。

帷帽少女腰肢猛然擰轉，以左腳腳尖為支撐點，右手拔刀出鞘，小巷當中出現一抹比陽光更耀眼的雪白光輝。

老宦官以壓頂之勢撲殺而至，一拳直直砸在刀鋒上，手背竟然只被鋒芒氣盛的刃口割出一條血痕。老宦官雙腳轟然落地後，繼續前衝，推得持刀少女一直向後倒退，隨即輕描淡寫伸出一掌，看似緩慢從容，實則閃電一般推在了少女額頭。

老宦官加重力道，打算一掌碎裂這顆隱藏在帷帽下的腦袋，連忙挪動腳步，身形橫移一尺，噗哧一聲，低頭一看，有利器從後背穿透自己右邊胸口，是劍尖。

老宦官臉色不變，雙指併攏夾住劍尖，向後一推，將那柄循著少女心意來此的凌厲飛劍硬生生推出自己的胸口。

因為受到飛劍的阻滯，老宦官並沒能一掌拍碎少女頭顱，那個身體倒飛出去摔在小巷中的少女，借此喘息機會，起身後身形矯健如狸貓，很快消失在一條小巷岔道。

高積臉色陰沉得可怕，雙拳緊握，氣勢勃發，滿臉怒容道：「御馬監掌印太監，吳鉞吳貂寺！你為何不肯聽從我的暗示，非要如此偏執行事，當真以為這座小鎮就數你吳貂寺最為天下無敵？明明是我們做錯在先，事後她也未曾咄咄逼人，已經願意息事寧人，為何你還要如此毒辣，簡直就是欺人太甚！」

老宦官從少女逃離小巷的方向，收回視線，轉身走回，腰杆挺直，越發顯得氣勢巍峨。

他一步一步緩緩走回，像是重重踩在心坎上。

高積感受到那股令人窒息的威勢，被一個奴才壓迫，更是令他滿腔怒火，遂瞪大雙眼，咬牙切齒道：「御馬監吳貂寺，你這是死罪！」

老宦官淡然道：「殿下，死罪活罪，需要陛下親自定奪。在咱家看來，殿下的安危，是山嶽之重，擺在最首要的位置。而小鎮少女存在本身，在咱家看來，已經成為燃眉之急，所以真正想要萬事大吉，只有對她痛下殺手。她死了，咱家才能安心。」

看到高積眼眸中幾乎壓抑不住的熊熊怒火，老宦官嘆了口氣，輕聲道：「在皇宮大內任職六十餘年，咱家見過太多太多的勾心鬥角，血腥的，不沾血的，不計其數，對於人心，咱家實在是沒有絲毫信心。僅是護駕途中的刺殺事件，大大小小，咱家就親手解決了不下三十餘起。殿下，那些刺客殺手的陰險狡詐，絕對出乎想像，尤其是一些喪心病狂的死士，根本不可理喻，就拿剛才的蒙面殺手和帷帽少女來說……」

高積伸出手指，指向臉色冷漠的老宦官，憤怒指責道：「閉嘴！你這個老閹人！我不想聽你胡說八道！我只確定你毀了我的精心拉攏。就是個瞎子，也知道那個能夠駕馭飛劍的少女是如何天賦異稟、驚才絕豔！哪怕放於山上的修行之人當中，她也是最拔尖的天才！這樣的角色，莫說是大隋或是大驪，便是整個東寶瓶洲，她也是鳳毛麟角的存在！我只需要培養她十年，最多二十年，她就能夠成為我身後影子裡最厲害的刺客！任你是陸地神仙，是武道大宗師，算得了什麼？結果呢？我是高積，是大隋王朝的未來太子！是你這個吳老閹人的主子！」

很奇怪，飽經滄桑的年邁宦官，非但沒有被一口一個「老閹人」惹惱，反而眼神越發欣慰。等到高積發洩完畢，終於停下罵街行為，老人看著氣喘吁吁的少年，微笑道：「殿下，雖然你可能因為有些事情，未曾親身經歷過，所以不知世道詭譎和人心險惡，但是殿下有件事做得很好，很有陛下當年的風采。」

氣氛尷尬。

高稹冷靜之後，應該是意識到自己大錯特錯了，在尚未被欽定成為太子之前，就對一位御馬監掌印太監兼大隋皇宮三位看門人之一的老人如此不敬，而且關鍵此人還深得父皇、母后兩人的信賴。

皇子高稹張了張嘴巴，卻看到那個被自己罵作老閹人的權勢宦官笑道：「殿下，記住一點，不要跟下人隨隨便便說對不起，沒有必要，還白白作踐了身分，下人也未必領情。哪怕心懷愧疚，也應該深深埋在心底，須知被譽為人間真龍的皇帝君王，是口含天憲的九五之尊……」

高稹道：「吳爺爺，以我如今的身分，說這個太早了。」

老宦官突然身體緊繃，如臨大敵，一把將錦衣少年拉到自己身後，自己則望向蒙面殺手屍體那邊。

有個身材修長的中年儒士，突兀出現在小巷盡頭處，緩緩走入，來到殺手屍體附近。

儒士蹲下後，摘下殺手臉上的面巾，只看到一張奇怪的臉龐，無眉毛，被削鼻，臉上刻字。此人生前曾經是刑徒，這一點毋庸置疑。

儒士默然，果然是早有預謀，恐怕這場謀劃，要從那座文廟開始算起。

高稹眼神熾熱，從老宦官身後走出來，彎腰作揖。不管如何，先行禮再說，然後才抬頭恭敬問道：「敢問可是山崖書院的齊先生？」

齊靜春站起身，對高稹說道：「若非你率先占據了一份大機緣，你們兩人今日無法如此輕鬆離開。」

外來人士在小鎮上相互廝殺，按照最早四位聖人訂立的規矩，懲罰並不重，但也不能算輕，相較於濫殺小鎮凡夫俗子必然會被驅逐，外人之間的爭鬥，就存在一個明顯的「漏洞」，讓人可以亡羊補牢。

高積在內的三撥人之所以都攜帶一名「扈從」，也正是為此做了最壞的準備，以便在關鍵時刻推出來做替罪羊。要不然僅僅是一個名額，就要耗費大隋高氏皇帝內庫的一半積蓄，好歹是一位泱泱上國皇帝陛下的私房錢，整整一半家底子，金額之大，可想而知，所以誰肯無緣無故當這麼個冤大頭？其實說得通俗一點，就是花錢消災罷了。只不過在這裡的開銷，用搬空一座金山銀山來形容也不為過，世俗市井所謂的一擲千金，對比起來簡直就是兒戲。

被下了逐客令的高積，繼續自顧自說道：「齊先生，以後有機會的話，能否去我大隋書院講學？我大隋願意專門為先生，將『國師』虛位以待！」

老宦官想了想，還是沒有阻止少年的僭越言論。

如果真的能夠說服這個讀書人，日後為大隋高氏出謀劃策，大隋皇帝肯定龍顏大悅。

齊靜春笑了笑，不曾答話。

老宦官對待萍水相逢的帷帽少女，殺伐果決，心狠手辣，此時面對這位坐鎮此處的定海神針——山崖書院的齊先生，就呈現出另一種極端姿態，低頭抱拳道：「齊先生，多有叨擾，還望海涵。方才對一個晚輩出手，實在是無奈之舉，希望先生體諒咱家作為高家奴僕的苦心。」

齊靜春一揮袖：「速速離去。」

高積和老宦官只得告辭離去，剛好走了一條帷帽少女撤退的路線。

高積低聲問道：「她死了？」

老宦官搖頭道：「肯定命不久矣。飛劍無非是讓她多活片刻，於事無補。」

高積猶豫了一下，好奇問道：「吳爺爺是什麼時候看出她駕馭飛劍，其實遠遠沒有表面看上去那麼輕鬆愜意？」

老宦官說道：「過猶不及，她的早慧露了馬腳。」

高積訝異不解。

老宦官帶著高積拐出原先小巷，輕聲道：「咱家問殿下一個問題，殿下見多了世間富貴豪奢的珍奇物件，還會對小鎮尋常瓷器感興趣嗎？」

高積拍了拍腰間口袋，笑道：「當然不會，只有這方玉璽，或者跟它差不多水準的玩意兒，才能讓我感到欣喜。」

老宦官點頭道：「正是此理。那個少女在御劍殺人的時候，心如止水，極其鎮定從容，就像……常人的吃喝拉撒。而且事後察覺到我的真實武道修為後，便果斷放棄爭鬥的念頭，尤其是害怕我反過來看穿她的色厲內荏，才故意主動挑釁我們。她的真實意圖，是好給雙方各自找一個臺階下，是怕咱家心存殺心，寧肯誤殺也不願錯放，對她斬草除根，所以她必須要破局。當然，事實證明她做得並不好。不過說到底，小小年紀，有此心思，已經很不簡單。但越是如此，一旦放虎歸山，任其茁壯成長，將來對殿下的威脅就越大。」

老宦官感慨道：「少年、少女正值意氣風發，若是熱血殺人，或是慷慨赴死，其實咱家都不奇怪，但是緩緩思量之後的從容赴死，或是生不起半點心湖漣漪的殺人，就很反常。甚至可以說，這只能是被閱歷磨礪出來的性情，跟一個人的天賦高低、資質好壞，都沒有太大關係。無論修士還是武夫，許多天才早夭，就在於性情短板太過明顯，一遇坎坷就容易壞事。」

高積哀嘆道：「不管怎麼說，都可惜了。」

老宦官半真半假玩笑道：「殿下，如果這樣一個人物的生死都要嘆氣一次，那麼等到殿下以後真正站在山頂，應該會很忙的。」

高積笑道：「我不信。」

老宦官突然說道：「不知是否錯覺，咱家感覺到那位齊先生，雖一身通天修為，卻好像出了不小的問題。」

這位大隋皇子滿臉無所謂道：「反正原本只要能夠拿到這方『龍門』璽就算大功告成，哪裡想到這方價值連城的寶璽竟然『淪為』了大買賣的小添頭，所以咱們是該見好就收了。一說起那條金色鯉魚，我就忍不住想到那個草鞋少年……」

老宦官笑道：「殿下是想著以後找個機會，感謝一下那個少年？」

高積搖頭道：「哪裡啊，我是心疼那一袋子銅錢。」

老宦官啞然失笑。

以後大隋說不定會有一位勤儉皇帝？

一條南北向的僻靜小巷，唯有車軲轆聲。

有個頭頂蓮花冠的年輕道人，今天早早不做生意了，正在推車前行，想著回到住處後，收拾收拾，趕緊打道回府，這個爛攤子，誰摻和誰倒灶。

有個身材苗條的黑衣人，突然從東西向的小巷岔口處，踉踉蹌蹌走出來，最後背靠著牆壁，緩緩移動，一手越過帷帽淺露薄紗，使勁捣住嘴巴，一手指向年輕道人。

年輕道人趕緊低頭，默念道：「看不到我……看不到我……太上老君急急如律令……就算了吧，還是佛祖保佑，菩薩顯靈……」

一個道士事到臨頭，不求三清老祖，反而去求佛拜菩薩，實在是有些不像話。果然，佛祖菩薩好像是不樂意搭理別教門下的徒子徒孫，那帷帽少女不知從哪裡冒出的最後一點氣力，搖搖晃晃衝向道人，噗通一聲重重摔倒，但是一隻手已死死攥住了道人的腳踝。

年輕道人雙手捧住腦袋，一臉崩潰的淒慘模樣，好像是在仰頭問天：「這麼大一個因果砸過來，不等於讓貧道在額頭刻上『一心求死』四個字嗎？貧道這些年雲遊四方，風餐露宿，跋山涉水，經常走在街上被狗咬……很辛苦的好不好！幹你娘的大隋高氏，還有姓吳的老狗，你們給貧道等著，這筆帳沒有五百年，根本算不清楚……貧道的道行修為這麼淺，真的挑不起什麼重的擔子啊……」

已經語無倫次的年輕道人低下頭，只差沒有淚流滿面了：「小姑娘，妳發發慈悲心，放過貧道好不好，回頭貧道就幫妳找一處山清水秀的地方，風水極好，肯定能夠福澤子嗣……哦、不對，姑娘還是黃花大閨女，那就……」

少女已經澈底暈死過去。

年輕道人眼見四下無人，蹲下身就要悄悄掰開少女的五指。

嗖一下。飛劍凌空懸停，劍尖距離年輕道人眉心不過三寸。

年輕道人不露聲色地鬆開手，滿臉憐憫，大義凜然道：「人非草木，豈能沒有惻隱之心？貧道這一生光風霽月，豈是那種見死不救之人！」

年輕道人盤膝而坐，整張英俊的臉龐都快要皺成一團了：「接下來送往何處，也是麻煩啊。」

一直距離年輕道人眉心三寸的那把飛劍，迅猛前移一寸。

年輕道人耐心解釋道：「想要讓你主人活下來，貧道還需要一個幫手。對了，你去老槐樹那邊戳一片槐葉過來，貧道先替她吊住這一口元氣。你家主人有些特殊，貧道不想為了救人而胡亂救人，到時候不小心耽誤了她的修行前程，這一樁新因果……又他娘的讓貧道想死了一了百了啊……」

飛劍好似在猶豫，劍尖微微顫抖。

年輕道人沒好氣道：「早去一分，你家主人就能從鬼門關早走回來一步。去晚了，大家一起完蛋！」

飛劍眨眼間便消失不見。

年輕道人低聲氣憤道：「郎有情、妾有意，才成良人美眷，你齊靜春齊大先生倒好，亂點鴛鴦譜，拉屎也不擦屁股！」

年輕道人一手托腮幫，一手掐指算卦：「容貧道來算算，將妳送到小鎮哪戶人家，妳既能活下來，對方也不至於家破人亡。先從盧家……盧家不行，跟趙家差不多，已經機緣在身，那就宋家？」

這邊小巷裡的年輕道人話音未落，福祿街上的宋家門庭，張貼在大小門扉上的所有門神瞬間失去神采，黯淡無光，還有凡人肉眼不可見的縷縷青煙升起。

庭院深深處，有一個滄桑老人推門而出，赤腳站在院子裡跳腳怒罵道：「是哪個王八蛋在謀害我宋氏基業？出來一戰！」

年輕道人咳嗽一聲，自言自語：「福祿街的劉家，瞧著香火鼎盛，像是能扛事的主兒，試試看？」

劉家那塊傳承千年的家族廳堂匾額，砰然碎裂，出現一條條觸目驚心的裂縫。有老嫗嗓音渾厚，以龍頭拐杖重重敲擊地面：「何方神聖，能否出來一見？」

年輕道人假裝什麼都沒有發生：「那就桃葉巷的魏家？一看你們家就是積善積德的，肯定承受得起這份因果。」

很快就有老人以祕術傳音，向學塾那邊怒吼道：「齊靜春！你不管管？你要是管不了或是不敢管，就趕緊滾蛋，把位置讓給阮邛！讓他來收拾這個鬼鬼祟祟的傢伙！還是說這一切，就是你齊靜春本人在發洩私怨？」

有個男人在小鎮廊橋以南的小溪畔正在領著人挖井，站直身後，他面向北方嘴唇微動，彷彿一聲聲春雷，在福祿街和桃葉巷上空滾滾響動：「夠了！不許對齊先生不敬，而且我阮某人也絕不會在春分之前，涉足小鎮事務！」

一時間，天地寂寥，萬籟寂靜。

而那個小巷推車旁邊坐著的罪魁禍首，正在抓起黑衣少女的一隻手，然後將那片飛劍帶來的翠綠槐葉，丟在她鮮血模糊的手心上。

槐葉觸及少女手心傷口後，如冰雪消融，轉瞬消散。

年輕道人感慨道：「每每見到此情此景，都要為這份天地造化之功，感到……」醞釀了半天，他也沒能想出讓自己滿意的言語。

年輕道人最後低頭，看著微微有些氣色流轉的少女，有些犯難：「既然妳牽扯到的氣數比貧道想像的還要大，那就只能逆其道而行了。小鎮之上，六百戶人家，盤根交錯，世世代代浸染此方祕境的氣息，妳要說讓貧道找個有氣數縈繞的傢伙，輕而易舉，可是找個窮光蛋，比登天還難啊。這就像是在朝會大殿上，找個當大官的容易，找個乞丐，妳讓貧道怎麼找？」

年輕道人「咦」了一聲。還真找到這麼一個可憐蟲。

他沒有絲毫驚喜，反而悚然，閉上眼睛，捫心自問。

年輕道人嘆了口氣：「不管怎麼樣，先看你會如何選擇，貧道絕不強求，你若是不願，貧道便自己擔起這份因果好了。」

最後他學僧人雙手合十：「佛祖保佑，菩薩顯靈，一定要讓貧道渡過此劫啊。」

泥瓶巷中。

年輕道人彎腰推著一輛雙輪車，來到一處院門外停下，敲門後問道：「陳平安在嗎？」推車上，角落縫隙裡，放著一把雪白鞘的長劍，鞘內飛劍病懨懨的，像是在嫌棄年輕道人找了這麼個破落戶。

年輕道人已經想好一大堆措辭，來應對陳平安那個「是誰」的問題，但是出人意料，院門很快打開，顯而易見，陳平安直接跳過了那個環節。

泥瓶巷是小鎮最為狹窄逼仄的巷弄，年輕道人的雙輪木推車不可能放在外頭攔路，好在陳平安雖然看著骨瘦如柴，沒幾斤氣力，事實上膂力不小，幫著年輕道人將頗為沉重的推車一起弄進了院子，並不怎麼費勁。

從頭到尾，陳平安都沒有說什麼，這就讓關上門後的年輕道人有些尷尬了。這就像一個人厚著臉皮去登門借錢，主人好茶好酒好肉殷勤招待著，客人但凡剩下點良心，都會越發難以啟齒。

年輕道人想著橫豎是難堪，不如來個痛快，就掀開覆在推車上的一張棉布褥子，露出一個身體側臥蜷縮的黑衣少女，歪歪斜斜卻不掉落的帷帽仍然倔強地遮擋著主人的容顏，不知為何，當掀開那層單薄被褥後，頓時有一股血腥氣撲面而來，陳平安這時候才發現少女一身黑衣，隱約有鮮血滲透出來。

陳平安倒是沒有想到一塊小小被褥，為何就能完全掩飾住這股濃重氣味，只是後退數步問道：「道長，你要做什麼？」

年輕道人說道：「救人！她受了重傷，小鎮上無人願意救她，也怪不得他們各掃門前雪，所以貧道思來想去，覺得你有可能會是個例外。」

陳平安一語命中要害，問道：「她怎麼受的傷？」

年輕道人臉不紅、心不跳，道：「貧道方才推車經過牌坊樓的時候，見這個外鄉年輕女子，竟然說是去對『氣沖斗牛』這幅匾額進行拓碑，帶著拓包、刷子等物，噌噌噌就爬了上去。至於拓碑啊，怎麼說呢，就是這麼個臨摹勾當，大體是讀書人吃飽了撐的，一時半會兒貧道也說不明白，反正這個小姑娘爬上去後，低頭彎腰坐在橫梁上，看得貧道心驚膽戰，只得停下來，時不時提醒她一聲，哪裡想到她最後仍是太過入神，冷不丁，啪嘰一下就結結實實摔在地面上了。你也知道，牌坊那邊地面，不比你們泥瓶巷，硬得跟福祿街青石板差不多，這下可好，摔得估計五臟六腑都傷到了。貧道是出家人，必須慈悲為懷啊，不能不管，對不對？這一路過來，家家戶戶都嫌棄她一身鮮血，剛過完年沒多久，太晦氣，哪裡願意抬著她進家門。貧道也知道這是人之常情，所以這不，實在沒法子，才找到你這裡來。說句難聽的，要是連你也不願收留她，貧道也不是什麼能夠從鬼門關拉人的神仙，就只能等著這位姑娘咽下最後一口氣，再盡力找處地方，挖個坑，立塊碑，就當了事。」

年輕道人故意講得語速極快，咬字也不清晰，顯然是想著把陳平安給兜圈子兜迷糊了，先蒙混過關再說。萬事開頭難，只要起個開頭，之後就能走一步、算一步，天無絕人之路，總有柳暗花明的時候。

陳平安眼神複雜，看了眼滿臉希冀的年輕道人，又瞥了眼死氣沉沉的黑衣少女，一番天人交戰後，點頭道：「怎麼救？」

年輕道人頓時神采飛揚起來：「得嘞！有你陳平安這句話，就算成了一半，別看她看著傷勢可怕，感覺像是閻王爺在生死簿上勾去姓名了，其實沒你想的那麼誇張……當然了，方才貧道所說也句句是真，這其中涉及種種玄機，譬如這位姑娘的求生欲望極其強烈。另外，她身上好像也有些家傳門道，能夠護住她至關重要的心竅和丹室等；還有就是咱們小鎮，是個很有意思的地方，奇奇怪怪的玩意兒很多，吃了或者抓了，大有裨益。」

年輕道人回過神，意識到自己洩露了很多天機，乾笑道：「反正你也聽不懂，對吧？」

陳平安認真道：「聽不懂，但是大多記得住。」

年輕道人試探性問道：「所以你在屋子裡一聽敲門嗓音，就知道是貧道這個擺攤的算命先生了？」

陳平安猶豫了一下，說道：「對。」

年輕道人又好奇問道：「你記性很好？有多好？」

陳平安看了眼奄奄一息的黑衣少女，年輕道人笑著解釋道：「她現在處於一種比較玄之又玄的狀態，不能隨意挪動身體，最好稍等片刻。」

陳平安將信將疑：「我看東西，比聽別人說話，更容易記得住。」

年輕道人追問道：「打個比方？」

陳平安想了想：「比如我們那座龍窯的窯頭，姚師傅，他的『跳刀』技術，是小鎮所有老師傅裡最厲害的，我其實看一遍就記住所有細節了，但是……」

年輕道人笑著接過話題：「但是你的手腳始終跟不上，對不對？」

陳平安眼睛一亮，使勁點頭。

年輕道人會心一笑：「那你有沒有想過，姚老頭的那手絕活，真正厲害在什麼地方？」

陳平安臉色晦暗：「以前怎麼都想不通，後來劉羨陽跟我說，姚老頭說跳刀這門手藝想要做到最好，一定要心穩，而不僅僅是手穩。我聽到這些話後，就有些明白了。我之前太著急，越心急，手越亂，越亂就越容易出錯，一出錯，我看得一清二楚，知道自己哪裡做得不像姚老頭，接下去就更心急，所以在龍窯那邊拉胚，我一直是最差的。」

年輕道人淡然道：「有句老話叫，師傅領進門，修行在個人。可人家當師傅的，根本就沒想著把你領進門，你又如何修行？」

陳平安搖頭道：「我手腳笨，不說跟劉羨陽比，就是一般的學徒，我也比不上。姚老頭看不上我，不奇怪。」

年輕道人突然笑道：「陳平安，你知不知道『心穩』兩個字有多難悟？很難想明白的，你不可妄自菲薄。」

陳平安仍是搖頭道：「就像小溪裡抓魚，我站在水深不到膝蓋的地方，彎個腰抓到魚，是抓。有的人水性好，到大深坑裡一個猛子跳下去，憋氣很久抓到魚，那也是抓。同樣是抓到了魚，道長，但是這兩者不一樣的，對吧？」

年輕道人哈哈大笑，不置可否，突然說道：「咱們可以救人了。」

陳平安愣在原地，年輕道人也愣了愣：「發什麼呆，將這個姑娘抱到屋裡床上啊！」

陳平安紋絲不動：「然後呢？」

年輕道人天經地義道：「當然是先幫姑娘換上一身潔淨的衣裳，然後再去藥鋪抓幾味補氣養元的藥材，到那個時候，就需要貧道親自出山，一展身手了。」

陳平安黑著臉問道：「姑娘醒過來後，我會不會被她打死？」

年輕道人斬釘截鐵道：「不會！你可是她的救命恩人，世間豈會有如此忘恩負義之人？」

陳平安默不作聲。

年輕道人咳嗽一聲，氣勢驟降：「大概不會吧？」

陳平安嘆了口氣，試探性問道：「隔壁家有個姑娘叫稚圭，讓她來做這些事情？」

年輕道人無奈道：「不可以，問題癥結就在這裡。」

陳平安也沒有堅持，蹲在地上，雙手撓著腦袋。

年輕道人突然問道：「你就沒有想問的？你問出口的話，貧道未必可以全部解惑，但盡量挑一些可以回答的，如何？」

陳平安嘆了口氣，起身道：「先救人。」

年輕道人笑顏逐開：「善！」

他悄然拂袖，將一柄蠢蠢欲動的飛劍死死壓制在鞘內。

陳平安背起少女往屋內走，將她輕輕放在墊有被褥的木板床上。

先前被劉羨陽一屁股坐塌的木板床，剛剛修好沒多久，床底下墊了條板凳。

年輕道人跟在身後跨入門檻，環顧四周，家徒四壁，不過如此。

年輕道人一拍腦袋，出門去拿紙筆，準備開個方子讓陳平安去抓藥。

回到屋子後，年輕道人搖了搖頭，故意不去看木板床那邊，心想著這貧寒少年，板上釘釘是要吃不了、兜著走了。原來坐在床沿上的陳平安，已經摘下黑衣少女的帷帽，露出一張滿臉血汙的蒼白臉龐。

所謂的七竅流血，大概就是陳平安眼皮子底下這幅畫面。

陳平安連忙起身，先從桌邊拿了條凳子放在床邊，然後快步跑去一處角落，那邊搭了一個小木架，整齊地放著鍋碗瓢盆，木架旁邊，有一只覆以木板遮擋蚊蠅的小水缸，水缸裡裝滿了從杏花巷鐵鎖井那邊打來的井水。

陳平安拿了只木盆和葫蘆瓢蹲在水缸旁，從陶缸裡舀出清水快速倒入木盆，然後將一塊乾淨棉布搭在盆沿，端到床邊放在凳子上，開始幫摘去帷帽的少女擦拭血汙。

年輕道人轉過頭，揚起手裡一張紙：「福祿街那邊有家小藥鋪，你拿這個方子去抓藥。」

陳平安疑惑道：「道長先前不是說……」

年輕道人一臉懵懂，眨眨眼道：「對啊，貧道是說讓你抓藥的時候小心一些，不要過於高調張揚，以免弄得滿城風雨，壞了姑娘的名聲。」

陳平安「哦」了一聲，一邊清洗棉布一邊問道：「道長有沒有抓藥的錢？」

年輕道人頓時緊張起來：「你沒有？」

陳平安將木盆放在桌上，把一枚不知從何處取出的金色銅錢輕輕按在桌面上：「道長，我拿這個跟你換普通銅錢，至於怎麼個換法，道長你說了算。」

年輕道人思量片刻：「桌上這枚銅錢就夠買藥方上的東西了。貧道這就去給你取錢。」很快，年輕道人就拿回一袋子普通銅錢，還有幾粒碎銀子，一股腦兒交給陳平安。

陳平安叮囑道：「這盆水，回頭我來倒，道長不用幫忙，住在隔壁的宋集薪，比較喜歡新鮮事情，讓他瞧見了，不好。」

年輕道人鄭重其事道：「陳平安，你難道就沒有想問的問題？」

陳平安站在原地，大致掂量過銅錢和碎銀子，做到心中有數後，小心翼翼收起來，眼神示意出去說話。

兩人走出門檻後，陳平安抬起頭，緩緩道：「我知道你們都不是常人。姚老頭很早喝醉酒時就說過，我們小鎮不同尋常，哪裡都奇怪，人人都奇怪，但是什麼地方奇怪，姚老頭也說不出個什麼來，我當然就更不懂了。這次顧璨說那個說書先生，一只普普通通的大白碗能倒出一大缸的水。顧璨雖然挺惹人煩，可這件事情，我知道他沒有說謊。就像……」他停頓了一下，繼續說道：「就像今天有個子很高的女人，在門外這條巷子裡，她用手指彈了我額頭一次，手掌拍了我心口一下，最後她說我很快就要死了，我知道她說的話，是真的。」

年輕道人臉色沉重。

陳平安最後說道：「道長你說你寫的符紙，燒了後，能夠給我爹娘帶去好運，我其實是相信道長的。所以道長找上門來，說讓我救人，我剛才沒有說什麼，但是我希望道長答應我一件事情，如果答應，接下來道長不管要我做什麼，都沒有問題，如果道長不答應，這趟抓了藥，再幫道長煎完，我就會趕人了。」

年輕道人問道：「什麼條件，你說說看。」

給人印象一直很平穩老練的陳平安，竟是有些忐忑，回答道：「我爹娘去世得早，當時我很小，不知為什麼，小時候很多事情，我都記得，就是我爹娘的模樣，總是模模糊糊，記不真切。後來吃了一段時間的百家飯，是靠著街坊鄰居才活下來的。有一次我無意間聽人說起，我是五月初五那天出生的，聽他們口氣，應該不是一個怎麼吉利的日子，隔壁有個人說得更直接坦白一些……」

陳平安一直在繞彎子，停了停，終於直奔主題，低下頭，語氣沉悶：「幫道長救了人之後，如果，我是說如果，如果我有一天突然死了，道長能不能幫我下輩子投胎，還投胎做我爹娘的孩子？」

年輕道人沉默不言。

陳平安咧嘴一笑，撓撓頭：「不行就算了。確實，天底下哪有這樣的事情，是我為難道長了。」

年輕道人苦笑道：「那位姑娘咋辦？」

陳平安猛然轉過身，背對著年輕道人，揚起拳頭揮了揮，破天荒開起了玩笑：「她長那麼俊俏，不救是傻子！」

年輕道人望著故作輕鬆、推門離去的草鞋少年。

走在泥瓶巷裡的陳平安，好像想起了誰，一下子就淚流滿面了。

陳平安走出泥瓶巷的時候，剛好碰到宋集薪的婢女稚圭。她在將蔡金簡送去顧璨家後，沒有急於回家，而是穿過巷弄那頭，去逛了一遍杏花巷那邊的小鋪子，雖然沒有購買什麼東西，心情仍是不錯，一路蹦蹦跳跳，歡快輕盈。

生長於鄉野，好似帶著一股青草香的少女，與那些高簷大宅、庭院深深的大家閨秀，做派到底是不一樣的。

她見到陳平安後，沒有像以往那般低斂眉眼著微微加快步伐側身而過，反而停下了腳步凝視著這個不經常打交道的鄰居，欲言又止。

陳平安對她笑了笑，小跑著擦肩而過，然後跑得越來越快。

稚圭安安靜靜站在泥瓶巷口子上，轉頭望去，陽光下奔跑的寒酸少年，挺像一隻生命力頑強的野貓，四處流竄，長得不咋樣，但好像也餓不死。

稚圭在小鎮上並不討喜，受累於少年宋集薪的性情古怪，被取名稚圭的她不管是去鐵鎖井打水，還是趕集買東西，或是給少年添置文房用品，總給人一種不合群的感覺。她也沒有什麼同齡的玩伴，遇上熟人從來不愛多說話，對於偏好熱鬧喜慶的小鎮百姓而言，這樣的少女，實在是很難親近起來。

在這方面，陳平安的境況和婢女稚圭，其實有些相似。不同的是，陳平安雖然也不愛說話，但其實本身性格絕對不惹人厭，相反，陳平安生性溫和友善，從來沒有什麼刺人的鋒芒，只是家境敗落的關係，又早早去了龍窯燒瓷討生計，才顯得和鄰里之間關係沒有那麼熟絡。當然，泥瓶巷的街坊們，對於陳平安的生日，確實會有些說不清、道不明的忌憚。

五月初五，在小鎮鄉俗裡，屬於五毒並出的「惡日」，陳平安在這一天出生，加上他爹娘的紛紛去世，他早早成了家裡最後一根獨苗，自然而然會讓人心裡頭犯嘀咕。尤其是上了歲數、喜歡在老槐樹那邊湊熱鬧的老人，對於這個泥瓶巷的少年尤為疏遠，私下也會告誡自家孩子不要接近，但是每當孩子滿臉不情願，刨根問底問為什麼的時候，老人們又說不出個所以然。

此時一個修長身形從小巷走出，站在少女身邊，婢女稚圭轉過頭，一言不發，只是向前走。那人便轉身與她並肩走在泥瓶巷裡，那人正是學塾先生齊靜春，小鎮唯一的讀書人，正兒八經的儒家門生。

稚圭腳步不停，臉色冷漠：「我們兩個，井水不犯河水，不好嗎？而且先生你別忘了，之前確實是你占據天時地利人和，我一個小小的賤籍奴婢，當然只能忍氣吞聲。但是從最近開始，先生你那座遠在不知幾千萬里外的法脈道場，好像出了點問題，對吧？所以現如今先生只是井水，而我才是河水！」

泥瓶巷的不速之客齊先生微微一笑，道：「王朱……罷了，暫且入鄉隨俗，喊妳稚圭便是。稚圭，妳有沒有想過，妳雖是天地眷顧，應運而生，可是當真以為我沒有壓勝手段？還是說妳覺得幾千年前，四位神龍見首不見尾的聖人連袂蒞臨此地，親自訂立規矩，只是嘴上說說而已，沒有留下半點後手？說到底，妳只是坐井觀天罷了。蒼穹之高，大地廣袤，遠遠不是井口那點光景模樣啊。」

稚圭皺了皺眉頭：「齊先生，你也莫要拿話來唬我，我不是我家少爺宋集薪，對你那套冠冕堂皇的說辭，不感興趣，也從來不信。先生不妨打開天窗說亮話，打生打死也好，好聚好散也罷，我都接著。」

齊靜春緩緩道：「勸妳脫離此處樊籠後，不要得寸進尺。涸澤而漁，無論對誰都沒有好處。尤其是妳和他踏上修行大道之後，不管是否結為道侶，都應當收斂銳氣，不可跋扈恣睢。這並非什麼威脅，而是離別之際，我的一些肺腑之言，也算是善意的提醒。」

照理說，兩人身分天壤之別，婢女稚圭卻極為不卑不亢，甚至當下氣勢還要隱約壓過齊靜春半頭。

她譏笑道：「善意？數千年來，你們這些了不得的修行中人，高高在上，畫地為牢，拿此地作為一塊莊稼地，今年割一茬、明年拔一捆，年復一年，千年不變，怎麼到了現在，才開始想起要同我這孽障『與人為善』了。哈哈，我聽少爺說過一句話，被你們很多人奉為圭臬，叫作『非我族類，其心必異』，對吧？所以也怪不得齊先生，畢竟……」

齊靜春繼續前行，輕輕踏出一步，似笑非笑：「哦？」

一步之後，婢女稚圭臉色微變。

兩人不知何時站在了一處地方，四處漆黑，伸手不見五指，唯有遙遙的頭頂上方，有無數孕育著神聖氣息的光線灑落而下。

他們如同置身於一口深不見底的水井井底，那些金黃色的陽光從井口緩緩落下。

齊靜春一襲青衫，衣衫上有陣陣流光，流轉不息，浩然之氣，正大光明。

稚圭先是面容猙獰，只是很快就恢復了臉色淡漠的麻木模樣，呢喃道：「六十年佛門梵音，如耳畔打雷，聲聲不歇。六十年道家符籙，如附骨之疽，竭力撕咬。六十年浩然正氣，遮天蔽日，無處可躲。六十年兵家劍氣，如地牛翻身，無處不被濺射。每一個甲子就是一次輪迴，整整三千年了，永無寧日……我就是想知道你們所謂大道根柢到底在哪裡，先生書本上的白紙黑字，先生傳道授業解惑時的微言大義，我看得到、聽得到，但是找不到……」她癡癡望向那位正氣凜然的中年男人，既是窮鄉僻壤、籍籍無名的教書匠，也是儒家山崖書院的齊靜春，一個連大隋王朝權勢大貂寺也要尊稱一聲「先生」的讀書人。

稚圭突然笑了，問道：「先生何以教我，要如何勸我向善？如果我沒有記錯，你們儒家那位至聖先師以及道祖之一，都曾提出過『有教無類』？」

齊靜春搖頭道：「跟妳講一萬句聖人教誨，也沒用。」

稚圭看似在和這位儒士雲淡風輕地閒聊，實則整個人就像一張緊繃的弓，眼角餘光不斷打量四周，尋找破局的蛛絲馬跡。

齊靜春對此視而不見，冷笑道：「我知道妳其實有無窮無盡的憤怒、怨恨、殺意。我並非容不得異類，只是妳要知道，隨意起惻隱之心，氾濫施行慈悲之舉，從來不是真正的三教教義。」

「我們家少爺經常念叨，跟讀書人掰扯道理，最沒意思了。」稚圭扯了扯嘴角，眯起那雙詭異的黃金重瞳，「原來齊先生是真的迴光返照了，自然比起以往更加不好惹……」

齊靜春一笑置之：「道理講不通無妨，但是只要我齊靜春在世一天，還有資格坐鎮此地一日，妳這忘恩負義的孽障，就別想張牙舞爪！」

稚圭伸手指了指自己，笑問道：「我忘恩負義？」

齊靜春怒色道：「當年在妳最虛弱之時，不得不低頭俯首，主動與人締結契約，是誰在泥瓶巷的大雪天救了妳？又是誰這麼多年來，一點點蠶食掉他的僅剩氣數？」

稚圭笑道：「餓了，就要找東西吃，把肚子填飽，這不是一件天經地義的事情嗎？再說了，他本來就沒什麼大的機緣，早死早投胎，說不定下輩子還有點渺茫希望，若是任由他這種無根浮萍留在小鎮，嘿，那可就真是……」

齊靜春一揮大袖，輕聲喝道：「住嘴！」

他怒斥道：「大道之玄，天理昭昭，豈是妳可以一言斷之？人生各有命數緣法，妳有什麼資格替他人做出選擇？」

稚圭頭頂，憑空出現一隻光芒璀璨的金色大手，氣勢威嚴，如佛陀一掌降伏天魔，又如道祖一手鎮壓邪祟，迅猛按在她腦袋上，迫使她瞬間跪下，額頭重重磕在地面。

磕頭聲，砰然作響。

低頭的稚圭，雙手撐在地上，掙扎著起身，不見容顏的她，發出一陣陰惻惻的笑聲：「你們可以壓我低頭，但我絕對不認錯！」

那隻威勢磅礡的金色大手，扯住稚圭的腦袋，一提起一按下，又是一次磕頭，此次聲響重如春雷。

齊靜春沉聲道：「別忘了！這一線生機，是聖人們給妳的，並非妳爭取而來！否則別說鎮壓妳三千年，三萬年又有何難！」

始終被按住腦袋的稚圭嗓音沙啞：「你們的狗屁大道，我偏不走！」

齊靜春高高抬起手臂，對著身前虛空猛然拍下：「放肆！給我鎮！」

從井口投下的金黃光線中央，浮現出一方白玉印章，丈餘長寬，方方正正，印章篆刻有八個古老文字，有極其鮮紅刺眼的沁色，無數紫色雷電縈繞印章，滋滋作響。

隨著齊靜春一聲令下，真可謂是傳說中的言出法隨，巨大印章從天而降，砸在本就跪在地上的稚圭背脊。

這一枚蘊含天道威壓的巨大印章，好像不是實物，沒有將稚圭壓得整個人匍匐在地，而是裹挾風雷迅速嵌入地面，再無蹤跡，好似雨點大、雷聲小。但是一瞬間後，稚圭整個人像是被重物砸斷了渾身骨肉，一攤爛泥般癱在地上，無比淒慘。即便如此，少女有一隻手五指如鉤，使盡全力，五指指甲好像正在地面上刻字。

齊靜春面無表情，冷聲道：「三次磕頭，是要妳分別禮敬天地！蒼生！大道！」

稚圭眼神呆滯，沒有回應。

齊靜春輕輕揮袖，散去那股令人窒息的磅礡威嚴：「我齊靜春不過是聖人門下一介腐儒，就能壓得妳三磕頭，妳出去之後，一旦為所欲為，真不怕遇上比妳更不講理的存在，一根手指就將妳碾碎？」

齊靜春嘆了口氣：「妳在此地，確是被鎮壓、拘押，不得自由，但是妳有沒有想過，世間哪裡有絕對的自由。我儒家至聖制定種種禮儀，何嘗不是在為萬物蒼生謀取另一種自由？只要妳不逾矩、不違制，只需恪守禮節，有朝一日，天大地大，何處去不得？」

稚圭抬起頭，死死盯住齊靜春。

齊靜春走出一步，天地恢復正常。

他和婢女稚圭重返泥瓶巷，陽光溫暖，春風和煦。

稚圭搖搖晃晃站起身，笑容慘白，微微露出森森的牙齒：「先生今日教誨，奴婢記下了。」

齊靜春不再說話，轉身離去。

稚圭突然問道：「就算我對陳平安忘恩負義，但是先生身為出類拔萃的聖人門生，為何會袖手旁觀？為何只對弟子趙繇和我家少爺，青眼相加，對於身世平常的陳平安，不過爾爾？這何嘗不是與商賈做買賣無異，若是奇貨可居，便精心栽培，對待粗劣貨物，便敷衍應付，能否賣出好價格，根本不在乎？」

齊靜春笑了：「天行健，君子以自強不息。」

稚圭茫然。

當齊靜春身影消失在小巷盡頭時，稚圭頓時浮現出滿臉不屑，狠狠呸了一聲。

她一瘸一拐返回自家院子，經過陳平安家的時候，皺了皺鼻子，擰了擰眉頭，她有些犯迷糊。只是由於那個該死的讀書人的道行崩壞，當下小鎮已是處處天機洩露，就像一艘四處漏水的小船，她尚且自顧不暇，更要為將來仔細謀劃一番，也就懶得去斤斤計較了。

當她推開院門後，一條粗看不起眼的四腳蛇不知道從哪個旮旯角落躥出，飛快爬到她腳邊，被她氣呼呼地一腳踢飛。

陳平安屋子裡，年輕道人端坐在桌旁，眼觀鼻、鼻觀心。

前不久還是將死之人的黑衣少女，竟然已經能夠自己坐在床上，盤腿而坐，也沒有戴上帷帽，露出一張讓人記憶深刻的臉龐。

倒不是說少女如何傾國傾城，只是過於英氣勃發，很大程度上讓人忘記了她的出彩容貌。少女雙眉不似柳葉似狹刀，當她以一種充滿審視的意味凝視年輕道人的時候，後者有些難得的侷促，分明沒做任何壞事，卻有些心虛。

年輕道人咳嗽一聲，趕緊撇清自己：「姑娘，事先說好，妳是貧道救下的，但背妳進屋子，幫妳摘去帷帽，再給妳洗臉等等，可都是另有其人。他叫陳平安，這棟破敗宅子的主人，是個黑炭似的窮苦少年，父母雙亡，當過燒瓷的窯匠，還跟貧道求過一張符紙來著。大體上就是這麼多，姑娘妳如果還有什麼想問的，貧道一定知無不言、言無不盡。」

陳平安這就給賣得一乾二淨了。

少女點了點頭，沒有惱羞成怒，只是大大方方、誠心誠意地說了一句：「感謝道長救命之恩。」

更加心裡打鼓的年輕道人乾笑道：「無妨無妨，舉手之勞，姑娘無恙就好。」

黑衣少女問道：「道長不是東寶瓶洲人氏？」

年輕道人反問道：「姑娘也不是，對吧？」

她「嗯」了一聲，年輕道人也跟著「嗯」了一聲。

頭頂蓮花冠的年輕道人笑道：「貧道姓陸名沉，並無道號，平時稱呼陸道人即可。」

少女輕輕點頭，瞥了眼陸沉的道冠。

陸沉猶豫了一下，壯起膽子道：「那少年雖然有些事情不合禮節，但是事急從權，加上貧道也不曾想到姑娘痊癒如此之快，故而有所冒犯的地方，希望姑娘不要怪罪。」

少女笑道：「陸道長，我不是蠻不講理的人。」

陸沉打哈哈道：「那就好，那就好。」

少女挑了一下眉頭，陸沉的笑容便隨之刻板僵硬起來。

她環視四周，眼神平淡，隨口說道：「我聽說此洲鑄劍第一的『阮師』，打算在這裡開爐鑄劍，我就一路跟到這裡，希望他能夠幫我打造一把劍。」

陸沉感慨道：「如果真是他的話，讓他親自鑄劍可不容易。」

黑衣少女明顯也有些煩惱：「是很難。」

這個時候，陳平安左手拎著一兜兜草藥包，右手拎著個小包裹，先象徵性敲了敲房門，才快步跨過門檻，將藥材放在桌上，輕聲道：「道長，你看看有沒有抓錯，如果有，我馬上去換。」

陳平安始終拎著包裹，轉身望向少女，盤膝坐在木板床上的黑衣少女，與陳平安對視。

黑衣少女平靜道：「你好，我爹姓寧，我娘姓姚，所以我叫寧姚。」

陳平安下意識道：「妳好，我爹姓陳，我娘也姓陳，所以……」他有些神色尷尬，但是很快就坦然笑道：「我叫陳平安！」

寧姚倒是沒什麼，陸沉忍不住哈哈大笑。

陸沉突然意識到氣氛有些不對勁，連忙轉移話題：「綠水潭龍鱗樫的嫩葉，哦，在咱們這兒就叫三春柳，它的葉子採摘時候不對，晚了七、八天。還有這包龍飛草，俗名叫姑娘腰，研磨粉末的時候也太馬虎了，還有這紙堆花，楊家鋪子更是不像話，說好了三兩，怎麼少了一錢的分量？」

陸沉竹筒倒豆子，挑了一大堆毛病，幾乎就沒一樣是滿意的，感覺像是跟楊家藥鋪有什麼私人恩怨，但最後來了一個大轉折，蓋棺定論道：「這鋪子掌櫃的良心給狗吃了，不過桌上這些藥材，煎藥救人倒是夠。當然了，這主要歸功於這位寧姚姑娘的身體底子好，跟楊家鋪子至多有半枚銅錢的關係。」

陸沉一拍腦袋，攤開一張素白紙張，一邊提筆寫字，一邊叮囑道：「差點忘了，貧道這就再給你寫一份煎藥的方子，這是件實打實的細緻活，陳平安你可馬虎不得。貧道這藥方既是療傷，同時也能固本培元，是兵家在立於不敗之地的前提下，以戰養戰的上乘路數。而且好就好在性子溫，不傷人，頂多就是所耗時日多一些，多買些藥材，無非是開銷銀子的事情。何時武火急煎，何時文火慢煎，貧道都已詳細寫在紙上，甚至什麼時辰煎藥也有講究。總之，接下來一旬，陳平安你多辛苦。男人嘛，本就是扛擔子的人，要不然怎麼會有頂天立地大丈夫一說？切不可推脫責任，白白叫人家姑娘小看了去……」

說到「頂天立地」四字的時候，陸沉不易察覺地搖了搖頭。

一服藥方不過半張紙，如何煎藥倒是用了兩張紙，字體是很平常的小楷，方方正正，規規矩矩。

陳平安有些著急，問道：「道長難道之後就不管了？這種生死大事，道長是不是親自盯著更穩妥些？」

陸沉無奈道：「貧道這就要離開小鎮了，南澗國境內有貧道這一脈的宗門，有個典禮要舉行，貧道想去親眼看看。」

陳平安更加無奈：「道長，可是我不識字啊！」

陸沉愣了愣，笑道：「沒關係，寧姑娘認得字，煎藥之前，你多問她相關事宜便是。」

少女點頭。陳平安還想要說話，陸沉猛然記起一事，從袖中掏出一枚青玉印章，小巧玲瓏，對著印面輕輕呵了一口氣，然後對著書寫藥方的那張紙，重重按下，從紙面提起印章後，頗為滿意。

印章收入袖子後，陸沉連同兩張紙一起遞給陳平安：「好好收著，小鎮上書籍多是私人家藏，你購買不易，如果真想學字，可以從貧道這服藥方學起。」

陸沉向寧姚笑道：「一葉浮萍歸大海，人生何處不相逢。寧姑娘，那咱們後會有期？」

寧姚正色道：「陸道長，後會有期！大恩不言謝，將來只要需要在下幫忙，就可以飛劍傳書至倒懸山，只是道長記得，千萬別忘了署名『陸沉』二字，否則倒懸山未必會允許飛劍進入山門。」

聽到「倒懸山」這個名稱後，陸沉顯然有些驚訝，欲言又止，寧姚微微搖頭，他很快領會心意，不再刨根問底。

有些事情，對屋內的陳平安而言，不知道更好。

陸沉率先離開屋子，不忘拉上陳平安的手臂：「陳平安，貧道最後與你說些話。」

陳平安先將那包裹放在床上，跟寧姚說是新買的衣裳。

之後兩人來到院子，陸沉直接低聲問道：「以你的記性，想必早已認得第一服藥方上的字，再加上隔壁就住著個讀書種子，『不識字』這個說法，不是你攔著貧道離開的真正理由。」

陳平安回答道：「以道長的本事，肯定知道原因。」

陸沉啞然失笑：「你是覺得自己必死無疑，所以怕無人照顧那個小姑娘？」

陳平安點頭道：「當時我既然開了門，就要負責到底。」

陸沉站在推車旁邊，雙指併攏，悄然一抹，那柄被儒士齊靜春按入兩字劍氣的白鞘長劍悄悄飛進屋內，應該是寧姚不願嚇到陳平安，便默認了這把飛劍的僭越之舉。

陸沉思量片刻，他思考問題的時候，會下意識伸出一根手指，敲擊頭頂的蓮花冠，最後說道：「來此之前，聽一位師兄說過，做事情要講道理，做人要近人情……既然如此，貧道也不好太過死板苛刻，雖說世人各有各的緣法，可既然貧道所在宗門的根本教義，本就與一般道統宗門的法旨有所偏差……相逢已是緣，勉強還算是一段善緣，貧道不妨順勢而為，那籤筒和一百零八支籤，無法贈送給你，因果太亂，一旦理不清，又斬不斷，很是麻煩。至於那方私印，有點重啊，送給你，小鎮一旦沒了禁制，所有事物都暴露在光天化日之下，貧道不是害你是什麼。唉，難不成要送點金銀銅錢？這未免也太不講究，太俗氣了些，貧道哪裡好意思……」

不料陳平安斬釘截鐵道：「陸道長，送錢的話，很講究，不俗氣！」

陸沉玩味笑道：「之前兩樣東西你聽不懂，但是肯定曉得意義不小，為何不開口討要？」

陳平安緩緩道：「能夠最少裝下一大缸水的白碗，可以燒符紙給陰間長輩的道長，受了重傷、奇奇怪怪的姑娘，還有那一袋子二十八枚金子做的銅錢，以前是姚老頭嘴上說我們這裡很奇怪，但是現在是我親眼看到了。如果遇上那兩個外鄉男女之前，我肯定會躲著你們所有人，今天門也不會打開。」

陸沉斜靠在推車上，沉聲道：「那名外鄉女子，用手指點了你的眉心，是一門強行開人竅穴的下作勾當，在武學上被稱呼為『指點』，手法有高低之別，用意也有好壞之分。打個比方，你家院門並不牢固，對不對，她便故意用鐵錘敲打，門當然可以進，但其實壞了根基。試想一下，在以後風霜雨雪的天氣裡，那個開門之人，早就腳底抹油，但是你這個常年居住院中的主人，怎麼辦？」

陳平安猶豫了一下：「我還算能夠吃苦。」

看著一點不像是說笑話的陳平安，陸沉氣笑道：「這才是她第一次出手害你，若是筋骨強健、氣血旺盛，你活到三、四十歲不難；之後她以手掌拍打你心口之舉，才是真正的致命傷，壞了你身軀本元不說，還斷了你的長生之路……準確說來，你本來剩下一線機緣，借著此方天地翻覆、乾坤倒轉的大運勢，未必沒有可能續上大道修行。這就像滾滾洪流直下，河中竟是蛟龍魚蝦無數，運氣好的人，當然收穫大，但是哪怕運氣最不好的，別人撈起蛟龍蛇黿，他說不定沾沾光，也能抓條小魚小蝦之類的。」

陳平安沒有滿臉駭然或是驚慌失措，安安靜靜地站在那裡，甚至沒有絲毫故作鎮定的跡象。

陸沉既無欣賞也無貶低，輕聲嘆息道：「陳平安，年紀輕輕，看淡生死，可不是什麼好事啊。你是不是覺得能活著是最好，但是如果真的沒法子，老天爺實在不讓自己活了，死就死，也不怕，對不對？因為死這件事，其實對你而言，反而是一次有希望重逢的機會？」

陳平安沒有否認。

陸沉突然罵道：「那你有沒有想過，哪怕你能夠在浩浩渺渺的陰冥之間，僥倖與你爹娘相逢，當他們看到你的時候，是什麼心情？」

陸沉越說越氣，伸出一根手指，使勁戳著陳平安的腦袋，像是要把這顆榆木腦袋給戳得開了竅：「稗官野史和志怪小說裡的白無常，頭頂高高的白帽子，每當他來到陽間拘押死人魂魄的時候，死人便能清晰看到白帽上頭寫著四個大字：『你也來了！』陳平安！我問你，你爹娘見到你的時候，會不會很高興地問你陳平安：『兒子，你也來了啊？』他們還能夠安心去投胎嗎？你真以為世間有幾人，有那洪福齊天的氣數，能夠生生世世做子女或是夫妻？貧道明明白白告訴你，休想！便是那些一言可讓山河變色的上宗掌教也無此通天本事，更何況是你陳平安，一個朝不保夕、三頓飽飯都沒有的窮光蛋？」說到最後，陸沉疾言厲色，極為嚴肅。

陳平安茫然失措。這是他懂事後，生平第一次感到如此恐懼，手腳冰涼。

陳平安蹲下身，雙手抱著頭，這一次沒有撓頭。

陸沉低頭看著那個瘦小的身影：「罷了、罷了，為了救人，貧道欠你一個人情，本想著能賴帳是最好，不然剩下點放在來世再說，如今看來，還是全部都還你，以後就兩清了。貧道與你說三件事，你一一記清楚。第一件事，是等寧姑娘身體好些，帶著她去小鎮外南邊溪邊，找一對姓阮的父女。切記，是帶著她一起去，否則你自己去一百趟都沒用。去了之後，哪怕死皮賴臉、撒潑打滾，你也要爭取做他們的幫工學徒，挖井搬石也好，鑄劍打鐵也行，總歸都是找到了一處蔭涼的落腳處。如此一來，寧姑娘也算是還清了你的人情，你也別覺得自己是占人家便宜。第二件事，是五月初五之後，你要經常去廊橋底下的小溪，撿石頭也好，抓魚摸蝦也罷，隨你，總之經常去，心煩意亂的時候去，心生感應的時候更要去，至於收穫如何，以你的那點機緣，天曉得，但好歹是『勤能補拙』了。若是這樣還一無所獲，你小子就認命吧。」

陸沉說完兩件事後，開始推車，看到陳平安仍然蹲著不動，只不過面朝自己。

「起來幫忙！」

陳平安起身後，去幫著推車，好奇問道：「不是說好三件事嗎？」

陸沉冷哼一聲：「早就跟你說了，自己想去！」

陳平安愕然。

之後陸沉又叮囑了一些事情。

「那些銅錢挺金貴，好好留著。接下來一段時間，少出門。多笑笑，總板著長臉，模樣又不英俊，你小子給誰看呢？」

絮絮叨叨，陸沉倒像是個長輩了。

將車子弄出院子，陳平安說他來推出泥瓶巷，陸沉也沒有拒絕。

一前一後走在小巷裡，陸沉最後說道：「有句話，還是說了吧。按照貧道推算的命數來看，你爹娘早逝，並非你的過錯。」

陸沉停頓很久，直到推車馬上要離開泥瓶巷，這才輕聲說道：「不但如此，你此生命途坎坷，還是受累於你爹娘。」

陳平安默不作聲。

最後陸沉堅持不讓陳平安送行，獨自推車向東門遠遠離去。

回首望去，陳平安依然站在小巷口，朝自己使勁揮手，笑臉燦爛，全然不像是一個將死之人。

第四章　捕蛇鷹

老龍城的少城主苻南華，此時端坐在宋集薪對面，雙手小心握住那只底款「山魈」的小壺，仔細打量底款刻痕，如同欣賞一位傾城佳人的曼妙身軀，百看不厭。

端詳、摩挲、呵氣，苻南華已經翻來覆去折騰了小半個時辰，愛不釋手。

總有些人或物，會讓人一見鍾情，心生歡喜。對於眼光挑剔的苻南華而言，這把養心壺正是此類。雖說撿漏和打眼，只有一線之隔，可苻南華堅信自己這次是前者，而且撿的漏還不小。他所在的老龍城，在東寶瓶洲南方眾多宗門當中，名列前茅，所以苻南華是真正見識過大富貴的仙家子弟，這也是先前蔡金簡處處示弱的緣由。

宋集薪打了個哈欠，縮在椅子裡，換了個更舒服的姿勢，懶洋洋問道：「苻兄，既然東西真假已經確認無誤，那我們是不是該談談價錢了？」

很少被人稱兄道弟的苻南華壓下心頭淡淡的不適感，戀戀不捨地放下山魈壺，笑道：「在下誠意如何，宋老弟肯定心裡有數，要不然我絕對不會開誠布公，一見面就直接說破此壺的真實價值，更不會如此磨磨蹭蹭，直白顯露我對此壺的志在必得，為的就是以免雙方漫天要價坐地還錢，空耗光陰，還傷了兄弟情分。宋老弟，我苻南華已經將你視為未來修行路上的知己，目前是可以放心做買賣，以後能否福禍相依，甚至是託付生死，就看咱們今天這第一步，走得踏實不踏實了。」

宋集薪伸出一根手指，點了點這位神情真摯的高冠公子，笑咪咪道：「苻兄啊，我這人特俗氣，渾身銅臭，當然了，朋友也會認。只是到了大家坐下來談生意的時候，如果有人跟我講兄弟情，我難免就會在心裡問自己，這麼一號人，會不會以後需要他講兄弟情的時候，他其實在心裡打小算盤做買賣？」

苻南華臉色冷了下來，身體後仰，靠在椅背上，一根手指輕輕敲擊桌面，動作輕柔，悄然無聲。

對於苻南華的態度變化，宋集薪好像渾然不覺：「喊你一聲苻兄，拿出這把壺，給你過眼，就是我的誠意了。既然大家都想著做成買賣，那就乾脆俐落點。苻兄你給出價錢，我點頭或者搖頭，我給你兩次出價的機會，兩次過後，等於過了這村兒、沒這店兒，任你許諾給我金山銀海，對不住兄弟，我不賣了。」

「先前那塊玉佩，算是我的見面禮，名為『老龍布雨』，算不得什麼威力巨大的仙家法寶，只是能夠去暑、清心和避穢，尤其對冥想坐忘大有裨益，如果有一門道家上宗祕傳的口訣作為輔助，就可事半功倍。」苻南華笑容真誠，臉上並無半點倨傲施捨的神色。

他將一只繡袋放在桌上，用手心推向宋集薪那邊，鄭重其事道：「我這袋子銅錢叫供養錢，是世間諸多香火錢之一，一般供奉於城隍廟或是文昌閣的神像上，含在嘴裡，藏在肚子裡，托在手掌上皆有可能，而且各有各的講究和功用。但這些都不是最重要的，真正關鍵的地方在於這些瞧著像是黃金的錢幣，是遠遠比黃金貴重的『金精』，仙人曾言

『水碧或可采，金精祕莫論』，便是說此物。這一袋子金精供養錢，作為買壺錢，不好說綽綽有餘，終歸是個公道價格，若是再加上那塊老龍佩，我苻南華敢說宋老弟你絕對是賺的。」說完這些「肺腑之言」，苻南華靜等回覆。

宋集薪沉默片刻，眨眨眼，問道：「完啦？」

苻南華苦笑道：「說完了。」

宋集薪驟然翻臉，一巴掌拍在桌面上：「姓苻的，滾你大爺！當小爺是好糊弄的三歲稚童？你們進入小鎮之前，會有三袋銅錢，除去一袋子買路錢，之後每得手一份寶貝，無論大小，照理要送出一袋。一袋子銅錢，多則三十枚，少則二十枚，可你這只乾癟癟的錢袋子，裡頭有沒有十二枚？做買賣，連這點誠信也不講，也敢從小爺手裡換機緣？」

苻南華手指加重力道，由慢及快，一次次輕叩桌面。

宋集薪心口一顫，莫名其妙就呼吸困難起來，滿臉漲紅，眼眶泛出血絲。他趕緊伸出一手，按住心口處，心跳劇烈如同擂鼓，咚咚咚，簡直就像是要撞破胸腔。

苻南華逐漸放緩手指敲擊的速度，宋集薪臉色好轉。

苻南華笑咪咪問道：「既然第一次開價，沒談攏，那我就再開一次價格，二十四枚金精供養錢，你這把山魈壺，賣不賣？」

大汗淋漓的宋集薪猶豫不決，眼見著對方有所動作，他正要設法緩和形勢，那位習慣了眾星捧月的老龍城少城主，已經再次加快敲打速度，如一場突如其來的夏日驟雨。

宋集薪雙手按住胸口，英俊的臉龐早已扭曲，猙獰中帶著一絲狠辣笑意。

苻南華差點沒忍住，想著將這頭狼崽子敲死算了，但是最後關頭，步步登天、證道長生的大誘惑，仍是壓過了個人好惡，於是他停下手指動作，放了宋集薪一馬。

宋集薪大口喘氣，眼神炙熱，沙啞笑著，苻南華對此百思不得其解。

宋集薪眼中似乎沒有什麼恨意，苻南華倒是沒覺得這是一件值得驚悚的事情，修行路上，光怪陸離，多的是怪胎奇人，只是疑惑問道：「你在笑什麼？」

宋集薪呼吸越來越平穩，癱靠在椅背上，抹去額頭汗水，眼神熠熠道：「我一想到不久的將來，自己也能夠擁有你這樣的本事，彈指殺人，就無比開心。」

苻南華一笑置之，不愧是讓自己惺惺相惜的同道中人。

這種人，最好打交道，只要你位置比他好；也可能最不好打交道，一旦被他爬到頭頂上去……不過老龍城的少城主，可不覺得自己在此成功截獲機緣後，會比不上一個九歲之前、始終沒能被人帶離小鎮的少年。

宋集薪看了眼桌上的那把小壺，半袋銅錢，抬頭道：「苻南華，我有兩個條件，只要你答應，我除了賣給你一把山魈壺，再拿出一件不輸給它的老物件。」

苻南華壓下心中喜悅，盡量語氣平淡道：「說說看。」

宋集薪也不賣關子兜圈子，語不驚人死不休：「第一，我要你給我三袋子金精錢幣，而不是兩袋！」

苻南華毫不猶豫道：「可以！」

宋集薪死死盯著對方的眼睛。

苻南華笑道：「信不信由你。同時，我今天出門之前，你必須拿出那件值兩袋金精的東西，讓我親自掌眼。」

宋集薪也點頭道：「當然！」

苻南華問道：「那麼第二個條件是？」

宋集薪緩緩道：「替我殺一個人。」

苻南華搖頭道：「你既然連一袋子有多少枚銅錢都曉得，也就應該知道我們這些『外鄉人』，是不可以在此隨意殺人的，否則就要被立即逐出小鎮，甚至有可能被削去一部分根骨，聖人會再以仙家手段剝掉相關機緣，慘不忍睹，更連累家族失去此地一切機緣。」

宋集薪嘴角翹起：「你先別急著拒絕，可以靜觀其變，如何？」

苻南華笑問道：「我很好奇，你想殺誰？」

宋集薪半真半假道：「我也在想呢。」

苻南華重新拿起那把小壺，感受著壺身的細膩肌理，隨口道：「那我就拭目以待了。」

桌對面，宋集薪下意識揉了揉自己的脖子，臉色奇差無比。

之前稚圭將蔡金簡送到顧家院門外，便自顧自逛街去了。

蔡金簡推門而入後，如遭雷擊，站在原地不敢動彈。她望著那個坐在長凳上的老人，顫聲問道：「前輩可是在書簡湖潛修的截江真君？」

老人問道：「妳是如何認得老夫？」

蔡金簡恭敬道：「晚輩雲霞山蔡金簡。十年前曾經跟隨家父去往書簡湖，觀看老黿馱碑出水的奇景，有幸遠遠看到前輩的風采，記憶猶新，至今難忘。」

老人點頭道：「知道了。」

蔡金簡心情略微沉重：「真君，晚輩是想……」

被稱為「截江真君」的「說書先生」瞥了她一眼，淡然道：「看在雲霞老祖的份上，老夫便不計較妳的不請自來，下不為例。出了院子，記得關門。」

蔡金簡只是沉默片刻，便點頭道：「晚輩先行告退。」

她還真就這麼走了，而且沒有忘記乖乖關上門，動作輕緩，滴水不漏。

院內，婦人望向院門那邊，擔憂問道：「仙長，她不像是會善罷甘休的人，有沒有麻煩？」

擁有「真君」尊號的老人嗤笑道：「進了小鎮，呼口氣、放個屁，可能都會有麻煩，難道為此就不要機緣了？」

婦人無言以對。

老人笑了：「我且問妳，顧氏，如果妳可以選擇，是願意讓顧璨去往雲霞山修行，還是跟隨我去往書簡湖？」

「莫急著回答。」老人擺擺手，讓婦人不要急於表態，緩緩道，「雲霞山，是我東寶瓶洲二流墊底的山門，不過妳若是覺得這雲霞山就不值一提，則是大錯特錯。雲霞山出產的雲根石，是真正的天材地寶，別說是在東寶瓶洲，便是整座天下，也只此一家，故而雲霞山地位超然，大家都願意敬他三分，尤其是道家丹鼎派的宗門道觀，與雲霞山更是香火綿延千年，有著很深的關係。而老夫，不過是書簡湖的修士之一，只占據著一座湖心島，弟子屈指可數，奴僕不足百人。」

婦人顧氏嫣然一笑，徐娘半老，風韻猶存：「我與那雲霞山女子的差距，便是她與仙長你的差距，我怎麼可能讓顧璨放著洞天福地不去住，卻跟隨那女子去田地裡刨食吃？」

截江真君爽朗而笑，突然記起一事，沉聲道：「那少年身世如何？顧氏，妳往細了說，以防萬一。」

顧氏愣了愣，捋了捋鬢角髮絲，這才輕聲說道：「那可憐孩子叫陳平安，爹娘都是鎮上長大的人。他娘親跟我關係還很好，模樣一般，性子是真好，我好像從沒有見她和誰紅過臉。她男人那相貌，上不了檯面，還真有點配不上她，不過燒瓷手藝不錯，如果不是死得早，指不定熬個二十年，就能當上那座大龍窯的窯頭。至於是怎麼死的，有說是那個暴雨夜，怕斷了窯火，匆忙趕路，一失足跌入了溪澗；也有說是去砍柴燒炭，貪圖小便宜，闖入朝廷封禁的山頭，給野獸叼進深山老林了。總之，屍體都沒找著。那男人，幾棍子打不出個屁的悶葫蘆脾氣，對自家孩子倒是好，每次回鎮上都要捎帶些小禮物，小鼓、糖菩薩、老碎瓷，大體上說來，那一家三口，在男人死前，還算安穩。

陳平安他爹死後，他娘大概是有了心病，精神氣很快就撐不住了，本來就不結實的身子說垮就垮，不到一年時間，就病倒了，瘦得皮包骨頭，看得我們這些老鄰居見了都發慌，完全認不出是當年那個頂水靈的俊俏女子。那個時候，就是陳平安那孩子照顧著她，那麼點大的孩子，買藥熬藥、燒飯炒菜，什麼都做，孩子當時個子太矮，燒菜還得踩在板凳上，還有，為了省錢給他娘親買藥，有些容易見著的藥材，便漫山遍野找去，多了就賣給藥鋪。

估摸著有次是吃錯了藥草，背著背簍回到泥瓶巷的時候，那孩子突然就摔在地上，口吐白沫，滿地打滾。嚇得我們以為這一家三口，就這麼全沒了。當時我婆婆還在世，就說這一家子都走了才好，省得留下誰吃苦，都走了，在陰間還能有個全家團圓。後來，孩子不知怎麼的，自己就好了，扛過了那場病，只是孩子他娘還是沒能熬過那個冬天。

哦，對了，仙師，陳平安那孩子是五月初五生的，咱們小巷老一輩的街坊鄰居都說，這算是一年當中最不吉利的一天了，很容易招來髒東西，還會連累家人。所以那孩子爹娘走了之後，家裡已經找不出一枚銅錢了，甚至那些個他爹送的小物件，幾乎都被他拿到小鎮別處地方，找那些同齡人換了吃食……」

顧氏說到這裡，截江真君終於開口說話：「五月初五？有點意思，容我算算。」五指掐訣，袖有乾坤。

見顧氏發呆，截江真君笑道：「妳繼續說便是。」

顧氏「哦」了一聲：「念在那麼多年鄰居情分上，我們這些住在泥瓶巷中的人，雖然不太敢把陳平安往自己家裡帶，但是時不時救濟一下他，送幾碗飯菜過去，這點小事情還是能做到的。人心都是肉長的，說實話，如果不是那孩子的生日實在讓人犯忧，沒誰不打心眼裡心疼這個懂事的孩子。當然了，有一說一，街坊裡也有不厚道的，一些個見不得別人好的傢伙，就喜歡故意作踐那個孩子，害得他最後只好去當了窯工學徒。要知道他娘親臨死前，可是要孩子答應她，將來哪怕當個乞丐，也絕對不許去龍窯做活的。那麼孝順聽話一孩子，能夠讓他違背誓言，肯定不是一般的事情。」

截江真君問道：「陳平安的爹娘，兩人的姓名和生辰八字，妳知不知道？」

顧氏只說知道名字，生辰八字就沒人清楚了。

截江真君說不礙事，片刻之後，冷笑道：「雕蟲小技，鬼蜮伎倆！」

顧氏一頭霧水。

截江真君解釋道：「那男子死於非命，多半是無意間知曉了小鎮的祕密，只可惜運氣遠不如妳們家好，祖蔭更比不得妳家多，最後男人為了他兒子的安危，偷偷打碎了那只本命瓷瓶。如此一來，自然讓小鎮外的某座宗門落了空，這可是好大一筆投入，一個小窯工，哪裡賠得起，就只好以命相抵，一條命不夠，就加上他媳婦的。說來可笑，大概是那個窯工的死對某些人來說太過輕巧，實在懶得耗費多餘精力，故而用以瞞天過海的遮掩術法，竟然施展得如此簡陋，也太不當回事了。」

顧氏臉色黯然。

截江真君一眼便洞穿了顧氏的心思，笑問道：「怎麼，愧疚反悔了？」

顧氏慘然一笑：「是有愧疚，終究是我看著長大的孩子，肯定有。但是要說反悔，絕對沒有！」

截江真君點頭道：「看出來了。」

顧氏自言自語道：「如果換成陳平安他娘處於我現在的位置，相信她也會這麼做的。」

截江真君搖頭道：「那倒未必。」

顧氏沒來由大聲道：「她肯定會！」

截江真君也未生氣她的無禮，只是感慨道：「可憐天下父母心。」

陳平安坐在門檻上：「寧姑娘，我能不能問妳一些事情？」

寧姚背靠牆壁，盤腿而坐，綠鞘狹刀橫放膝前：「當然。但是涉及機密和隱私的話，我不回答。」

陳平安問道：「妳們來這裡，一般會待上多久才離開？」

寧姚皺了皺眉頭：「不一定，有些人運氣好，可能當天來回，有些人運氣差，一輩子就交待在這裡了。如果一定要我給出個推斷的話，也行，但是未必準，你自己看著辦。比如我們這撥人，一行八人，兩撥屬於狗大戶，人傻錢多，他們一看就不像是能來去匆匆的，怎麼都該在小鎮上待個幾天；那個戴高冠、掛玉佩的公子哥，估摸著會相對順利一些；有個傻大個兒，一門心思要對付那口水井，能不能得逞，就看老天爺賞不賞這碗飯給他吃了。」

陳平安追問道：「還有個人呢？」

「誰？」

「就是個子高高的、歲數不大的那個女人。」

「你喜歡她？」

門口的陳平安笑了笑，根本就沒有當真。

寧姚大概也覺得自己說了個不好笑的笑話，神色沉重起來：「我其實聽到你和陸道長的聊天了，你和她有恩怨，所以想……報仇？」

她嘆了口氣：「勸你一句，像你們這些半山腰上的人，在山頂那些人眼中，其實跟山腳的人沒什麼兩樣。不是人家眼高於頂，而是他們確實有資格看低你們，到了這個『末法之地』後，不說那個雲霞山的女子，就是那個穿大紅袍子的小孩子，他一拳打在你胸口上，也能要你嘔血一大碗，反過來你使勁打他一拳，不敢說是撓癢，但最多也就是讓他感到一陣氣悶，絕對傷不到臟腑。至於原因，很難掰扯清楚，主要還是我不擅長講這個。」

陳平安背對屋子，望向門口，道：「我想知道，她為什麼要殺我，我們明明才第一次見面。」

寧姚醞釀了半天，才開口道：「她未必是那種濫殺無辜的人。怎麼說呢，修行路上，跋山涉水，有寬有窄，有陽關道，有獨木橋，走得快了，不小心踩死了螞蟻，餓了從江河裡抓幾條魚，道法有所小成，隨意施展開來，誤殺了鳥雀蛇鼠，皆有可能。我說得不太好，你聽得懂我的意思吧？」

陳平安「嗯」了一聲，道：「大致懂了。」然後他有些沉悶，重新望向院門口。

其實他一點都不懂，不懂為什麼那些人，可以如此無視別人的性命。

很久之後，陳平安轉頭笑道：「要是姑娘不嫌棄，就住在這裡好了。需要什麼只管說。」

「那你呢？」

「我認識一個人，這兩天就去他那邊住，妳不用擔心，他叫劉羨陽，是我的……朋友。好朋友！」

寧姚看著門檻上那個瘦弱背影，笑道：「謝謝！」

陳平安咧嘴一笑，撓撓頭，沒說什麼客套話。

他猶豫片刻，最後終於鼓起勇氣，再次轉頭道：「寧姑娘，如果有一天我回不來了，妳就把我那袋子金色銅錢交給劉羨陽，讓他以後幫我照看這棟宅子，也不用打掃，偶爾修補一下，加些新瓦，不讓它漏雨就行。還有就是牆別塌，院門也別太破了。如果能夠在大年三十的時候貼上門神和春聯的話，是最好了！如果覺得這件事太麻煩，不做也沒關係。」

寧姚看到陳平安說到門神和春聯的時候，眼睛裡閃著異樣的光彩。

顯而易見，這個泥瓶巷的孤兒，希冀著過年的時候，家門上能夠有門神，門楣上能夠有春字，已經想了很多很多年了。爹娘死後有多少年，便想了有多少年。

所以當這個了無牽掛也無心結的少年，輕輕吐出一口濁氣，拍了拍膝蓋，緩緩站起身的時候，擱置在屋內桌面上的鞘內飛劍，驟然嘶鳴。

荇南華走出屋子的時候，發現那個清清秀秀的婢女就坐在院子裡的小板凳上，手裡拿了一把玉米，正在餵雞，老母雞帶著一群黃毛絨絨的雞崽，低頭啄食。見到她後，荇南華微微一笑，少女不知是性格靦腆，還是天生冷漠，扯了扯嘴角，就當是回禮了。

荇南華拉開院門後，發現蔡金簡竟然等在小巷，興致不高。他轉身關上門，透過漸漸狹窄的門縫，看到一張抬起頭望過來的容顏。荇南華突然發現這個丫鬟，這個本該滿身泥土氣息的貧賤少女，竟然有一雙頗為不俗的眼眸，襯托得她宛如一抹初春綻放的嫩綠。不過荇南華也未多想，姿色出眾的女子，環肥燕瘦，風姿綽約，對於老龍城少城主的他而言，實在是看膩了。

和蔡金簡並肩而行，荇南華問道：「怎麼了，不順利？機緣一事，本就好事多磨，未必能夠次次一錘定音，不用灰心喪氣。」

蔡金簡天生風情柔媚，修行之後，洗髓伐骨，僅就身體而言，比起世俗女子當然更是淨如琉璃。山下女子，一眼看去再驚為天人，歸根到底，終究是一副臭皮囊罷了。

此時雲霞山的仙子臉色不太好看，可見她的心情有多糟糕，否則也不至於如此明顯擺在臉上，應該之前在小巷等待就憋了一肚子火氣，實在是不吐不快：「有位高人捷足先登了，是書簡湖的地頭蛇之一，截江真君劉志茂。連一點商量的餘地都沒有，見面就搬出我雲霞山的掌門師祖，來壓我一個晚輩，從頭到尾我只說了幾句話，就被他趕出了那個顧璨的院子。」

苻南華若有所思，提醒道：「出了泥瓶巷再聊。」

蔡金簡疑惑道：「此地不是一律術法禁絕嗎？」

苻南華笑道：「能夠來此地尋找機緣的人物，誰沒有點壓箱底本事？如妳我這樣的年輕人，可能還好。根據小鎮的規矩，越是修為高深，被鎮壓的力度越大，聖人之下，境界越是臨近聖人，照理說就越是孱弱如稚童，對吧？但是妳有沒有想過，若是有得道高人拚著道行折損，也要施展神通的話，難不成當真不如我們這些後進之輩？」

蔡金簡反駁道：「有聖人在此，他截江真君還敢明目張膽對我出手？」

苻南華勸說道：「我們來此是找善緣的，不是來結怨的，哪怕沒有性命之憂，跟前輩們惡了關係，終歸不美。」

蔡金簡並非鑽牛角尖的人物，點頭道：「苻兄所言甚是，是老成持重之論。」她苦著臉，楚楚可憐：「可是我真的不甘心啊，已經送給你十塊雲根石，若是竹籃打水一場空，回去如何跟祖師爺們交代？」

走出泥瓶巷後，苻南華和蔡金簡幾乎同時精神一振，這絕非光線驟然明亮那麼簡單，兩人面面相覷，然後視線迅速錯開。

原本極為興奮雀躍的苻南華，也冷靜了許多，他仔細思量這趟小巷之行，與蔡金簡的結盟，沒有露出任何馬腳才對，跟少年宋集薪的交易，也無紕漏才是，本就是一樁符合規矩的公平買賣，那位坐看此地風來風走、水起水落的聖人，豈會有插手的閒情逸致？那麼這股壓力來自何處？難道是那個連名號也沒聽過的截江真君？

相比苻南華的心思深遠，蔡金簡的想法更加簡單，以為是被苻南華說中，截江真君確實動用了某種神通法術，對自己進行了監視。她一陣後怕，幸虧只是說了些埋怨言語，不曾放狠話、說氣話。

各懷心事的兩人走在大街上，距離泥瓶巷越遠，兩人心頭的沉悶感覺便越輕，苻南華覺得那是機緣氣數之重，蔡金簡則感覺是家族負擔之重。

抬頭望著遠處那座牌坊，苻南華好奇問道：「書簡湖的截江真君？我怎麼根本沒印象？即便我老龍城位於一洲極南之地，可是真君之位，何其顯赫，我再孤陋寡聞，也該有所瞭解啊。」

蔡金簡壓低嗓音，冷笑道：「什麼真君，旁門裡還算位置靠前的真人而已，最是道貌岸然，也根本沒資格稱為真君，好事之徒的阿諛之詞罷了。想那元武帝何等精明，自然不會敕封此人為真君，一個蘿蔔一個坑，真君的頭銜，給出去一個，很可能意味著兩百年都拿不回來。何況加上元武帝祖輩們的大手大腳，到了他手裡，就只剩下兩個真君的名額，更不會隨隨便便給一個沽名釣譽的旁門野修。」

苻南華恍然：「原來如此。」

每一位真君坐鎮王朝，都可以為君主收攏、壓制和增長國運。

道家真君之位，幾乎可謂道教宗門中人在世俗王朝的廟堂頂點，兵家的上柱國、儒家的大學士也在此列。

蔡金簡看似隨意問道：「那個宋集薪如何？」

苻南華也隨口回答：「那個少年啊，野心勃勃，天生聰穎，靠山不小，就是格局……」

蔡金簡笑道：「不大？」

苻南華哈哈笑道：「不能說不大，只是不夠大。」

兩人走到牌坊下，苻南華意氣風發，喃喃道：「時來天地皆同力。」

蔡金簡抬頭望著「莫向外求」四字，心頭空落落的，只覺得悵然若失，好像先前在泥瓶巷得到的頓悟，又全盤還給了這座小鎮，這讓她異常煩躁起來。

宋集薪的宅子，在泥瓶巷屬於大戶門庭，除了懸掛匾額的大堂，還有左右偏房。

大堂匾額為「懷遠堂」，並無署名，宋集薪總覺得僅憑字跡來看，不是什麼大家手筆。

主僕二人此刻待在宋集薪的主屋，宋集薪在翻箱倒櫃，稚圭站在門口，柔柔問道：

「公子，生意沒談攏？」

宋集薪放下一串鈴鐺，坐回屋內唯一一張椅子上，雙手抱著後腦勺，蹺著二郎腿：

「那個老龍城的苻南華，不全是蠢貨，一開始就沒把我當作不諳世事的冤大頭，只不過也聰明不到哪裡去，想要與我套交情，真是好玩。他後來被我隨便一詐，就露出了狐狸尾巴，以為故弄玄虛，來點雷霆手段，就能恩威並施，唬住少爺我，比起讓人捉摸不透的齊先生，差了十萬八千里。」

稚圭說道：「十萬八千里。公子，你這個說法太誇張了。」

宋集薪做了個鬼臉，道：「那就差了十條泥瓶巷！」

宋集薪丟給自家婢女一個袋子：「瞧瞧，這就是那封密信上所說的銅錢了。之前隔壁姓陳的，也得了一袋子，我當時就估摸著，他有這份天大財運砸頭上，未必是什麼好事。果不其然，這不就惹惱了那對狗男女？我看接下來，姓陳的還有苦頭要吃。對了，稚圭，我跟妳說，來咱們家的傢伙，自稱是老龍城的少城主，聽他口氣，再看做派，至少不是個繡花枕頭，還有這枚玉佩，說是什麼『老龍布雨』，肯定值錢！」

宋集薪拍了拍那枚碧綠可人的玉佩，已經被他掛在自己腰間。宋集薪心底，覺得自己距離齊先生那種讀書人，又近了一大步。

稚圭打開那只精美繡袋，輕聲問道：「公子，能不能多掙些『銅錢』回來？」

宋集薪笑問道：「妳喜歡？」

稚圭雙指拈住一枚金色銅錢，搖了搖，開心笑道：「金晃晃的，瞧著多喜慶啊。」

宋集薪啞然失笑：「這也行？行吧，既然妳喜歡，我就多弄幾袋子回來。這些錢在外邊分別是放在橫梁上的壓勝錢、桃符上的迎春錢、佛像肚子裡或者手上的供養錢。不過呢，老百姓有老百姓的講究，仙家有仙家的說法。」
稚圭笑眯起的眼睛像兩條月牙兒，問道：「陳平安那袋？」
宋集薪皺了皺眉頭：「他？」
稚圭察覺到自家公子的異樣情緒，小心翼翼收起銅錢，繫緊袋子，小聲問道：「咋了？」
宋集薪撇撇嘴，雙手捣住脖子，擰了擰，雲淡風輕道：「沒事，想起一些破爛事。姓陳的那邊，不著急，省得惹禍上身。倒是趙繇那書呆子，多半也會得到銅錢，他好騙，公子我保管給妳弄回一袋子來。」
看到稚圭有些奇怪，宋集薪也沒有繼續解釋。見自家公子沒有說話的興致，稚圭也就不去打破砂鍋問到底了。
稚圭走出屋子，來到院中，看到那條天生礙眼的四腳蛇，半死不活趴在地面上，曬著太陽，不時還打個滾，很享受的模樣。一陣火大的她快步走去，一腳就踩在四腳蛇腦袋上，腳尖狠狠擰動，可憐的小傢伙悲鳴不已。
稚圭抬起腳，四腳蛇嗖一下竄走，滿院子飛奔，不斷撞牆。
自家這條土黃的四腳蛇。
貪食誤入魚簍的金色鯉魚。
被顧璨養在水缸裡的黑色泥鰍。
金、木、水、火、土，五出其三了。

看著那條頭頂生角的四腳蛇，稚圭咧嘴一笑，滿臉鄙夷：「蠢東西！」

孩子顧璨家的院子裡，截江真君劉志茂和顧氏仍是相對而坐，前者伸出手掌，看著掌心紋路蔓延的情況，心情並不輕鬆。

他收起手，抬頭問道：「顧氏，像妳這樣嫁給外鄉男子的婦人，小鎮上多不多？」

顧氏搖頭道：「應該不多，反正泥瓶巷、杏花巷這邊，就我一個。」

劉志茂猶豫了一下，仍是洩露了一些天機給她：「女孩六歲、十二歲，男童九歲和十八歲，分別是兩個大門檻，前者需要自己跨過去，後者尚且能夠憑藉外力推一把，之後還有一事，就能夠有更多把握了，越是富貴之家，越有優勢。開門、登堂、入室三件事情，前兩步，真正只能看機緣命數，尤其是第一步，成與不成，只看老天爺賞不賞飯吃。」

顧氏的眼眸裡滿是笑意：「能夠被仙長一眼看中，我家顧璨是能夠自己走出第一步的人吧？」

劉志茂似笑非笑道：「只要是留在小鎮長大的孩子，就意味著根骨資質其實並不出眾，妳家顧璨雖然沒有九歲，但也不例外。」

顧氏瞬間臉色難看至極。

劉志茂抬起腳，跺了跺地面，微笑道：「放心，根骨好壞當然重要，卻並不是首位的。老天爺看著順眼，就是路邊一條狗、一根野草，也能慢慢修成大道，最終登天凌雲。此次小鎮破例允許這麼多外人進入，也是不得已而為之。一塊莊稼地，水土再好，經過持續數千年的開墾、耕耘和收穫，加上其間還有多次不計代價的涸澤而漁，也會沒落衰敗，總有澈底貧瘠的一天。此地風水底蘊，終於迎來了最後一個大年份，每當一個人將死之時，迴光返照，那時候的精氣神，會變得尤其雄壯，妳家顧璨，正是受惠於此，機緣之大，遠超想像，以至於遠遠超過之前那些天賦異稟的小鎮孩子。」

顧氏嘴唇顫抖，竭力壓抑自己的驚喜，一雙眼眸水汪汪的，也流淌出了幾分誘人韻味。

劉志茂瞥了她一眼，笑道：「當然，妳也別貪心，有此大機緣之人，絕對不止妳兒子一人。說句難聽的，偌大一座東寶瓶洲，有資格獨占這份氣運的人，就算有，也一定還沒生出來呢。」

顧氏雙手捧在心口，呢喃道：「足夠了，足夠了。」

劉志茂想起那個雲霞山的晚輩女子，譏諷道：「忙忙碌碌，殫精竭慮，只知道求一些身外物，真是撿了芝麻、丟了西瓜，愚不可及。」隨即劉志茂笑了笑：「也對，雲霞山那幫老東西，眼界從來不大，要不然也不至於讓老夫得了這份先機。擁有一座幾乎取之不盡、用之不竭的寶山，本該財源滾滾，蒸蒸日上，竟然淪落到需要靠一個徒子徒孫來撐場面的地步。」

屋內，對著房門拳打腳踢許久的顧璨，站在一條凳子上，趴在窗口，苦著臉乞求道：「娘親，放我出去好不好，我保證聽妳的話！」

顧氏看了眼老仙長劉志茂，後者點點頭，她這才去開了門，牽著顧璨的手一起走到院子裡，板著臉輕聲道：「小璨，不許搗亂，知不知道？娘親從來沒有打過你，你要是敢不聽話，娘親真的會打你一次。」

顧璨「哦」了一聲，耷拉著腦袋，病懨懨的。

顧璨搬來一條小板凳，自顧自坐下，跟娘親和劉志茂呈現三足鼎立之勢。他雙手托起腮幫：「娘，妳剛才和說書先生到底說了啥，我在屋裡頭聽不清楚，妳們再說說唄。」

劉志茂「咦」了一聲，略作思量後，手腕搖晃，那口大白碗重新出現在掌心，他低頭凝神望去，眼神晦暗不明。

只見白碗的水面上，漣漪陣陣，偶有水花濺起，一條黑線在白碗裡飛快游弋，時不時撞擊碗壁，他自言自語道：「罷了、罷了，便隨你去吧。」

為了收下這個徒弟，先前泥瓶巷中，劉志茂費盡心思，拚著折損數十年修為道行，才成功動了三次手腳——一次是讓蔡金簡踩中狗屎，最後一次是以祕術讓其深信自己開悟。若是在小鎮之外，當然絕無此可能，便是一位名副其實的道家真君恐怕也不敢如此作為，可小鎮之上，蔡金簡無異於凡人，老人不惜付出巨大代價，便有了可乘之機。其中第二次，則最是精巧，甚至連他自己都覺得是神來之筆，便是讓蔡金簡誤以為陳平安的善意提醒，實則是狡黠報復。他當時讓陳平安開口出聲，放慢了一些，又恰好讓蔡金簡捕捉到這個細節，不可謂不處心積慮。

修行路上，同道中人，善緣孽緣，一線之間。

此時，院中婦人顧氏一顆心懸了起來，生怕老仙長劉志茂說出什麼壞消息。

劉志茂扯了扯嘴角，眼角餘光之中，一個孩子躡手躡腳站起身，然後撒腿就跑向院門。

顧氏尖叫出聲。

劉志茂手托白碗，不急不緩站起身：「徒弟，為師先給你看看何謂天地之大，省得你不知輕重，壞了你我師徒二人的千秋大業！」

顧氏眼前一黑，昏厥在地。

劉志茂猛然揮袖，下一刻，剛要碰到院門門閂的顧璨一個踉蹌，摔倒在地，但是等到他發現不對勁後，茫然四顧，最後抬起頭，看著站在自己身邊的說書先生：「這是哪兒？」

劉志茂雙手負後，淡然道：「碗中。」

顧璨越發茫然，突然聽到劉志茂暴喝一聲：「起來！」

顧璨本能站起身，一動不動。

顧璨發現自己好像站在懸崖邊上，正前方的遠處，雲海滔滔，然後他駭然瞪大眼睛，只見一片白茫茫之中，有一條巨大的軀幹破開雲霧，緩緩移動。但是它實在太大了，根本無法露出完整的面貌。

顧璨嚇得就要後退一步，卻很快被劉志茂以手掌按住腦袋，厲色道：「此時一退，以後修行路上，你就寸步難行！給我站穩了！」

顧璨嚇得淚水一下子就流出了眼眶，這個一向無法無天的頑劣孩子，竟是連哭都不敢出聲了。顧璨完全克制不住自己的身體，雙腿打戰，嘴唇抖動。

遠處雲海，沸騰起來，霧濛濛的白雲，似乎在逐漸淡去。

於是天空中顯現出更多的黑色，極長極大，就像……自家水缸裡養著的那條小泥鰍，暴長之後。

顧璨腦海中，沒來由蹦出這麼個想法。

那一刻，顧璨魂不守舍，不由自主就向前跨出一步，伸出纖細的手臂，朝向天空。

一顆巨大如山峰的頭顱，從雲海中緩緩游弋而至。

顧璨眼睛發亮，絲毫不懼，甚至還招招手，喊道：「快來快來！原來你長這麼大了啊，難怪我總覺得丟到水缸裡的魚蝦螃蟹，第二天總會少掉很多。」

站在顧璨身後的書簡湖截江真君劉志茂百感交集，既有濃重的失落嫉妒，也有油然而生的欣慰。

雖然自己肯定已無此等天大福緣，但是有此徒兒，也算幸事，絕對不枉此行！

劉志茂親眼看到那顆頭顱臨近，呢喃道：「天下奇觀。」

陳平安突然跟寧姚說要進屋一趟，最後蹲在角落，背對著她，將一件東西藏在手心。

陳平安出門後，說是去給她買煎藥的陶罐，家裡缺這個。

寧姚在他快步離去後，瞥了眼角落陰暗處，立著一只老舊罐子。

其實她聽力很好，陳平安手心之物，是一片碎瓷片，極其鋒利。

在陳平安即將跑出院子的時候，寧姚突然喊道：「等等，我有些事情要跟你說。」

陳平安假裝沒聽到，正要打開院門的時候，寧姚提高嗓門：「陳平安！」

陳平安只得轉身跑回門檻那邊，寧姚臉色已經比之前紅潤了幾分，只是嗓音依舊有些沙啞。她道：「第一，我們這些外人來到小鎮之後，雖然如之前跟你所說，體魄強健勝過常人，但是除此之外，跟你們沒什麼兩樣。第二，外人不可以在這裡殺人，一旦違反，無論什麼原因，都會被驅逐出去，註定一無所獲，這個代價很大，大到超出你的想像。第三，你也要想清楚，我們這些外人，到了危急時刻，哪怕拚著兩手空空，也一定會出手，畢竟有命活下去，才是最根本的事情。」

陳平安想了想，問道：「是不是說做事情，出手一定要快？」

寧姚咧嘴一笑，神采飛揚，熠熠生輝的眼神，彷彿使得整間屋子都亮堂起來。她拍了拍橫在膝蓋上的綠色刀鞘，點頭道：「對！出手要很快，更快，甚至是最快！比如我，佩刀也佩劍，我就是要做到無論是拔刀，還是出劍，都是全天下最快的那個人！」她停頓了一下，突然從一個慷慨激昂的遠方女俠，變成了一個想要顯擺的鄰家少女，瞇眼笑問道：「喂，你知不知道這個天下到底有幾座？」

陳平安一臉茫然。

寧姚好像也看出他不感興趣，頓時索然無味，揮揮手趕人：「最好把罐子買回來，我等著喝藥呢。」

陳平安這次離開院子的腳步慢了些，也平穩了很多。

陳平安離開泥瓶巷沒多久，不曾上鎖的院門便被人輕輕推開，屋內寧姚睜開眼睛，她剛才正以一種奇怪的方式進行呼吸吐納，此刻她望向門口那邊，如臨大敵。

桌上雪白劍鞘內的飛劍，驀然寂靜無聲，無形中卻多出一股肅殺之氣，彷彿當下的倒春寒，能夠凍骨殺人。

婢女稚圭悠悠然走到門口，就像尋常走門串戶的街坊鄰居。她沒有跨過門檻，而是向屋內探頭探腦，四處張望，對於小床板上膝上橫刀的寧姚，反而視而不見。

稚圭打量許久，才終於看到那個大活人，滿臉天真無邪道：「這位姐姐，妳是誰呀？怎麼坐在陳平安床上，我可沒聽說他有遠房親戚。」

寧姚看了不請自來的少女一眼，便閉上眼睛，不聞不問。

稚圭見她裝聾作啞，也不生氣，只是輕輕晃了晃腦袋，撇撇嘴，一臉嫌棄。

稚圭看了眼桌上那柄劍鞘雪白的長劍，眼眸深處隱藏著極深的恨意和懼意，隱約有金色絲線在瞳孔中瘋狂遊走。

她猶豫了一下，仍是抬起一隻腳，準備跨過門檻，突然又收回腳，咳嗽一聲，裝模作樣道：「我進來了哦。不說話就是不反對，對吧？也是，這本來就是陳平安的宅子，我跟他認識好多年了……妳該不會聽不懂我說的話吧？沒關係，反正我們也沒啥好聊的，我就是來看看這邊，有沒有缺什麼東西，我們馬上就要搬走了，很多東西都可以留給陳平安。妳是不知道，這些年他過得很不容易啊。」絮絮叨叨，心心念念，讓她和陳平安像極了青梅竹馬的少年、少女。

稚圭走入屋子後，風平浪靜，她徑直走到小桌旁，坐在凳子上，眼角餘光一直在那柄劍上打轉。

與此同時，寧姚也掏出了陸沉留給陳平安的三張紙，細細揣摩，試圖琢磨出一點門道，只可惜翻來覆去仔細看了兩遍仍是不得其法，失望道：「這些字，寫得真是沒有……味道。」

她清楚記得，家鄉的那堵長牆之上，斷斷續續有十八個字，皆是有人以劍刻就，每一個字都蘊含著鎮壓萬妖的磅礡氣勢。

在她還是稚童的歲月裡，她最大的愛好就是站在那些大字的某一筆劃當中舉目眺望，故而對於小鎮四字匾額「氣沖斗牛」，她是真的看不上眼。

稚圭轉過身，悄悄挺直纖細的腰肢，雙手疊放在膝蓋上，約莫是盡量讓自己更像一位大家閨秀，面對著寧姚，笑咪咪柔聲道：「唉，姑娘妳也太不小心了。」

寧姚忍不住問道：「妳是誰？」

稚圭「哎呀」一聲，摸了摸自己胸口，故作驚訝：「姑娘妳會說咱們這邊的方言啊？」

寧姚又問道：「妳有事？」

稚圭伸手指了指桌上的長劍：「妳的？」

寧姚皺眉不言語。

寧姚不說話，稚圭也無所謂，站起身走到牆角，看著木架上的瓶瓶罐罐，那些不值錢的家當，這個婢女看得很仔細。

當窯工學徒的時候，陳平安光腳走遍了小鎮周圍的山山水水，一個人去山上挖土砍柴，上山、下山跑得很快。只要別人肯教他東西，不管是粗淺入門的還是晦澀難學的，他都會花十二分力氣去做，至於最後能夠做到什麼程度，他不管，當然想管也管不著。就像姚老頭教他燒瓷手藝總是摳摳搜搜，從不願意拿出真正壓箱底絕活，但只要是姚老頭開口說過、出手做過，他就會做得異常認真。後來劉羨陽教他製作木弓、魚竿等，他也同樣學得一絲不苟。隔壁宋集薪說話向來刻薄，說他的這種習性，按照書上說的，叫作盡人事、聽天命，只可惜啊，他陳平安根本沒有什麼好命，既然如此，還不如混吃等死，破罐子破摔得了。

稚圭揮揮手，笑容燦爛道：「走啦、走啦，姑娘妳好好養傷，有需要就喊一聲。我叫稚圭，住在隔壁院子。」

寧姚面無表情。

稚圭離開屋子，走到院子後，以屋內寧姚剛好能聽到的嗓音，嘀咕道：「也沒有多好看嘛。」

寧姚也有意無意輕輕說了一句：「這名字真俗氣。」

稚圭關上院門的時候，有些用力，砰然作響。

寧姚重新閉目養神。

對於奇怪少女的造訪，寧姚心無波瀾。

不過她是真的很不喜歡這座小鎮，尤其不喜歡來此尋求機緣的修行中人，勾心鬥角，蠅營狗苟，說是仙人、高人，只是站在山上的緣故，並非自身有多高。

在寧姚心中，大道不該如此小。

陳平安走出泥瓶巷後，陽光有些刺眼，他伸出右手遮在額頭，輕輕呼出一口氣。然後他開始慢跑，腳步輕快，哪怕已經多次穿街過巷，仍然毫不疲憊，畢竟對於習慣了上山下水的他來說，這點路程實在太不值一提。真正稱得上艱辛的事情是上山燒炭，一座龍窯每年需要用掉木炭兩、三萬斤，尤其是大雨天的時候，住在山上砍柴燒炭，那真是遭罪，他曾經差點就死於一座建造時坍塌的炭窯裡。陳平安這些年所做的事情幾乎都是體力活，也講些技巧，但是入門之後，就純粹是靠力氣吃飯了，所以表面上的瘦小羸弱只是假象，他擁有一種內在經受過千錘百鍊後的精悍。

陳平安在一處十字巷口停下腳步，背靠牆壁，蹲下身，一手始終握拳，一手繫緊草鞋。這一刻，他心如止水，只是有些想念小鎮上唯一的朋友劉羨陽。

那個傢伙曾經神神祕祕跟陳平安炫耀，說他爺爺講過一個故事，他爺爺小時候，親眼看到過有人站在溪畔，只是小跑幾步，就一步躍過了整條小溪。後來劉羨陽和陳平安去嘗試，挑了一處溪面最窄的地段，兩人同時後退助跑，同時起跳，結果比陳平安還大幾歲的劉羨陽一躍之後，很快力竭落水，然後發現頭頂有個黑影，嗖一下，繼續向前，最終落在很遠處。那之後，劉羨陽就再也沒提過什麼一步跨溪的神仙了。

那之後的之後，劉羨陽知道陳平安會經常自己去溪邊助跑、起跳、騰空、飛躍、摔落。陳平安一次比一次接近對岸，樂此不疲。有一次忍不住偷偷遠觀，當劉羨陽看到那震撼人心的一幕後，覺得那時候的黝黑少年，好像跟印象中的笨蛋不太一樣。

陳平安飛躍溪水的時候，就像一隻經常盤旋在小鎮天空的捕蛇鷹。

苻南華見蔡金簡有些興致低落，便帶著她四處隨便走走。兩人並肩而行，權且當作散心，間或談些關於東寶瓶洲南方的奇聞逸事。蔡金簡仍然有些強顏歡笑，不過比起離開泥瓶巷後的煩躁，心情確實好了許多。

她對於這位老龍城的貴公子，印象漸好。要知道老龍城雖然底蘊深厚，英才輩出，距離頂尖宗門只有一線之隔，照理說比二流墊底的雲霞山要高出許多，但是雲霞山這類傳承有序、根正苗紅的正統仙家，對老龍城這類偏居一隅的南方蠻夷擁有一種先天的優越感，若是以往遇見，不背後嘀咕一聲南蠻子就算修養好的了。

蔡金簡苦澀道：「苻兄，雲根石雖是我們雲霞山的命根子，但既然事先說定，我便不會賴帳，哪怕傾家蕩產，也會償還給苻兄。」

苻南華安慰道：「顧璨家的機緣，是否已是板上釘釘的局面，目前還不好說。」

蔡金簡臉色黯然，搖頭道：「截江真君劉志茂聲名狼藉不假，手段卻不弱，否則也沒辦法在書簡湖占有一席之地。這樁機緣，強求不得了。一旦惹惱劉志茂，我如何扛得住一個旁門大真人的威勢。怕就怕已經被劉志茂記恨上，一旦離開小鎮，沒了聖人坐鎮和規矩約束，天曉得劉志茂會做出什麼過激舉動。想必苻兄在邊境上，也看出了一些蛛絲馬跡，山門這趟隨我來此尋寶的扈從，實力不濟，完全不是他的對手。」

苻南華笑道：「放心便是，哪怕是為了那十塊雲根石，我老龍城也會護送妳安然回到雲霞山。」

蔡金簡轉頭朝他嫣然一笑，剪水秋瞳，脈脈含情。

苻南華頗為自得，習慣性地想要撫摸那塊玉佩，卻摸了一個空，才記起自己的老龍布雨佩已經送給了那個叫宋集薪的少年。

蔡金簡鬆了口氣，走路的時候，腳步稍稍向左傾斜些許，於是她的肩頭輕輕觸碰了一下苻南華。

泥瓶巷之行，蔡金簡做了一次計畫外的押注，屬於臨時起意，卻也小心權衡過，只不過事實證明她賭輸了，代價就是十塊價值連城的雲根石，這讓她對接下來的小鎮之行，充滿了焦慮，無形中也對苻南華產生了依賴感，或者說產生了賭徒心性。十塊雲根石是賭，五十塊不一樣是賭？賭贏了，狠狠賺一個盆滿缽盈，賭輸了……蔡金簡覺得自己不會輸，絕對不會，她可是雲霞山修行天賦第一人蔡金簡！修行路上，一帆風順，境界提升，勢如破竹，蔡金簡不相信自己會在這條臭水溝翻船。

蔡金簡心情好轉的同時，感到大局已定的苻南華也有了真正欣賞蔡仙子容貌身段的閒情逸致，不可否認，她是天生嫵媚的女子，一旦與這種女子結為道侶，朝夕相處，無論修行還是床笫，皆可漸入佳境。

蔡金簡曾被一位德高望重的前輩大佬親口譽為「雲根山風，飛天之姿」，言下之意，其實是極為難得的道侶人選。靠山吃山、做慣了生意的雲霞老祖們，這些年不計代價栽培蔡金簡，未嘗沒有待價而沽的私心，仙家聯姻的天作之合，比起世俗王朝豪閥大姓的嫁娶，要更為慎重，看得也更加長遠。

只是苻南華對雲霞山實在沒什麼好感，將山門命運就放在蔡金簡一個女人的肩頭，實在不像話，這也是苻南華對雲霞山觀感不佳的原因所在。

苻南華提醒道：「萬一宋集薪隔壁的少年，也是外邊某方勢力的選定之人還留著那件本名瓷器，那麼妳這次出手，就會惹來麻煩，容易被人順藤摸瓜，找到雲霞山和妳。再者，宋集薪主僕和截江真君劉志茂都有可能察覺此事。」

蔡金簡笑道：「苻兄可能專注於機緣線索，不曾在意此地一些不成文的規矩，小鎮當地出生之人，男孩在九歲的時候，若是沒能被等了將近十年的『買瓷人』找機會帶離小鎮，就意味著根骨先天不行，已經不太值錢，往後歲數越大，越廉價。那些宗門幫派與其花一筆天價『領養錢』來當冤大頭，顯然遠遠不如用重金培養幾個親傳子弟來得實惠。」蔡金簡一提起那個草鞋少年，就滿心厭惡：「凡夫俗子就該有凡夫俗子的覺悟！」

苻南華盡量小心措辭，勸說道：「理是這個理，可是那少年見識短淺，哪裡曉得妳雲霞山蔡仙子的尊貴，便是有所冒犯，教訓一次也夠了，何須兩次出手。」

苻南華覺得蔡金簡的悍然出手，事出反常必有妖，說不定暗藏玄機，與機緣有關，所以他希望套出些話來，看能不能找到一些蛛絲馬跡，以免螳螂捕蟬、黃雀在後，自己將她當作秋蟬，其實她才是黃雀。

老龍城歷盡千辛萬苦，加上給出遠比正陽山、雲霞山更加誇張的價格，只得到一些隻言片語的零碎祕聞。也正是從這些隻言片語中，苻南華才得以知道，小鎮三千年以來，所謂機緣，在那場蕩氣迴腸的慘烈戰事之後，除了那群天資卓絕的小鎮孩子之外，確實一直只是前輩祖師們遺落此地的法寶器物而已。但是當這塊福地面臨徹底崩潰之際，就沒有這麼簡單了。

末代王朝，山河破碎，必有神兵重器出世，以迎新王朝新氣象。

蔡金簡有些悶悶不樂：「別提他了，想起來就噁心。」隨即秋水長眸中流露出一抹罕見的戾氣，只不過不願壞了自己在苻南華心目中的仙子形象才沒有將心中所想訴之於口。

如果將來在小鎮之外遇上那賤種，她一定讓他死個痛快，而不只是讓他拖著一副病秧子身軀，繼續苟活十幾二十年。

蔡金簡尤其討厭少年那雙眼眸。

內心深處，她有個自己從未深思的執念。那種乾乾淨淨的眼神，她在以「無垢澄澈」著稱的雲霞山修行這麼多年，從頭到尾都不曾見到過幾次，生長於陋巷的貧寒少年，有什麼資格日復一日、年復一年擁有這份美好？

蔡金簡歪頭揉著眼皮子，這個動作使得她的那雙遠山黛眉越發纖長。

一直打量四周景象的苻南華隨意打趣道：「在我們老龍城的井坊間，有個流傳很廣的說法，叫左眼跳財、右眼跳災，妳是左眼跳還是右眼跳？」

蔡金簡手指被燙似的趕緊縮回手，瞪了他一眼，她當下顯然是右眼皮在跳。

自討苦吃的苻南華連忙亡羊補牢，笑道：「凡夫俗子的瞎講究，當不得真。」

蔡金簡嘴角翹起，側過身，凝望著苻南華的側臉，得意揚揚道：「被騙了吧？」

苻南華愣了愣，看著小女兒嬌憨作態的蔡金簡，他沒來由有些心動。

苻南華突然有些猶豫，對蔡金簡的殺心開始搖擺不定，是不是與之成為一雙神仙美眷會更有利於老龍城勢力北上的謀劃？蔡金簡一旦在此成功獲得機緣，回到山門後，地位勢力必水漲船高，運作得當，甚至不是沒有機會成為雲霞山的女主人。在歷史悠久的雲霞山祖譜上，也不是沒有女子當家的先例。如此一來，老龍城就等於有了一塊跳板，名正言順滲透到東寶瓶洲的腹地版圖，從此南北呼應，進可攻、退可守，正是王霸基業，可使老龍城擺脫空有實力卻只能偏安割據的尷尬局面，擺脫數百年來只能飽受排斥之苦。

前方不遠處，幾步外，就是橫豎兩條巷弄交錯的十字路口了。

苻南華看到那個岔口，猛然驚醒，似有所悟，眼神重新堅毅起來。

頭戴高冠的苻南華，額頭瞬間滲出了細密汗珠。

亂我心志者，必殺之，以堅道心！

這一刻，苻南華再看向蔡金簡，他的眼神、氣態和心境，便恢復了之前的灑脫，純粹像是在欣賞一幅畫面，美人美景，皆可以養目，如今能多看幾眼就幾眼，畢竟蔡金簡在離開小鎮後，註定要在他手上香消玉殞。

殺人放火金腰帶，修路鋪橋無骸骨。聽聽，有些市井底層的名言警句，真是放之四海而皆準啊。

苻南華心胸豁然開朗。

蔡金簡側著身，嗓音柔媚，笑問道：「南華，想到什麼了，這麼開心？」她悄悄換了個更親暱的稱呼。

苻南華搖搖頭笑了笑，正要說話，眼角餘光瞥見一抹黑影。

一個身材消瘦的少年，彷彿只用了一步，就從那條橫向巷弄跨到了蔡金簡身前，左手迅猛上挑，與此同時，右手一拳已經砸在雲霞山仙子蔡金簡腹部，勢大力沉，尺寸間的驟然發力，竟然隱約有呼嘯風聲，迫使蔡金簡不得不彎腰低頭。雖然少年右手勁道已經遠超同齡人，但他其實是個左撇子，所以左手握住的利器完完全全沒入蔡金簡的喉嚨，直接刺透口腔下部。少年猶不甘休，右手一拳砸在蔡金簡胸膛，左手仍是向上一抬，保證這場偷襲不會有絲毫意外。

那一刻，蔡金簡原本纖細白皙的脖子上鮮血噴湧。

再接下去，少年腰肢、腳踝發力，以肩頭撞向蔡金簡心口，將其整個人狠狠撞入橫向小巷中。

苻南華雙腳扎根地面，死死站在原地。這位老龍城少城主，頭腦一片空白。

苻南華回過神，環顧四周，連小巷屋頂都沒有放過，沒有察覺到任何異樣，迅速深呼吸一口氣，既沒有向前邁出，也沒有後退。他再次下意識去抓那枚祖傳玉佩，落空後，趕緊默念了一段殘篇斷章的道家口訣。此訣不是術法神通，不過是幫助自己靜心凝氣。如果說心境如泛湖小舟，那麼此訣就是船錨。

他開始側身背向一堵牆壁，橫步走到兩條小巷的岔口上。他身體肌肉緊繃，做出防禦姿勢，不敢有絲毫掉以輕心，死死盯住那條小巷。只見視線中，草鞋少年站在蔡金簡倒在血泊的身軀旁邊，身體小幅度弓腰，保持著一種微妙的進攻態勢，同樣死死盯住苻南華，雙方虎狼對峙，一為解惑，一為求生，各有不同。

橫空出世的少年，目標應該只有蔡金簡，對於苻南華的出現，陋巷少年憑藉本能展現出來的姿勢，更多是一種你不犯我、我不犯人的含義。

苻南華問了一個很多餘的問題：「你殺了她？」

少年默不作聲，始終手握殺人凶器，那是一片破碎瓷片，略小於他的手心，露出拳頭的部分，極為鋒利。少年滿手鮮血淋漓，不知是蔡金簡的鮮血，還是瓷器刺破手心的結果，滴落在小巷地面上。

苻南華在確定四周再無他人後，既覺得荒誕不經，又覺得如釋重負。最後他便將視線投在蔡金簡那具嬌軀上，哪怕如此落魄場景，依然無損她的天生麗質，婀娜多姿，豐滿的胸脯微微起伏，猩紅血液不斷從脖頸和嘴巴中湧出，生機即將澈底斷絕，但是經過氣機反復淬鍊的強健體魄，使得她承受的痛苦會比常人更加沉重和漫長。

苻南華臉上有了些笑意，不過骨子裡帶著嚴酷寒意，問道：「為什麼要殺她？你和這位姐姐無冤無仇，難道就因為她跟你在泥瓶巷開了個玩笑，你就要殺人？小鎮什麼時候這麼無法無天了？你知不知道，殺人償命，欠債還錢，到哪裡都是一樣的啊。」

少年就像個啞巴，不言不語。

苻南華不在意少年所思所想，開始緩緩向前，步伐堅定。

苻南華知道蔡金簡死定了，這裡不是仙氣繚繞的神仙洞府雲霞山，此處是術法禁絕的天道牢籠，除非出現一位修為通天的陸地神仙或是金身羅漢，願意拿大半修為來換取她的性命，才有可能鎮壓住魂魄，幫她起死回生。很可惜蔡金簡絕對不會有這樣的潑天福緣，小鎮上那位聖人身負重任，俯瞰蒼生，絕不會厚此薄彼，只會順勢而為。

修行路上，莫名其妙夭折於陽關大道或是死於爭一線機緣的獨木橋上，都有，雖說不算太多，但絕對不是稀罕事。若是證道長生，能夠事事循序漸進，步步為營，無災無厄，盡享好處而不擔風險，那麼市井百姓眼中的無憂仙人，好像也太不值錢了。所以苻南華對於小鎮此行，甚至做過一番搏命廝殺的最壞準備，但是要說在小鎮裡，在一方聖人的眼皮子底下，親眼看到並肩而行的臨時盟友這麼被人以迅雷不及掩耳之勢宰掉，老龍城少城主是第一次。

沒有眼花繚亂的法寶對攻，沒有驚天動地的仙家手筆，就這麼給一個最低賤的鄉野泥腿子殺了？苻南華震驚之餘，根本無法接受這荒誕事實。如果不是這座小鎮，草鞋少年這種命賤如野草的小人物，哪怕是遙遙看到雲霞山蔡金簡一面，都是遙不可及的天大奢望。

苻南華臉色肅穆，沉聲道：「我雖然來不及救下蔡仙子，也無法殺你為蔡仙子報仇，但是既然親眼看到你行凶，不做點什麼的話，一旦傳出去，老龍城的金字招牌就要砸了。所以於情於理，我都該教訓教訓你，至於之後雲霞山那邊如何處置應對，如何給蔡仙子一個公道，那就是你的事情了。」

老龍城少城主這些冠冕堂皇的言語，是說給此方聖人聽的，屬於客套話，省得自己之後吃相太難看，惹來那位聖人的惡感。將來也有一個可能，是說給雲霞山那幫老祖師聽的，苻南華無非是要一個擺在桌面上的仁至義盡。要不然，對蔡金簡早已心存必殺念頭的他，真想好好酬謝一番眼前的少年，誤打誤撞，魯莽行事，省了他好大的周章，真可謂是自己的一員福將。

苻南華一邊前行一邊說道：「見你方才殺人的手法，意味著你這副臭皮囊的瞬間爆發比起尋常青壯男子只大不小，這其實頗為難得，如果沒有今天這場風波，你只要有機會投身行伍，敢殺敢拚，再有些機緣巧合，得到某位兵家大佬、沙場世家武將的青睞，給你一份兵家鑄身口訣、心法，慢慢打熬身體，二、三十年後，你這小子未必沒有一番新天地。」

在苻南華向前走的時候，少年開始緩緩後退，面朝這位高冠大袖的老龍城少城主。身材修長的苻南華走在小巷中，玉樹臨風，有一種氣質天成的富貴雍容。

苻南華伸出一隻手，掌心向下，垂放在腰間，笑道：「可惜了。你的命不太好，要不然依照我的說法，你就有機會達到這麼高的成就……是不可能的。」

苻南華被自己這個笑話逗樂，笑意更濃，向前跨出一步的時候，那隻腳突然懸在離地面半尺的空中：「不好意思，是這麼高才對。」

苻南華很難不開心。進入小鎮之後，先是和泥瓶巷少年宋集薪的交易，獲利之巨，遠超預期。然後是極有可能是自己大道阻礙的蔡金簡暴斃於眼前，自己不但可以兩手乾淨不染鮮血，還能白白得到她身上的兩袋金精銅錢，說不定還能搜出一、兩件雲霞山的祕寶，哪怕不是鎮山之寶，也肯定差不到哪裡去，他可不相信蔡金簡全然沒有護身符傍身。

比如他苻南華，除了那塊僅是障眼法的老龍布雨佩，就還帶著兩件品相極好、品階極高的小東西，幾乎算是老龍城壓箱底的寶物。故而在旁門左道的野路子修士當中，流傳著一句膾炙人口的口頭禪：替人收屍，必有好報。

苻南華經過蔡金簡屍體的時候，看都沒有看她一眼。反倒是淡淡的血腥氣，讓他整個人處於一種莫名的亢奮狀態。

一進一退，兩人始終距離十餘步。

苻南華只需要確定少年跑不出小巷，否則到時候他再想要逮到一個在此土生土長的少年無異於大海撈針，何況身後尚且溫熱的美人屍體，就是前車之鑒。一旦給少年足夠喘息的機會，「驚喜」就可能砸在自己頭上。

苻南華看似在貓抓耗子，實則是在調整自己的身體節奏，畢竟他九歲正式踏足修行後，從沒有過純粹依靠近身肉搏來分勝負的機會。

他當然不用跟少年分出生死，那會讓自己得不償失，連同蔡金簡，就是兩份唾手可得的機緣，但是務必要讓這個出人意料的少年近期乖乖躺在床上，不給少年丁點兒整么蛾子的可能性。

苻南華突然笑問道：「對了，你叫什麼名字來著？」

滿手鮮血流個不停的少年答非所問，黝黑的臉龐上，滿是鄉土野草似的堅韌：「你和她可能都不清楚，我的眼力很好，所以在泥瓶巷裡，她跟我聊天的時候，你看她的眼神，跟現在看我，其實一模一樣。」

苻南華愣了愣，這下是真的對少年刮目相看了，嘖嘖笑道：「有點意思，真是有點意思。」

苻南華的言行舉止看似雲淡風輕，其實他一直留意到少年的左手依舊在持續滴血。這說明少年的手勁一直沒有放鬆，尋常人恐怕早就拗不過那份刺骨疼痛。

苻南華這個時候才覺得先前「可惜了」這個隨口評語，原來真是一語中的。

苻南華覺得時機差不多了，問了最後一個感興趣的問題：「你殺她殺得如此果決，肯定是有人跟你通風報信了，我倒是不好奇他的身分，我想不通的是，你一個在這裡長大的孩子，怎麼就那麼快跨過了自己心裡那個坎兒，殺人殺得如此……心安理得，這個說法，聽得懂嗎？要知道，就算是我，第一次殺人後，等到那股興奮勁頭退去，整個人就開始顫抖，念了很久的靜心訣才好受些。哪像你，平平靜靜，跟吃飯喝水差不多，這不合理……」

一直面無表情的少年，突然露出驚駭的眼神和恐慌的臉色，視線直勾勾望向苻南華身後，彷彿是那個死了的蔡金簡活了過來。

謹小慎微的苻南華下意識轉頭，脖子轉到一半的時候，心頭巨震。等到回轉過去，因為身高懸殊的緣故，苻南華正前方且偏低的視線中，竟然沒了少年的蹤跡！

千鈞一髮。

原來，在做出那種眼神和臉色後，剎那之間，草鞋少年毫不猶豫地開始爆發衝刺，三步之後，左腳驟然發力，整個人高高跳起，最終右腳踩在小巷一側牆壁上，迅猛彈射轉折之後，少年朝高冠男子高高舉起左手……少年真像一隻捕蛇鷹。

鄉塾一座不掛匾額的草堂書屋內，中年儒士齊靜春正在枯坐打譜，打的並非什麼流傳千古的名局，也不是棋壇國手之爭的復盤。

他正要將一枚白子落在棋盤上，嘆息一聲，在原本早有定數的棋子生根處，他突然開始舉棋不定。他收回手後，棋子卻依舊懸停空中，距離棋盤仍有寸餘高度。

齊靜春依然正襟危坐，作為負責坐鎮此地的當代聖人，儒家七十二書院之一山崖書院的前任山主，哪怕被貶謫至此戴罪立功，他仍是當之無愧的當世醇儒。

對於小鎮普通百姓而言，草木一歲一枯榮，甲子春秋轉瞬即逝，教書先生已經換了好幾個，模樣不同，歲數不同，唯有那股說不清、道不明的讀書人氣質，如出一轍，古板、苛刻、寡言，總之，都很無趣。沒有人想到那幾位來來去去的鄉塾教書匠其實是同一人，不但如此，在小鎮之外的廣袤天地，深居簡出的齊先生，曾經擁有超然的崇高地位，還身負正氣浩然的無上神通。

下一刻，齊靜春元神出竅遠遊，如一身雪白衣袂飄飄的仙人，從軀殼牢籠當中瞬間掙脫束縛，飄然去往小鎮一條巷弄。

齊靜春轉瞬之間來到巷弄，他先去看了倒在血泊中的女子——雲霞山的蔡金簡，三魂七魄晃蕩消散，如風中殘燭。

齊靜春停留片刻之後，終於來到苻南華和陳平安兩人身旁。

高冠大袖的老龍城少城主，身體有些後傾，目瞪口呆，肌膚如玉的英俊臉龐上，神色複雜，交織著震驚、疑惑和絕望。

陳平安保持那個高高躍起、向前撲殺的凌厲姿勢，左手握有一片銳利如刀刃的瓷片，哪怕是這種你生我死一線間的關鍵時刻，身體騰空的他，依然眼神堅毅，臉色平靜，根本不像是一個出生於陋巷小宅、成長於山野的無知少年。僅剩符合少年身分的，大概是隱藏在眼神深處的無奈。對於這種無奈，走出書齋和書院很多年的讀書人已經不陌生了，就像看著一個靠天吃飯的莊稼漢，蹲在旱季乾裂的荒蕪田壟上，抬頭看著烈日，其實不會有撕心裂肺的情緒，而只會是深深的無奈，還有茫然。

作為一方天地的臨時主人，齊靜春當然知曉陳平安一家三口的來龍去脈，甚至往上追溯百年、千年，他哪怕沒有親眼看到過陳平安的祖輩，大致上也能推演而出。道理很簡單，就像是縣衙的縣太爺真想要看治下百姓的身世傳承，只需要去掌管戶籍的戶房，查詢檔案，便一目了然。

小鎮經過三千餘年的繁衍發展，枝葉蔓延於小鎮之外，盤根交錯，因為每一代都有幾個驚才絕豔的人物，雖然不能衣錦還鄉，卻能夠透過祕密管道反哺家族，最終造就了如今小鎮最為興盛的四姓十族。

陳平安的這個家族，歷史同樣悠久，祖上也曾飛黃騰達、很是闊綽過，但是經過兩次跌宕起伏的風雲變幻之後，在藩國無數、王朝如林的東寶瓶洲，逐漸沉寂衰敗，讓位於其他姓氏。千年以降，江河日下，到了陳平安父親這一輩，小鎮陳氏這一脈，幾乎算是在整個東寶瓶洲徹徹底底衰敗了，更別提小鎮所在的大驪王朝版圖，彷彿是被君王敕令「世世代代不得出仕」的官員，家族再無起復的可能。

齊靜春來此主持大陣運轉後，六十餘年，謹守「方正平和」四字師訓，絕不以個人好惡擅自更改小鎮百姓的命運軌跡。否則在這位也曾疾惡如仇的讀書人眼中，小鎮高門大戶裡有太多的汙穢，陋巷小戶裡也有太多的貧苦。不過齊靜春在冷眼旁觀之後，看到大姓大宅也有他們的徒勞無奈，小門小戶也有他們的窮凶極惡。久而久之，齊靜春如同高高在上的神像，既不享受香火也不承人情，只是袖手端坐，對世事不聞不問。

齊靜春微微訝異，上前一步，定睛望去，輕輕點頭，原來氣勢如虹的陳平安，對於這次撲殺看似勢在必得，不殺苻南華決不甘休，但其實按照目前的姿態來看，最後他只是手腕重重砸在苻南華脖子上，苻南華比起蔡金簡的下場，要好太多了。苻南華應該是被重重一擊，整個人橫著摔向牆壁，然後被陳平安一手掐住脖子，一手以瓷片抵住腹部。

齊靜春有些好奇，為何陳平安這次沒有痛下殺手，大好機會，稍縱即逝，後患無窮。齊靜春是醇儒，恪守禮節，卻不會死守教條，不是那種只會搖頭晃腦掉書袋的迂腐酸儒。他對於苻南華之流，無論資質根骨還是性情脾氣實在再熟悉不過，哪怕在今日小巷中，被陳平安威脅得暫時放棄報復，但此事絕對會是苻南華生平僅見的奇恥大辱，上綱上線到道心魔怔都不為過，到時候要跟陳平安斤斤計較的，可就不是苻南華本人了，而是整座南海之主老龍城了。

齊靜春之所以來此阻撓陳平安連續殺人，有一定的私心，更是為了公道。如今小鎮就像一件出現裂紋的瓷器，遲早會爆裂炸開，齊靜春必須要延緩這個大勢不可擋的過程，要盡量為更多的人安排好退路，最好是能夠安安穩穩交到那個鐵匠「阮師」手上。撐過最後一個甲子時光，就能夠勉強皆大歡喜，山上人得機緣，山下人得安穩。要知道以山上人絕大多數時候的一貫性子，每逢道路崩塌、新舊交替、機緣四起、長生可期之際，幾百幾千山腳螻蟻的死活，算得了什麼？世俗王朝的天家無情，比起很多修士推崇的大道無私，實在不值一提。

齊靜春思量片刻，悄然隱去身形。

天地運轉，流暢無礙。之前止境，悄然破碎。

陳平安手腕「終於」重重砸在苻南華脖子上，後者腦袋一晃，橫摔向小巷牆壁，被巨大的勁道摔得七葷八素，落地後的陳平安，迅猛貼身靠近，一記肘擊轟在苻南華腹部。

苻南華並未站直，背靠牆壁，陳平安肘擊打得他幾乎吐出苦水來，身體本能彎曲起來。

陳平安一手掐住苻南華脖子，一手用瓷片抵住這個高冠公子哥的腹部。

苻南華很難想像，比自己矮一個頭的瘦弱少年，為何五指力道如此巨大，尤其是腹部瓷片的鋒利和冰冷，讓老龍城少城主再次感受到死亡的逼近，一線之隔，就是陰陽之隔。

苻南華當然不會知道，一個年幼時分就需要漫山遍野去尋找草藥的稚童，因為某個比自己求生更強烈的執念所迸發出來的無窮潛力，是何等驚人。

當那個少年誤食草藥而在小巷絞痛得滿地打滾的時候，那種執念，甚至能夠讓一個原本該在鄉塾蒙學的孩子想著便是爬也要爬回家中，要將那竹簍救命草藥放回家中。之後砍柴燒炭、拉胚燒瓷、挖泥嘗土等等，沒有哪件事情，不需要考驗少年的體力和耐力。

在小鎮之外，苻南華隨便施展一點仙家術法，就能夠肆意碾壓一百個、一千個少年，但是選擇在小鎮內與之生死相向，還真是好運氣到了盡頭，踢到了鐵板。

苻南華被劇痛和恥辱雙重打擊，沖昏了頭腦，臉色猙獰道：「你殺了我，你是死路一條！你不殺我，還是難逃一死！小雜種，總歸你是死定了！」

陳平安微微仰頭，盯著這個滿臉癲狂神色的男人，說道：「你知道，我不想殺你，我跟你無冤無仇，只是你想害我，我才還手的。」

苻南華獰笑道：「小雜種，也配跟我苻南華講道理？」他竭力加重語氣道：「你配嗎！」

陳平安沉默片刻，問道：「你是不是一定要殺我？」

當苻南華看到黝黑少年的那雙眼眸時，突然冷靜下來。

被掐住脖子的苻南華滿臉漲紅，很快變青再轉紫，其實陳平安五指力道並未加重，但是足夠讓一個青壯男子窒息致死。

苻南華艱難道：「我說我不殺你，你信不信？」他劇烈掙扎了一下。

但是陳平安幾乎同時加重了力道，讓苻南華五指微動的一條手臂頹然下垂。

陳平安搖了搖頭。

苻南華越發頭暈目眩，雖然心中恨不得一巴掌拍碎這個雜種的頭顱，但是表面上仍然盡量和顏悅色，補充了一句：「如果我對天發誓呢？我們這種人，是不可以隨便發誓的。」

苻南華耍了一個心機，佛家發大宏願和修士心頭起誓，確實有著極大約束力，但是顯而易見，苻南華只說了一半真話，他哪怕發誓，也只會在嘴上信誓旦旦，並非「不立文字，卻無異於刻字丹室心壁」的沉重心誓，所以事後遵守與否，只看心情。再者，修行之人的心誓，也不是沒有破解之法，代價大小而已。大體上，代價大小與修士境界高低、發誓內容輕重，有著絕對關係。

不料陳平安竟然還是搖頭。

越來越呼吸困難的苻南華，已經失去討價還價的精氣神，沒來由有些神情恍惚。

就要死了嗎？跟蔡金簡那個可憐蟲一般無二，還是死在一個小賤種的手裡？那麼當這個噩耗傳回老龍城，會不會成為全城上下的笑談？他甚至都沒有機會伸手去觸發腰間玉帶的隱祕機關——他腰間所繫的白玉腰帶，實則是一條地蛟之屬的殘餘精魄。

「可以了。」

一個嗓音在兩人耳畔響起，對於苻南華而言等於是天籟之音，只不過他正好暈厥過去，不確定是不是自己的幻覺。

陳平安愕然轉頭，結果看到一個滿身雪亮、虛無縹緲的齊先生，後者微笑不語。

陳平安眼神復歸堅定不移，右手五指始終沒有鬆開。

齊靜春既沒有好心被當成驢肝肺的惱火也沒有彷彿看到一副可造之材的欣慰，只是朝著陳平安輕輕揮袖，像是「撈取」了一件物品到手中。

這位儒家聖人攤開手心一看，啞然失笑——一團汙穢如墨跡。原來某人在陳平安身上種下的心意，黯淡無光，分明早已消亡。

再抬頭望向少年陳平安，齊靜春有些遺憾，感慨道：「難怪先生說世間成事者，超世之才不過其次，堅忍不拔之志，方為首要。陳平安，你替先生又給我上了一課。只可惜，我齊靜春如今已經沒有了收取關門弟子的機會。」說完這句話後，齊靜春自嘲一笑。

如今他齊靜春的弟子，有什麼金貴值錢的？坐滿一屋子的蒙學孩童，每人收取束脩，不過一年三百文錢，有些家境貧寒的孩子，不過是臘肉三條而已。

齊靜春望向堅持己見不願鬆手的陳平安，問道：「你在內心深處，其實不願意殺他，但問題是這個人看上去無論如何都要殺你，所以是殺了他一乾二淨，暫時保全自身性命，明日事明日了？還是希冀著息事寧人，大事化小、小事化了？對不對？」

經常旁聽隔壁讀書種子朗誦詩文的陳平安，脫口而出道：「先生何以教我？」

齊靜春笑道：「陳平安，你不妨先鬆開右手試試看，再決定要不要隨我四處走走。有些事情我難辭其咎，必須要給你一個交代。」

陳平安猶豫片刻，鬆開右手五指後，赫然發現苻南華沒有絲毫動靜，眼神、髮絲、呼吸悉數靜止。

在齊靜春運轉大陣後，小鎮重返止境。

齊靜春輕聲道：「跟緊我的腳步，盡量不要走出十步之外。」

衣袂飄飄、身軀空靈的齊靜春率先走向小巷盡頭，陳平安緊隨其後，其間低頭看了一眼左手手心，血肉模糊，可見白骨，但是那些肉眼可見的鮮血，偏偏不再流淌。

齊靜春走在前邊，微笑問道：「陳平安，你信不信，這世上有神仙精靈、妖魔鬼怪？」

陳平安點點頭：「信的，小時候我娘親經常說些老故事，要我相信善有善報、惡有惡報。這句話娘親說得最多，所以我記得很清楚。其他像小溪裡會有拖拽小孩的水鬼，城北破祠堂那邊有專門在夜間審案的冥官老爺，我們張貼的門神其實到了晚上就會活過來幫我們保護宅子……這些東西，我以前其實不太信的，但是……現在，我覺得多半是真的。」

齊靜春輕聲道：「她說的這些，有些真，有些假。至於善有善報、惡有惡報一說，則很難定論，因為對於善惡的定義，老百姓、帝王將相和長生仙家，三者是各有不同的，所以各自得出的結論，會很不一樣。」

陳平安藏起瓷片，加快腳步，和齊靜春並肩而行，抬頭問道：「齊先生，我能問一個問題嗎？」

齊靜春好似看穿他的心思，平靜道：「這座小鎮，是世間最後一條真龍的葬身之所、埋骨之地。天底下不計其數的蛟龍之屬，都認為此地氣運最為鼎盛，註定要在某一天『出龍』的。事實上，三千多年來，『出龍』一事，遲遲不至，倒是這座小鎮出生的孩子，根骨、性情和機緣確實要遠遠好過外邊的同齡人，東寶瓶洲許多大名鼎鼎的仙府道侶，他們結合生下的後代，也不過如此。當然了，也不是小鎮每個孩子都有驚才絕豔的天賦。」

齊靜春笑了笑，不在此事上深入解釋，大概是怕傷了陳平安的心，遂轉換話題：「當初參與那場屠龍浩劫的前輩修士，幾乎無人不身負重傷，很多人便在此定居，結茅修行，可謂從容赴死，也有雙雙僥倖活下來的道侶，也有的在並肩作戰後，水到渠成地結成良緣。小鎮經過三千餘年的繁衍生息，便有了如今的規模，在大驪王朝版圖上，此地最先被稱為大澤鄉，後來被一位聖人親自提筆改為龍淵，再之後避諱某位大驪皇帝的『淵』字，又做修改……」

一直把話憋在肚子裡的陳平安，終於忍不住了，輕聲打斷齊靜春的言語，雙手握拳，充滿渴望和期待：「先生，其實我想問的問題，是我爹娘……他們到底是怎樣的人……」

齊靜春陷入沉思：「既然那遠遊道人陸沉已經對你洩露了天機，我也可以順著他破開的口子，與你說些事情。在我的記憶裡，你爹是個憨厚溫和的人，天資平平，不值得被人帶離小鎮，自然就成了某些人眼中的雞肋，被視為一筆虧本買賣。也許是一怒之下，也許是生活實在窘迫，總之小鎮外的買瓷人，便在你爹的本命瓷上動了手腳。在那之後，不但他命途多舛，也連累你和你娘一起吃苦。後來他不知為何，無意間知曉了本命瓷的祕密，知道一旦被人開窯後帶離小鎮，就會一輩子淪為牽線木偶，他就偷偷砸碎了屬於你的那只本命瓷，如果我沒有記錯的話，應該是一只瓷鎮紙。」

齊靜春沉聲道：「你要知道，小鎮每年出生的嬰兒，都有個存入密檔的代號，鎮上也專門有人會以獨門祕術，抽取出一滴心頭血，灌注於日後燒製的那只本命瓷當中。女孩本命瓷一燒就要燒六年，男孩的更久，窯火一日不可斷，持續燒九年。孩子的天賦如何，就像是普通燒窯的瓷器品相如何，只能聽天由命看運氣，但是押注後進行『賭瓷』的出價，很大。雖然說如今你資質同樣平平，但是在你爹毅然決然打碎那件瓷鎮紙的時候，小鎮外買瓷人的震怒，可想而知。至於你娘親，是一位性情淑靜的女子。」

齊靜春說到這裡，突然笑了：「當時你娘親嫁給你爹的時候，小鎮好些同齡人都很鬱悶來著。不過說實話，真要我說你爹娘在世時的生活細節，是為難我了，來到這裡後，我除了教書授業，還有很多事情要做。」

陳平安「嗯」了一聲，輕輕扭過頭，用手胡亂抹了一把臉，他大概是忘記了左手的糟糕情況，弄得滿臉血汙，又實在捨不得用衣袖擦拭。

兩人經過了十二腳牌坊樓。

齊靜春沒有看陳平安，與他打開天窗說亮話：「當年真龍隕落於此，四位聖人親自露面，在這裡訂立契約，規定每六十年，換一人坐鎮此地，幫忙看顧那條真龍死去後留下的殘餘氣數，其實當時是否斬草除根，也不是沒有爭執……不過與你說這些不可告人的天機，便是害你了。大體上，儒釋道三教中人加上一個兵家，四方為主，其餘東寶瓶洲的諸子百家、洞天福地、仙家門第、豪閥大族等等皆有一定的份額和機會，來分潤這裡的好處。說來可笑，百年內有無『買瓷』的名額幾乎成了界定一個宗門、世家是否一流地位的標誌。」

陳平安說道：「先生說這些，我聽不懂，但都記下了。不過今天知道我爹娘是好人，我就知足了。」

齊靜春笑道：「我也不奢望你當下能聽明白，只不過是些鋪墊，否則簡單勸你別殺苻南華，你肯定聽不進去。之所以要你別殺人，不是我齊靜春物傷其類、兔死狐悲什麼的，更不是我希望他苻南華和老龍城因此感恩，以後我好要些好處，不是這樣的。事實上，正好相反，我儒家門生弟子，推崇入世，對於修行中人的肆無忌憚，最是抵觸，雙方明爭暗鬥了無數年，若我齊靜春是剛去山崖書院拜師求學的歲數，那截江真君劉志茂也好，老龍城少城主苻南華也罷，現在哪裡還有活命的機會，早給我一掌打得灰飛煙滅了。」

陳平安發現這個時候的齊先生，雖然說話語氣依舊溫和，走路姿勢同樣文雅，但是給人的感覺完全判若兩人。

就像姚老頭喝酒喝高了，說我們燒出的瓷器，是給皇帝老爺用的，誰能比？

齊先生說一掌打得別人灰飛煙滅的時候，雖跟那時候的姚老頭語氣不同，但是神色一模一樣。

齊靜春皺了皺眉頭，抬頭望向泥瓶巷那邊，像是在聽著別人說話，雖然沒有流露出厭煩表情，但是眼神中的不悅毫不遮掩。他最後冷聲道：「速速離去！」

陳平安一臉茫然。

齊靜春解釋道：「是那說書先生，本名劉志茂，道號截江真君，其實是旁門裡的道人，修為尚可，品行低劣，蔡金簡、苻南華兩人與你的恩怨，大半是他在興風作浪，最後還在你心頭種下了一道歪門邪道的符籙，那是一幅四字真言，將『一心求死』四字，偷偷刻於你心田，手段極為歹毒。」

陳平安默默記住了劉志茂這個名字。

齊靜春嘆了口氣，問道：「你就不好奇，為何我不出手？」

陳平安搖頭。

齊靜春自顧自說道：「此方天地，如同風吹日曬三千年的老舊瓷器，支離破碎在即，你們終究是外人，又有大陣護持，如何作為，只要不要太過分，遠遠不至於讓瓷器崩碎。可我是那個手捧瓷器的人，我的任何舉動，都會牽扯到這件瓷器的裂縫，事實上不管我做什麼，只會讓那些紋路加速蔓延。若只是瓷器碎了，也就罷了，可是這小鎮五、六千人今生來世的命運，盡在我手，我如何能掉以輕心？」

只是這些積鬱多年、不吐不快的言語，齊先生說得太小聲，陳平安豎起耳朵也聽不清楚。

齊靜春看著時不時用右手擦拭臉龐的陳平安，兩人已經走到杏花巷鐵鎖井附近，那邊有婦人正在彎腰汲水，齊靜春問道：「若有陌生人掉進水井，你若救人就會死，你救不救？」

陳平安想了想，反問道：「我想知道，真的救得了那個人嗎？」

齊靜春沒有回答陳平安的問題，只是笑道：「記住，君子不救。」

陳平安愣了愣，疑惑道：「君子？」

齊靜春猶豫了一下，蹲下身，先幫陳平安正了正衣襟，然後用手幫他擦去血跡，柔聲說道：「遇見不幸事，先有惻隱心，但是君子並不是迂腐人，他可以去井邊救人，但絕對不會讓自己身陷死地。」

似乎被這個問題勾起了心思，陳平安認真問道：「先生，我現在還能活下去嗎？如果能，那麼我還能活多久？」

齊靜春仔細想了想，緩緩站起身，斬釘截鐵道：「你要是不怕前路坎坷，吃大苦頭，就肯定能活下去。」

陳平安頓時笑容燦爛，天經地義道：「我可不怕吃苦！」

齊靜春想著這一路行來，陳平安的泰然處之，便釋然了：「走，帶你去一個地方。雖然我齊靜春不能幫你什麼，但事已至此，讓你渡過此劫，絕不算破壞規矩，其實本來就該補償你一份機緣才對。」

陳平安懵懵懂懂。

兩人來到老槐樹下，不知為何，小鎮內外寂靜無聲，唯有這棵老槐像是唯一的例外，樹葉微晃，搖曳生姿。

齊靜春站定後，臉色凝重，作揖後，抬頭問道：「齊靜春能否向你們求一片槐葉，讓陳平安日後能夠安安穩穩離開小鎮，最少在三年內，不受那反撲而來的橫禍災厄？」

千年老槐，無聲無息。

齊靜春又問道：「齊靜春坐鎮此地五十九年，沒有功勞也有苦勞，難道還求不來一片祖蔭槐葉？何況陳平安本就是你們小鎮人氏，諸位先賢，何以如此吝嗇？」

老槐仍是沒有迴響。

此刻的寂靜如同無聲的譏諷。

你齊靜春神通廣大，可到底是這天地方圓中的一個，更是主持大陣樞紐的那個可憐人，我們就是不願白白施捨這份香火情，你能奈我何？

齊靜春臉色陰晴不定，最後唯有嘆息一聲，低頭望去，滿懷愧疚。

陳平安咧嘴一笑，反過來安慰道：「陸道長說我只要去小鎮南邊，找到一個姓阮的鐵匠當他的學徒，就有希望活下去。齊先生，沒有這……槐葉，相信也沒啥問題的！」

齊靜春笑問道：「真心話？」

陳平安撓撓頭，靦腆道：「假的。」

齊靜春會心一笑。

突然，一片蒼翠欲滴的鮮嫩槐葉，從樹冠極高處，飄然墜落。

陳平安只是伸出手掌，樹葉便自行落在他手心。

樹葉上，有一個金色字體，一閃而逝。

齊靜春有些驚愕，片刻之後，沉聲道：「此字為姚，陳平安，你可願意為姚家報恩，無論生死？實不相瞞，哪怕沒有這片樹葉，你也未必沒有一線生機，這一點，我可以明確告訴你。所以你千萬要想清楚！」

陳平安問道：「是姚師傅的那個『姚』字嗎？」

齊靜春點了點頭：「正是。」

陳平安雙手合十，將槐葉輕輕夾在手心，抬頭大聲道：「只要我活著一天，只要是跟你有關的姚姓人，就像齊先生之前所說，哪怕他墜入井中，哪怕救人必死，但我陳平安必救之！」

天籟寂靜。

齊靜春笑道：「走吧。」

帶著陳平安離去之時，齊靜春悄然轉頭，望向槐樹最高處，面露譏諷。

姓「陳」的槐葉並非沒有，事實上還不止一、兩片，可是到最後，明知此地即將崩壞，寧肯另尋宿主，哪怕不姓陳也無所謂，也仍是沒有一份香火祖蔭，願意看好泥瓶巷的草鞋少年。

齊靜春轉回頭，摸了摸陳平安的腦袋，打趣道：「如果是宋集薪、趙繇、顧璨這些人，像你之前那般發此宏願，說不定就要引發天地共鳴了。」

陳平安笑容陽光：「那我可管不著，我只做好自己的事情。」

齊靜春又問道：「這次是真心話？」

陳平安笑道：「是！」

桃葉巷的一棟宅子裡，有位慈眉善目的老人，坐在廊下的籐椅上，身邊坐著一個模樣俏皮可愛的丫鬟，丫鬟穿著鵝黃紋彩長褲，外邊罩穿著淺羅碧色的紗裙，一邊聽老人說故事一邊緩緩扇風。

老人突然開口問道：「桃芽，風呢，又打盹兒啦？不是嚇唬妳，若是在小鎮之外的大家宅子，妳這樣偷懶，可是要受罰的。」

沒有任何回應，對下人一直優容寬厚的老人，正想繼續調笑幾句，臉色驟變，抬頭望向遠方，神情凝重起來。

原來小院內，不僅是少女丫鬟所持之扇沒有絲毫動靜，事實上，就連無形的清風也靜止了。老人趕緊屏氣凝神，默念口訣，坐忘入定，以免在這場光陰長河的短暫逆流當中，白白折損修為道行。

老人輕輕嘆息，最為恪守規矩禮數的齊靜春，也終於破例出手，如此一來，真是山雨欲來風滿樓了。

鐵鎖井，身材魁梧的外鄉年輕人蹲在不遠處，使勁盯著轆轤車，但是眼角餘光，卻偷偷瞥向一個豐腴村婦的側影。村婦正彎腰從井口中提起一只水桶，弧度驚人的臀部，沉甸甸墜下的胸脯，整個人略顯誇張的曲線，玲瓏畢露，身軀綻放出一股飽滿麥穗的野性氣息，讓原本不過中人之姿的她，也多出一些別樣韻味來。

當年輕人意識到周圍環境出現詭異靜止後，他人沒有動，只是壯著膽子，正視那幅婦人汲水的美妙畫面，年輕人偷偷咽了咽口水，趕緊扭轉身體，換了個蹲姿。

難怪師父說，山下女子，是出林虎，功力大減了，可要是一旦帶上山，就要成為稱王稱霸的座山虎，是會吃人的。師父喝酒之後，總說天底下的英雄豪傑，全輸給自家的入山虎了，沒一個例外。但是年輕人覺得出林虎就已經很厲害了，比如眼前那婦人，明明長得普通，卻妖嬈得讓他心癢癢，要是她二話不說給他一耳光，完全不講道理，年輕人覺得自己也根本不敢還手，說不得婦人一笑，他還會跟著笑呢。

年輕人想到這些，就有些灰心喪氣，低頭瞥了眼褲襠，罵罵咧咧：「沒骨頭，難怪沒骨氣！」

泥瓶巷內，宋集薪正在翻閱一本厚重陳舊的地方縣誌。宋集薪摸索出很多規律，例如大體上是每六十年一增補，所以宋集薪私下將此書取名為《甲子誌》。還有就是小鎮百姓在年少時被遠房親戚帶出去後，幾乎就沒有人回到過家鄉，好像很不喜歡落葉歸根，屬於牆裡開花牆外香，很多家族姓氏就在外面開枝散葉，甚至成長為一棵棵根深蒂固的參天大樹，所以宋集薪又將其暱稱為《牆外書》。

宋集薪此時正在翻閱一頁人物傳，描述了一個叫曹曦的人的生平事蹟，筆墨吝嗇，是這本縣誌的又一特色。宋集薪翻來覆去看了至少七、八遍，對於這本書早已滾瓜爛熟，所以如今閒暇時翻閱只會揀選一些光怪陸離的人物故事，當作一位說書先生描述的演義傳奇，真實性如何無從考據，宋集薪當然也不在意。

他只記得那個身穿官服的男人，在赴京述職離開小鎮之前，深夜獨自來此，男人以一種無比鄭重的態度，告訴他要牢記一件事情，就是背誦、記住書中每一個出現過的人名以及成百上千的人數，和他們身後祖輩們在小鎮的各自根腳，尤其是跟四姓十族的關係脈絡。

此時宋集薪紋絲不動，就像小鎮東南那些個破碎不堪的泥塑神像，一座座隨意倒在草叢中、泥地裡，無論風吹雨打，只是巋然不動。從窗戶透過灑在書桌上的光線，保持著一種反常的靜止狀態。

這棟宅子裡，唯一能動的人和物，是婢女稚圭和那條不起眼的四腳蛇，她很早就察覺到異樣，腦海中冒出的第一個想法是去隔壁院子找那個面癱少女，罵她個狗血淋頭，但是當她意識到那柄劍的存在後，便打消了這個誘人的念頭。她先是來到自家少爺的房間，斜瞥一眼書頁內容，看到「曹曦」兩個字就嫌煩，便幫少爺向後翻了幾頁，看到有關「謝實」的篇幅後，才開心地笑了笑。只不過很快她就悻悻然了，又將書頁翻了回去，以免洩露天機害得自己露了馬腳。

這些年來，精明且有城府的少爺不過出於好奇，懷疑過她的身分來歷罷了，但從未抓到過真正的確鑿證據，她可不想在大功告成之際，功虧一簣。她跟隨少爺經常去鄉塾，覺得讀書人有些話說得很虛偽混帳，比如「舍生而取義者也」，有些話則說得還不錯，比如「行百里者半於九十」，真是把道理給說通透了。

那條土黃色的四腳蛇，正趴在門檻上曬太陽，此時牠寂然靜止，便恢復了「真身」，光線映照下，只見牠流光溢彩，晶瑩剔透，身軀通體像一塊琉璃。

隔壁院子屋內，黑衣少女寧姚陷入一種玄之又玄的胎息狀態，不以口鼻噓吸，如嬰兒仍在胞胎之中，神氣歸根而止念。

雪白劍鞘內，飛劍如獲大赦，緩緩出鞘後，在主人四周輕快飛掠，有小鳥依人之溫馴親暱，又有少女衣裙飄逸之美感。它並非胡亂飛行，而是靈犀畫符一般，為正在療傷的主人營造出一塊最佳的風水之地。果不其然，四周的氣息迅猛湧入沒有絲毫呼吸跡象的寧姚體內，寧姚如鯨吞水，瘋狂汲取這方天地間的本源靈氣。於是這一刻，小鎮的死寂沉沉，與這棟宅子的風生水起，形成了鮮明的對比。

小鎮外的南方溪畔有個五短身材的漢子，濃眉大眼，銳氣逼人，袒胸露腹，手持鐵錘正在打鐵，一錘下去，火星四濺，滿室光輝。無數星星點點的火光，在空曠的屋子裡隨處亂竄，絢爛壯觀。一次掄捶，就能砸出一幅畫面。

漢子對面，站著一個紮著條清清爽爽馬尾辮的少女，身材嬌小，她披了件黃牛皮質的罩袍，防止火星濺射到身上，尋常棉布衣衫，很容易被燒穿出一個個窟窿來。

當一次捶打之後，千萬點火星，驟然間在屋內全部停滯。

馬尾辮少女皺眉問道：「爹？」

漢子沉聲道：「換妳來錘打劍條，正好借此機會錘鍊妳的神意。」

少女放下那根老劍條，撥開身前兩側火星，火星被她隨手揮退，牽一髮而動全身，本該靜止在光陰長河裡的火星，不斷撞擊著火星，一次次相互撞擊，使得屋內的光線，顯得紊亂無比。

相比小鎮內那些好似潛龍在淵的高齡前輩，一個個凝神屏氣，靜心入定，少女的所作所為實在是過於橫行霸道了點。尤其是換成她來掄錘後，勢大力沉，動作迅猛，甚至比起經驗老到的漢子還要更加狂野不羈。

每一次捶打濺射出來的火星，在止境當中並不會消失，所以一次次疊加之後，密密麻麻的火星如璀璨繁星，簇擁在空中。

鑄劍之室，火星億萬。

男子死死盯住那根通紅的劍胚子，沉聲吩咐道：「心中默念《鑄劍經》的撼龍篇！」

少女氣勢驟然下降，低聲道：「爹？」

男人惱火道：「幹啥子？」

少女氣勢再降，怯生生道：「中午吃得少了，肚子餓，捶不動了。」

男人更加火大，如果不是在鑄劍，差點就要調教罵人：「明明是讓妳背書就跟要妳命一樣，找什麼藉口……他娘的，閨女妳這胃口，餓也很正常，還真不是藉口……」

少女偷著笑，嘴上說餓，其實手上動作沒有絲毫減弱，剎那之間靈犀一動，少女大喝一聲後，竭盡全力一錘砸下，鬼使神差道：「給我出來！」

這一次濺射出來的火星極其繁多，尤為刺眼。

漢子臉上不露聲色，心中卻道：『成了。』

顧璨家的院子，顧氏緩緩醒來，頭痛如裂，在顧璨的攙扶下坐回長凳，截江真君劉志茂正在閉目養神，袖中拇指食指緩緩掐動。

婦人顧氏將顧璨按在自己身邊坐著，輕聲問道：「仙長，怎麼回事？」

劉志茂沒有睜眼，道：「老夫收了個好徒弟，妳有個好兒子。顧氏妳就安心等著母憑子貴吧。」

顧氏大喜過望，熱淚盈眶，抱住顧璨，細細碎碎呢喃道：「孩子他爹，你聽到了沒有，我們顧璨一定會有大出息的……」

劉志茂突然「咦」了一下，驚訝出聲，睜眼低頭觀看掌心紋路，好似岔出來一條新路，自言自語道：「這是為何？不應該啊。少年沒死，反倒是那仙家子弟，莫名其妙死了？」他不得不站起身，在院中緩緩踱步，掐指飛快：「廢物！栽在一個市井少年手裡，雲霞山辛苦積攢下來的千年聲望，就此毀於一旦。」

顧氏忐忑不安道：「老仙長，既然我們家璨兒已經拜師了，不如就放過陳平安吧？」

劉志茂怒喝道：「婦人之仁！真要有一副慈悲心腸，妳我初見時，就不該起殺心。這個時候來跟老夫裝女菩薩，要臉不要臉？」

顧氏被罵得滿臉慘白，囁囁嚅嚅不敢說半個字。

劉志茂猶不解氣，伸手指著顧氏大罵：「鄉野村婦，見識短淺！以後顧璨隨我返回書簡湖後，你們母子相見的次數，絕不可太過頻繁，以免妨礙了他的修行，可有異議？」

顧氏趕緊擺手道：「不敢。」

劉志茂眼神陰森。

顧氏愣了愣，很快回過神來，哭喪著臉，可憐兮兮道：「沒有異議，絕對沒有！」

劉志茂使勁一揮袖子，冷哼道：「氣煞老夫！」

先前眼見顧氏還算有些別致風韻，剛剛有了將她收為貼身奴婢的念頭，她便表現得如此俗不可耐，活該她錯過一份有望步入修行門檻的福氣。

劉志茂突然如臨大敵，環顧四周，果然此方天地被人為靜止為「止境」了。

止境是世間諸多小洞天的一種，陸地神仙、金身羅漢也休想開闢而成。這種大神通，可謂登峰造極，雖說很大程度上歸功於那座大陣，但依然讓人倍感敬畏。試想一下，只要身處此方天地當中，任你是仙佛神魔鬼怪，來此皆需向我磕頭，那是何種感受？

截江真君劉志茂做夢都想要達到此等高度。術高莫用？去你的鬼吧！劉志茂恨不得有此小洞天之後，將佛陀、道祖、儒教教主這三位的第三代弟子，全部拉進來，不敢說要他們低頭彎腰，好歹大家一起平起平坐，同輩相稱。

他毫無徵兆地吐出一口鮮血，手心也鮮血濺射，像是被人用利器使勁割出一條血槽。另外一隻手上，也不由自主地顯現出那只白碗，水面波紋混亂，黑線亂竄，四處撞壁。

他沒有絲毫猶豫，手心疊放在手背上，身為道家旁門中人，卻以儒家方式作揖行禮，一彎到底，虔誠至極，顫聲道：「書簡湖青峽島島主劉志茂，懇請齊先生憐憫晚輩赤忱求道之心，若有冒犯之處，還望先生大人……聖人不記小人過！」

良久之後。

「速速離去！」四字如春雷炸響在這個真君耳畔。

劉志茂狂喜道：「先生放心，晚輩這就攜帶顧氏母子離開小鎮。」

一直以晚輩自居的他記起一事，小心問道：「敢問先生，晚輩身上這兩袋子金精銅錢，應該如何處置？」

威嚴嗓音再度響起：「一人一物，剛好是兩份機緣，留在院中即可。三十年內，你不許離開書簡湖半步。」

劉志茂如釋重負，這次總算沒有那般諂媚，故意行儒生揖禮，而只是打了個莊重的道家稽首：「長者賜不敢辭，齊先生的大恩大德，晚輩銘感五內，沒齒難忘！」

在這之後，齊靜春的聲音並未出現，止境也很快隨之消失，劉志茂不廢話，立即讓顧氏帶著顧璨隨他離開小鎮。顧氏正要說話，被劉志茂一個凶狠至極的眼神瞪過來，嚇得噤若寒蟬。

劉志茂掏出兩只袋子，雖然心中有些戀戀不捨，但是這個志在一個名副其實真君頭銜的旁門道人，仍是毫不猶豫地放在了長凳上，只是剛走到小院院門的時候，他突然問道：「你們家有沒有留下什麼老物件？」

顧氏茫然，鬼頭鬼腦的顧璨立即提醒道：「爹不是留下個多寶格嘛，就是藏在床底下吃灰的那個。」

劉志茂眼前一亮，二話不說就讓顧氏帶路，去一探究竟。

既然那位聖人認可了顧璨本身即是機緣，那就意味著這個孩子可以帶走屬於他自己的機緣。至於這些機緣的最終歸屬，在小鎮上，恐怕天王老子來了，也得聽齊靜春的，但是到了書簡湖，可就不好說了。

無人看管的顧璨等到兩人進屋後，一手一把抓起兩只袋子，輕輕拔出門閂，撒腿飛奔向泥瓶巷另一端。

屋內婦人顧氏跪在地上，探入床底去搬箱子，箱子不大卻很沉，有些費勁，搬得她氣喘吁吁。

結果她的豐盈臀部被截江真君狠狠踢了一腳，劉志茂調笑道：「顧氏，妳虧得後天保養不錯，不過就憑這個，在青峽島做個二等丫鬟，還是有些勉強，不過當個三等丫鬟，綽綽有餘。老夫瞧妳是瞧不上眼，不過青峽島上，倒是有幾位客卿散人，說不得好妳這一口，到時候妳可要好好爭取，莫要羞怯，白白錯失了一樁福緣。」

顧氏身體微微僵硬，她此時大半身體仍在床底，看不清表情。

走到一條巷口，齊靜春對陳平安說道：「蔡金簡和苻南華，就交由我處置。如今你有了這片祖蔭槐葉，就更不要看輕生死，好好活下去，才是對你爹娘最大的回報。至於之後雲霞山、老龍城和截江真君三方勢力，我不敢說他們永遠不會找你的麻煩，但是十年內肯定不會來尋你的麻煩，運氣好的話，你就一直是個市井平民，也能夠三十年安然無恙。」

齊靜春笑道：「也無須對小鎮心存忌諱，以後……過不了多久，應該就再沒有那些算計了。如果你想要二、三十年安穩日子，不妨就在這裡找個姑娘娶了，成家立業便是。如果想要去小鎮之外見識一下真正的天地景象，也是好事情。讀萬卷書，行萬里路，是我們讀書人必須要做的事情。你以後就會發現，在小鎮上是讀書難，走路容易，到了外頭，很多讀書人是買書、看書、藏書都很容易，可就是不喜歡走遠路，嫌吃苦，所謂的負笈遊學，不過是乘車郊遊罷了。」

陳平安驚訝道：「齊先生，走路也算吃苦？」

齊靜春開懷大笑：「先不說小鎮以外，只說身邊好了，你見過福祿街、桃葉巷有幾個同齡人，像你這樣漫山遍野亂跑的？」

陳平安點頭道：「還真是。」

齊靜春想了想，伸手拔出插在髮髻上的一根碧玉髮簪，彎腰遞給陳平安：「就當是離別贈禮好了。並非貴重物件，更非仙家物品，放心收下。其實我與你一樣，曾是陋巷少年，發奮苦讀，經歷重重磨難、坎坷，當然也有種種際遇，這才進入山崖書院。拜師求學的那段時光，是我齊靜春這輩子最開心的歲月。後來先生出山之時，便交給我這根簪子，算是對我的一種期許和囑託。只可惜如今回頭來看，這麼多年來，我做得一直不好，相信如果先生在世的話，一定會失望的。」

陳平安哪裡敢接下這份禮物。這根碧玉簪子，似乎還蘊含著先生和齊先生的師徒情誼，情意重不用說，何況禮也不輕啊。陳平安再沒見識，到底也是燒御用瓷出身的人物，對於一件東西的好壞，還是有些鑑賞力的。

齊靜春溫聲道：「留在我這裡，恩師遺物就要隨我一起埋沒了，還不如轉贈給你。何況你其實是無功不受祿，我在小鎮逗留了將近六十年，一直有個小心結，不得解開，可惜恩師已逝，原本以為這輩子都得不到答案，是你無意間幫我解惑，所以我將這根簪子送你，於情於理於禮，都很合適。陳平安，只能幫你求來一片槐葉，無法給你再多機緣了。」

陳平安雙手接過那根材質普通的玉簪子，抬頭真誠道：「先生已經做了很多了。」

齊靜春一笑置之，眼見著陳平安被自己說服收下簪子，便去了一塊心病，簪子確實普通平凡，可到底是恩師遺物，能夠贈送給一個不辱玉簪銘文的少年，很好。

所以齊靜春最後叮囑道：「陳平安，記住，以後不管遇到什麼，你都不要對這個世界失去希望。」

第五章　離別

泥瓶巷一棟宅子外頭，掛著鼻涕蟲的頑劣孩子顧璨正在凶狠踹門，罵罵咧咧，唾沫四濺：「陳平安！再不滾出來，我就找人砍死你，把你家一堆破爛都砸了！我知道你在家裡，忙啥呢，難道是在跟宋集薪的小媳婦，跟稚圭在那個啥？大白天的，也不曉得照顧一下宋集薪的感受？好好好，不出來是吧，我走了，我可真走了啊？我這一走，你這輩子就別想見著我啦，我那些寶貝，本來想著都留給你，陳平安！快出來啊！」

不知為何，罵到最後，顧璨竟然帶著點哭腔，狠狠將兩條鼻涕蟲抽回了老窩。

猛然間他覺得腦殼一陣生疼，趕緊轉身望去，看到那張熟悉面孔後，破口大罵道：「陳平安！你大爺的……」

陳平安臉色不太好看，顧璨趕緊見風轉舵地補了一句：「身體還好嗎？」

行雲流水，轉折如意，毫不生硬。

習慣了這兔崽子的沒心沒肺，提著個新陶罐的陳平安沒好氣道：「好不好，你還不知道？」

顧璨意識到自己還有正事，趕緊把陳平安扯到院門口，然後將兩只繡工精美的袋子一股腦塞到陳平安手裡，壓低嗓音問道：「還記得我去年跟你要的那條小泥鰍不？」

陳平安一頭霧水，拿著沉甸甸的袋子，東西並不陌生，當時強行買走那條金色鯉魚的錦衣少年，事後就專程送了一袋子銅錢給自己。

陳平安四處張望，泥瓶巷兩頭並無行人，仍是趕緊開門，把顧璨帶進院子，將陶罐放在一旁後，直截了當問道：「有外鄉人跟你買那條泥鰍，對不對？顧璨，我勸你千萬別賣！打死都別賣，你不是想著以後讓你娘過上好日子嗎，你一定要留著那條泥鰍，知不知道！」

顧璨「哇」一下就哭出聲來，雙手抓住陳平安的袖子，哽咽道：「我想把泥鰍還你的，可是娘親不讓，還打了我一耳光。娘親從小到大都沒打過我。還有那個說書先生，不知道是神仙還是鬼怪，嚇人得很，先是把我給帶到了白碗裡，然後那條泥鰍一下子就變得很大很大，比我家大水缸還要粗很多很多……」

陳平安一把摀住顧璨的嘴巴，臉色嚴肅，瞪眼道：「泥鰍送給你了，就是你的！顧璨，你還想不想以後讓你娘親過好日子？能每天都吃上肉，能讓你娘用上胭脂水粉，買那種摸上去滑溜溜的綢緞衣裳？」

顧璨抽了抽鼻子，使勁點頭。

陳平安鬆開手，蹲下身，問道：「兩袋子錢是怎麼回事，是不是你偷拿出來的？」

顧璨眼珠子一轉，剛想騙人，陳平安跟他實在是再熟悉不過，小王八蛋剛撅起屁股他就知道要拉什麼屎，便直接又賞了顧璨一個爆栗，厲色道：「拿回去！」

顧璨強脾氣也上來了：「就不！」

陳平安被氣得臉色鐵青，揚起手就要來個貨真價實的爆栗，只不過看到顧璨死強死強的表情，又有些心軟，緩了緩語氣，想了想，問道：「到底是怎麼回事，你給我說說。」

顧璨就將事情原原本本說了一遍，不否認這個孩子平時讓人恨得牙癢癢，但確實早慧得很，從老槐樹到鐵鎖井，再到泥瓶巷院子，把那個說書先生要收他為徒的奇遇，跟陳平安說了個清楚明白。

陳平安這一刻心裡大致有數了，顧璨多半就是小鎮上自己得到祖蔭槐葉的人物之一。祖墳冒青煙也好，像齊先生、陸道長所說有機緣福氣也罷，顧璨應該會被那個說書先生帶離小鎮。但是一想到那個截江真君劉志茂，陳平安就心弦緊繃。按照齊先生的說法，此人品行實在低劣，更想將自己除之而後快，且不惜用上了仙家神通來陷害自己和蔡金簡，顧璨認了此人做師父，真是好事？不過退一步說，此人願意收顧璨為徒，而不是坑蒙拐騙，或強買強賣，是不是可以說明顧璨暫時不會有性命之憂？

鬼靈精怪的顧璨眼珠子急轉，趁著陳平安想問題的時候，冷不丁抓起陳平安手裡的兩只錢袋，一下子砸向屋內，然後轉身就跑，結果被陳平安一把抓住後領口，扯回原地。

顧璨雙手抱頭，模樣可憐兮兮的。

陳平安雖然把顧璨強行拽了回來，但是如何處置，猶豫不決，涉及的事情太大，他很怕做出錯誤的選擇，害得顧璨和他娘親被連累。若只是自己的事，這個無依無靠的草鞋少年，恐怕要乾脆俐落很多。

寧姚不知何時已經下床，站在門檻後頭：「我娘曾經說過，各人有各人的緣法，這個孩子一看就是禍害遺千年，以後也不缺狗屎運的那種人。」

顧璨眼睛一亮，趕緊把兩條鼻涕擦掉，咧著嘴，露出缺牙的光景，笑臉諂媚道：「姐姐妳長得真俊，長得跟我家二姐一模一樣！這裡地方小，去我家坐坐？」

陳平安無奈道：「你娘啥時候改嫁給你爹的？」

被拆穿後的顧璨立即翻了個白眼，換了一種臉色和語氣，嘖嘖道：「陳平安，可以啊，出息了，啥時候拐騙了個婆娘回家？要鬧洞房嗎？可惜我是趕不上了，要不然我一定蹲牆根聽你們在床上神仙打架……」

陳平安一巴掌按在顧璨的腦袋上，對寧姚歉意道：「他就這樣，別生氣。」

寧姚瞥了眼顧璨：「熊樣！」

顧璨正要發揮一下家傳本事，察覺到自己腦袋上的手掌悄悄加重了力道，立即病懨懨的，有氣無力道：「姐姐妳長得這麼水靈，說啥都對。」

寧姚沒搭理顧璨，轉頭望向陳平安，含有深意道：「那兩袋子銅錢，你最好收下，省得以後反目成仇。而且這孩子將來一旦修道有成，你今天不讓他少一些愧疚，極有可能害得他道心不穩，導致外化天魔乘隙而入。」

這話顧璨愛聽，對著寧姚伸出大拇指：「頭髮長，見識也長，果然比隔壁某個小娘們可靠多了！」

寧姚挑了挑眉頭，竟欣然接受。

泥瓶巷遠處，響起一聲火急火燎的怒吼：「顧璨！」

顧璨臉色微白：「走了、走了，陳平安，我走了啊！」

嘴上說要走了，其實顧璨自己都沒有意識到，他抓住陳平安的五指越發用力。

可能在潛意識裡，顧璨早已把陳平安當作娘親之外唯一的親人了。

陳平安帶著顧璨走出院子，蹲下身，悄悄說道：「顧璨，記得小心你師父。還有，照顧好你娘親，男子漢大丈夫，你娘親以後只能靠你了，別總讓她擔心。」

顧璨「嗯」了一聲。

陳平安又說道：「到了外邊，多做事少說話，管住自己這張嘴巴，吃些虧就吃些虧，別總想著嘴上討回便宜，外邊的人，不像我們，會很記仇的。」

顧璨紅著眼睛，唱反調道：「我們這邊的人也很記仇的，就你不是。」

陳平安哭笑不得，一時無言。

陳平安猛然驚醒，沉聲問道：「顧璨，你有沒有拿到一片槐葉？」

如果沒有的話，陳平安不覺得顧璨是得了仙家機緣，說不定那說書先生的到來，就是一張催命符。

顧璨一聽這個就來氣，嘩啦一下從兜裡掏出一大把，習慣性罵娘道：「不知道哪個挨千刀的混帳，偷偷往我兜裡塞了這麼多破爛葉子，我也是剛才偷溜出家的時候，藏那兩袋子錢才發現的。不是趙小胖，就是劉梅那丫頭片子！要是給我娘洗衣服的時候看到，可不又得罵我不省心了！虧得我這就要離開了，不然看我不偷偷往他們茅坑裡砸石頭……」

顧璨罵得起勁，陳平安先是目瞪口呆，然後如釋重負，眼見這傢伙要使勁往地上丟，趕緊阻止他的舉動，神情無比凝重道：「顧璨，收好它們！一定要收好！如果可以的話，這些槐樹葉子，最好連你娘親也不要給她看到，這很有可能是為了她好。」

顧璨茫然，但仍是點頭道：「好的。」

陳平安長呼出一口氣，自言自語道：「這下子我是真的放心了。」

顧璨突然身體前傾，使勁用腦門磕了一下陳平安的腦袋，嗚咽道：「對不起！」

陳平安揉著他的小腦袋，笑罵道：「傻樣！」

顧璨突然在他耳畔竊竊私語，陳平安愣在當場。

顧璨轉身跑開，一邊慢跑，一邊轉頭揮手：「聽那老頭子說，要帶我和我娘去一個叫書簡湖青峽島的地方，以後你要是混得媳婦也娶不起，就去找我，不是我吹牛，隔壁稚圭這種姿色的臭婆娘，我一送就送你十七、八個！」

陳平安站在原地，點了點頭，有些傷感。

畢竟這個傢伙，就像是他的弟弟，所以什麼事情，陳平安都願意讓著顧璨。

陳平安望著顧璨漸漸遠去的身影，怔怔出神。

他的人生總是這樣，真正在意的人，好像如何也挽留不住。

陳平安咧嘴一笑，老天爺挺小氣的。

隔壁院門輕輕打開，走出婢女稚圭，她亭亭玉立，如一株池塘裡的荷花。

陳平安問道：「先前顧璨說妳壞話，都聽見了？」

她眨了眨那雙秋水長眸，道：「就當沒聽到，反正我吵架吵不贏他們娘倆。」

陳平安有些尷尬，只好幫顧璨那個兔崽子說好話，打圓場道：「其實他心眼不壞的，就是說話難聽了點。」

稚圭面無表情地扯了扯嘴角：「顧璨心眼好壞，我不知道，他那個寡婦娘親，不是什麼省油的燈，我很確定。」

陳平安不知如何作答，只好跟她現學現用，假裝什麼也沒聽到。

稚圭突然問了一個莫名其妙的問題：「陳平安，你真不後悔？」

陳平安愣了愣：「啥？」

稚圭見他不像是裝傻扮癡，嘆了口氣，轉身返回院子，關上木門。

眼力極好的陳平安一直站在巷中，終於看到遠處顧璨家院門打開，走出三人，其中母子二人各自背著大小行囊，緩緩走向泥瓶巷另一頭。陳平安甚至清晰看到，那個說書先生轉過頭，瞥了自己一眼，笑意玩味。

三人身影消失在小巷盡頭後，陳平安回到自己院子，看到寧姚竟然已經能夠自己坐在門檻上。她的身子骨是鐵打的不成？

陳平安先將齊先生贈送的玉簪子以及顧璨拿來的兩袋子銅錢，都放在桌上，然後開始燒水、抓藥、煎藥，熟門熟路，不像是窯工出身，反而像是在藥鋪裡待了很多年的夥計。

寧姚有些疑惑，卻也沒有開口詢問，百無聊賴的她起身來到桌旁，想了想，又自顧自將陳平安藏在一只瓶肚裡的錢袋拿出來。

她坐下後，桌面上擺著三袋錢和一根玉簪，當然還有一把識趣「龜縮」在角落的靈性長劍。

陳平安沒阻攔她取錢，但是轉頭叮囑道：「玉簪是齊先生送給我的，寧姑娘妳小心些。」大概是生怕寧姚不上心，陳平安又赧顏提醒道：「真的要小心。」

寧姚翻了個白眼。

三袋子金精銅錢，迎春錢、供養錢、壓勝錢，很巧，剛好湊齊了。

寧姚一手托著腮幫，一手伸出手指，撥弄著三枚銅錢，隨口問道：「你的事情如何了？能不能跟我說說？」

陳平安蹲在窗口那邊的牆根，小心盯著火候，時不時翻看一下三張藥方，聽到問話後，說：「合適說嗎？」

寧姚皺眉道：「你都混到這般淒慘田地了，還擔心我聽了祕密後，被誰殺人滅口？陳平安，不是我說你，實在是你這種濫好人，我勸你這輩子都別離開小鎮，否則怎麼死的都不知道。」

寧姚很是哀其不幸，怒其不爭。

這種古板性格的少年，哪怕是一位兼具羅漢金身、天君道術的強大劍仙，只要丟到她家鄉那邊，一年之內必死無疑，而且屍骨無存。

陳平安樂呵呵道：「那我就給妳說說看？」

寧姚用三根手指按住三枚銅錢，在桌面上抹來抹去：「愛說不說。」

陳平安便將齊先生出現前的事情經過跟寧姚說了一遍，之後的事情選擇性說了一些。

寧姚聽完之後，雲淡風輕道：「那截江真君劉志茂，顯然是罪魁禍首，不過蔡金簡和苻南華，也都不是什麼好鳥。若不是齊先生出來搗糨糊，你以後就算逃到天涯海角，也逃不出三方勢力的圍剿捕殺。說句難聽的，殺你真的很容易。如果不是在小鎮上，別說劉志茂，就是那個雲霞山的女子，一根手指頭就能將你碾壓得魂飛魄散。」

陳平安點頭道：「我知道。」

寧姚氣呼呼道：「你知道個屁！」

陳平安沒有反駁，繼續煎藥。

她問道：「你之所以有這場劫難，全是因為那條泥鰍，為什麼不告訴那個孩子真相？」

陳平安這次沒有沉默，也沒有轉頭，坐在小板凳上，低頭看著青紅色的火焰，輕聲道：「這樣做不對。」

寧姚欲言又止，最後望向那個瘦弱背影，感慨道：「那你知不知道，你的拳頭不硬的話，就沒有人會在乎你的對錯。」

陳平安搖頭道：「不管別人聽不聽，道理就是道理。」他好像有些不確定，便轉頭笑問道：「對吧？」

寧姚怒目相向：「對你個大頭鬼！」

陳平安悻悻然重新轉過頭，繼續熬藥。

寧姚拿起那根碧玉簪子，凝神望去，發現上面篆刻有一行小字。

她瞥了眼叫陳平安的少年。

簪子上有八個字，便是僅算粗通文墨的她，也覺得極為動人。

言念君子，溫其如玉。

煎藥是一件類似線穿針眼的細緻活，陳平安做得有板有眼，沉浸其中，身上散發出一種莫名其妙的快樂。

不過寧姚不是個耐心好的，事實上除去練刀練劍，她對什麼事情都不太提得起興趣。小小年紀便背井離鄉，獨自遊歷四方，很粗糙地活著，所以對家徒四壁的少年小宅，她沒有任何不適的感覺。實在是她自己風餐露宿得太多了，風裡來雨裡去，原本再精緻講究的人也會變得很不講究。

寧姚問道：「你的左手沒事情？」

左手用棉布條包紮的陳平安正用雙手端來一碗藥，在她接手後，笑道：「沒事，我回巷子之前，找了些草藥搗爛，給傷口敷上了。以前我當窯工那會兒跌打割傷，都用這個，百試百靈，是很久之前楊家鋪子一個老人告訴我的祕方。不過我當初答應老人不外傳，要不然寧姑娘妳走南闖北說不定用得著。妳要是想要，我可以去找找楊家鋪子的老人，跟他求一求。只是今天去藥鋪比較急，也沒見著那個老人，只希望他是臨時走開了。」

寧姚喝藥的時候，那雙不似柳葉卻似狹刀的長眉，微微皺了一下，但仍是面不改色地喝完了藥湯。將瓷碗還給一旁等待的陳平安後，她嘀咕道：「濫好人，難怪窮得叮噹響，活該被人欺負。」不等陳平安反應過來，她又添加了一句：「別介意，我這個人說話比較直。」

寧姚大概不知道，後邊這句話更傷人。

陳平安欲言又止。

寧姚用拇指擦拭掉嘴角的藥湯殘漬，然後端正坐姿，一本正經道：「如今坐鎮此方天地的聖人，也就是你所說的那位學塾先生，雖然有心幫你收尾，好讓你今後性命無憂，但是你要知道，人力終有窮盡之時，哪怕是聖人也不例外。更何況那位齊先生的處境不太妙，有點泥菩薩過河自身難保的意思，怕就怕他之後管不著你的生死。我寧姚為人處世，滴水之恩，也會湧泉相報，瞪我一眼，就要睚眥必報！」

人力有盡時，湧泉相報，睚眥必報，泥菩薩過河……

此時寧姚內心，充滿不為人知的驕傲。

聽聽，我這番話說得是不是很有學問？

只可惜陳平安隔壁就住著個學識不淺的讀書種子，幾乎每天清晨、黃昏兩次，鄰居就要誦讀聖賢書以明志，按照宋集薪自己的說法是「吾善養浩然氣」。所以陳平安沒吃過豬肉也見過豬跑，對於讀書人文謅謅的那套說法並不陌生，即便有些晦澀詞語，透過上下文來解析，也能猜個八九不離十。

寧姚死死盯著陳平安，試圖從他臉上尋找出震驚、仰慕和疑惑，可陳平安偏偏是一臉

「我聽明白了，姑娘妳接著說」的欠揍表情。

寧姚很是灰心喪氣，本來意氣風發的神采鋒芒銳減，沒好氣道：「比如你救了我一命，我事後自會幫你殺掉老龍城的苻南華或是書簡湖的劉志茂，但是你想要兩個都殺的話，永絕後患，就得破財消災。因為咱倆萍水相逢一場，可沒那麼深厚的情分，所以你需要用一袋子金精銅錢，作為報酬。」

寧姚很快用手指了指那袋子迎春錢：「比如這袋，我就很喜歡，其他兩袋子供養錢、壓勝錢的銅錢樣式，不好看，鑄文也不討喜。」接下來寧姚微微揚起下巴：「如果在做成這筆買賣之外，你願意支付給我兩袋子銅錢，我就幫你擺平老龍城和雲霞山。當然，如果我早早死在劉志茂手裡，一切休提。畢竟我現在修為不高，武道九境，才剛剛躋身第六境，作為純粹武夫的體魄堅韌程度，還不成大氣候。至於修行登山的十五重樓，十五層境界，更是只到達中五境裡的龍門境。丹室之內，我有六幅圖案，尚未成功畫龍點睛，也未讓天女飛天……」

這下子陳平安是真的聽迷糊了，一頭霧水。

寧姚頓時有些惱羞成怒。境界低下，一直被她引以為恥，陳平安這種「姑娘妳再給我解釋解釋」的癡呆模樣，無疑是戳中了她的最傷心處。

看到寧姚陰沉的臉色，陳平安就是傻子也知道形勢不妙，趕緊轉移話題：「為何姑娘妳先前傷得那麼重，現在就像痊癒大半了？」

寧姚眉目低斂些許，雙手環胸，嗓音沙啞道：「當時的確是快死了，如果陸道長沒有救下我，我就要……反正我欠了你一個天大人情，我更不該趁火打劫，讓你拿出三袋子金精銅錢。我寧姚的一條性命，哪裡是劉志茂之流可以媲美的，所以是我不對，你就當我什麼都沒有說。等離開小鎮之後，我會盡力而為，爭取幫你解決那些後顧之憂。但是醜話說在前頭，我寧姚只會量力而為，不會心知必死依然去跟人拚命……換命。」

大概是自己低頭認錯，太過稀罕難得，所以寧姚心情極其失落。

陳平安問道：「供養錢是哪袋子？」

寧姚指了指其中一只金黃繡袋。

陳平安從裡頭拿出三枚銅錢，握在手心後，用手臂將三只袋子橫推到少女身前，笑道：「這些，送給妳了。」

寧姚目瞪口呆，久久回神後，問道：「陳平安，你小時候腦子被門板夾過？」

陳平安無奈道：「沒有，小時候幫人放牛的時候，經常被牛尾巴甩。」

寧姚驀地勃然大怒，一拍桌子，質問道：「你是不是喜歡我？」

陳平安呆若木雞。

寧姚咧嘴一笑，朝陳平安伸出大拇指道：「眼光不錯！」然後她彎曲大拇指，指向了自己，神采奕奕道：「但是我可不會答應。我寧姚喜歡的男人，一定要是全天下最厲害的劍仙。全天下！最厲害！大劍仙！什麼道祖佛陀，什麼儒家至聖，在他一劍之前，也要低頭，都要讓路！」

陳平安漲紅了臉，撓撓頭道：「寧姑娘妳誤會了，我沒喜歡妳啊……」

寧姚一挑眉毛，想了想，身體前傾，瞇起一眼，抬起一手，拇指食指之間空出寸餘距離，心虛問道：「這麼點喜歡，也沒有？」

陳平安斬釘截鐵，語氣堅定道：「沒有！寧姑娘妳放心！」

寧姚收回手，重重嘆了口氣，憐憫道：「陳平安啊，你以後就算僥倖娶了媳婦，多半也是個缺心眼的。」

陳平安坐在桌子對面，開心笑道：「只要她人好就行。」

寧姚對此不置可否。

混吃等死，小富即安，飛黃騰達，就像她娘親說的，是因為各有各的緣法，未必有高下之分。只不過她爹對此有不同意見，命裡無時莫強求。可不強求並不意味著一點都不求，求還是要求一下的，如果最後仍是求而不得，則是另外一回事。當然，這些話她爹是絕不敢跟她娘當面說的。

陳平安隨口問道：「寧姑娘也是來咱們小鎮求機緣來的？」

寧姚沒有任何藏藏掖掖，回答道：「我耗盡所有奇遇積攢下來的家底加上一個人情，才換來進入小鎮的這個名額，不過我跟那些人不一樣，我不求什麼機緣氣數，只是想著讓人幫我鑄一把劍，最好能夠合我的心意。至於鋒利不鋒利，能否承載海量劍氣，是很其次的事情。」

陳平安疑惑道：「鑄劍？」

寧姚說道：「就是那個打鐵的阮師傅，他在你們這兒名聲很大，還有個『鐵打不動』

的規矩，每三十年只鑄一把劍，他之所以願意來此頂替齊靜春，就是覺得此地適合開爐鑄劍。我去碰碰運氣，看他願不願意為我鑄劍。實在不行的話，我也沒轍，就當自己運氣不好。」

陳平安笑道：「好人有好報。」

寧姚有氣無力道：「沒轍。」

她瞥了眼陳平安：「你左手不疼？」

陳平安愣了愣：「疼啊。」

她懷疑道：「那你怎麼看著不像啊。」

陳平安天經地義道：「我就算滿地打滾，大喊大叫，也不會就不疼了啊。」

寧姚一拍額頭：「真沒轍了。跟我爹一個德行，不過你本事比他差遠了。」

陳平安笑著不說話了，安安靜靜望向屋外的院子。

寧姚將那三袋子銅錢推回去：「我不要。」

陳平安收回視線，輕聲道：「寧姑娘，妳有沒有想過，我留著它們，不一定是好事情。見過齊先生之後，我更加確定這點。」

一件事情寧姚決定之後，就再也不會更改了，她搖頭道：「那就是你的事情了，跟我無關。我想好了，救命之恩，我以後一定會償還，而且絕對不偷工減料，要對得起『寧姚』這個名字！但是你在這些年，一定要好好的，別一不留神就死了。你只要熬過這段時間……」

一直很好說話的陳平安，第一次主動打斷寧姚的言語：「救妳的是陸道長，寧姑娘，所以妳不用覺得虧欠我什麼。我如果當時不是覺得自己死定了，想著能夠讓陸道長為我爹娘多做點什麼，我根本就不會開門。」

寧姚冷哼道：「那是你的事情！」

陳平安笑著重複她的話：「那是妳的事情。」

大眼瞪小眼。

寧姚竟然率先敗下陣來，自顧自頭疼道：「假如你喜歡我，可我真的不能答應你啊。」

陳平安雙手抱住頭。攤上這麼個一根筋的奇怪姑娘，他也沒轍啊。

此時有人從院牆爬入院子，會這麼做的人不作他想，肯定是劉羨陽。他小跑到門檻後，正要扯開嗓子，卻像是突然給人掐住脖子，一個字也說不出口。

陳平安趕緊起身，來到劉羨陽身邊低聲道：「我這兩天能不能去你那邊住，這位姑娘可能要住我這裡。」

劉羨陽一把推開陳平安的腦袋，如蒼蠅搓爪一般，搓手殷勤道：「姑娘，我家宅子大，東西也齊全，姑娘不嫌棄的話，去我家住，如何？」

背對兩人的寧姚平淡道：「嫌棄。」

劉羨陽齜牙咧嘴，看著那個纖細動人的佩刀背影，不死心道：「姑娘，妳是不曉得，之前就有兩夥人在廊橋那邊堵住我的路，哭著喊著求我把祖傳寶物賣給他們，我都沒答應。倒楣催的，那幫人害我差點被阮師傅罵死。姑娘妳也是來小鎮碰運氣的外鄉人吧，我劉羨陽雖然也未必賣給妳，但是讓姑娘過過目，開開眼界，肯定沒問題啊！」

寧姚依然冷漠道：「不需要。」

劉羨陽自顧自坐在原先陳平安的位置上，看到寧姚的容貌後，兩眼放光道：「姑娘，妳別這麼見外，我和陳平安擠在這破宅子就是了，姑娘妳去我大宅子之後，也就不會感到拘束了，好像連手腳都沒地方擱放。」

寧姚板著臉回答道：「好意心領，人一邊涼快去！」

劉羨陽也不覺得尷尬，起身道：「得嘞，金窩銀窩不如自家的草窩，瞭解瞭解。」

劉羨陽把陳平安拉扯到門檻外，用手肘頂了一下陳平安：「咋回事？」

陳平安為難道：「一時半會說不清楚。你就說我能不能去你那邊住？」

劉羨陽白眼道：「這有啥能不能的，但是你得答應我，幫我盯著稚圭，千萬別讓宋集薪那個小畜生強行糟蹋了，到時候你可得幫我保住我未來媳婦的清白！」

陳平安毫不猶豫道：「別想！」

劉羨陽拍了拍陳平安的肩膀，語重心長道：「就當你答應了。」

屋內寧姚突然轉頭說道：「你知不知道自己是一個天生的劍胚子？買瓷人之所以在你九歲的時候沒有帶你出去，應該是想讓你在這裡汲取更多的靈氣。這個選擇，是對的。所以你在阮師傅那邊，一定要抓住機會，讓他收你為徒。記住，至少是入室弟子，最好是嫡傳門生。至於關門弟子，不用奢望，你的根骨天資，還沒有好到那誇張的份兒上。」

劉羨陽笑著使勁點頭，嘴上說著「好的好的」，然後回頭望向陳平安，指了指屋裡的寧姚，然後指了指自己腦袋。

陳平安說道：「她說的是實話，你別不當真。」

劉羨陽不再嬉皮笑臉，沉默下來，低聲道：「我覺得事情不太對勁，廊橋兩撥人，你猜是誰領頭帶路的？是福祿街盧正淳那個龜孫子！這不是黃鼠狼給雞拜年嗎？我又沒掉錢眼裡去，憑啥要跟他們做買賣。何況那件鎧甲是我家一代代留下的老物件，我要賣了，以後在夢裡夢著我爺爺，還不得給他罵個半死啊！」

陳平安聽到這一切後如臨大敵：「你要小心，盧正淳和那些外鄉人，不好惹！」陳平安轉頭問道：「寧姑娘，知道那些人的來歷嗎？」

寧姚點頭道：「老人和女娃娃來自正陽山，算是東寶瓶洲的名門正派。老人非人……總之，他比起苻南華或是蔡金簡，要厲害百倍。婦人和他兒子，也不簡單。其實能夠結伴進入小鎮的，當然不是一般有錢的有錢人。那個婦人城府很深，小男孩也不像是個心思良善的，所以我勸你朋友趕緊讓阮師傅認了弟子，就等於有一張保命符傍身。在小鎮上，靠山再高，背景再厚，也還沒有人敢跟一位聖人掰手腕。」

陳平安又問劉羨陽：「你有沒有把握做那個阮師傅的徒弟？」

劉羨陽有些糾結，吞吞吐吐道：「這不，當時第一天去當學徒幫工，阮師傅看我的眼神，就跟姚老頭那會兒差不多，估計是觀察我一段時間再做決定要不要收徒弟吧。只是……」

陳平安狠狠瞪眼。

劉羨陽訕笑道：「只是阮師傅有個寶貝女兒，特別能吃，把我給震驚到了，於是就稍稍玩笑了幾句。沒想到那閨女打鐵的時候，掄起錘頭來，那叫一個生猛霸道，偏偏平時又特別靦腆害羞，我哪裡想得到她這麼開不起玩笑，當時就把她給惹哭了，又不湊巧給他爹撞了個正著，看我的眼神就不對勁了，認徒弟保准沒影了。不過反正我也沒想著給人做牛做馬當徒弟，伺候過姚老頭一個怪脾氣的，就夠咱們受的了，我這不就想著在鐵匠鋪那邊混碗飯吃嘛……」

陳平安抬頭，黑著臉。個子比他高出大半個腦袋的劉羨陽，低著頭，不敢正視他。

這一幕場景，讓寧姚感到有些疑惑不解。

這也是寧姚第一次看到陳平安真正生氣的模樣。

陳平安低聲問道：「你經過老槐樹那邊的時候，身上有沒有莫名其妙多出一些槐葉？」

劉羨陽搖頭道：「沒有啊，倒是那個老喜歡偷瞄婦人的算命道人，跟我說了些晦氣話，我差點把他的攤子給砸了。」

陳平安臉色微變，眉頭緊皺，轉頭望向屋內，問道：「寧姑娘，作為交換，三袋子金精銅錢，行不行？還有就是，會不會讓妳有大麻煩，這一點，請妳務必事先說清楚。」

寧姚仔細想了想：「麻煩不小，但問題不大。不過這兩天一定要小心，讓你朋友別滿大街亂竄，畢竟我眼下情況不太妙。」她又說道：「兩撥人，兩袋錢。讓阮師傅認徒一事，又一袋錢。總之做成幾件事，我收幾袋錢。放心，我既然答應下來，就算是有保底兩袋的收成了。」

陳平安跑進屋子，趕緊將迎春錢在內的兩袋錢，火速推給寧姚：「收下吧。」

寧姚本就不是拖泥帶水的性子，沒有拒絕，收起兩袋子銅錢後，皮笑肉不笑道：「天底下多的是往自己兜裡摟錢的人，還有你這種喜歡當散財童子的？」

陳平安這一次沒有反駁，點頭笑道：「錢是很重要，很重要很重要。」

一直被蒙在鼓裡的劉羨陽火急火燎道：「陳平安，你瘋了吧，為啥把錢給她？整整兩袋子銅錢，夠你花多久了？」

陳平安沒好氣道：「我的錢，你管得著？」

劉羨陽理直氣壯道：「你的錢，不就是我的錢嗎？你想啊，我要是跟你借錢，你有臉皮催債要我還？」

陳平安不說話，陷入沉思，劉羨陽也意識到自己插科打諢不合時宜，遂閉嘴不言。

一時間屋子裡的氣氛有些沉重。

陳平安開口問道：「寧姑娘，妳真的不會因此……」

寧姚瞥了眼桌上的白鞘長劍，點頭道：「沒問題！」之後她實在忍不住，說道：「婆婆媽媽，你煩不煩？你還說你不是濫好人？」

陳平安笑了笑。

劉羨陽想了想，沒有說話。

劉羨陽最後把話藏在肚子裡，心想姑娘妳大概是沒見過這傢伙的另外一面吧。

陳平安很少有不好說話的時候，可一旦不好說話，真的會很不好說話。

他劉羨陽見過，隔壁的宋集薪應該也見過。

劉羨陽來到泥瓶巷沒多久，小巷又來了個稀客——氣度翩翩的青衫讀書郎趙繇，頗有幾分神似教書先生齊靜春。

趙繇是小鎮四大姓之一趙家的嫡長孫，比起盧正淳那些遊手好閒的紈褲子弟，同樣出身富貴的趙繇，口碑就很好。小鎮許多孤寡老人都受過他的恩惠，若說這是書本上所謂「名士養望於野」的手腕，好像太高估趙繇的心志，有點小人之心度君子之腹，畢竟少年從十歲起，就已是這般與人為善的心性，年復一年，並無絲毫懈怠。哪怕是福祿街看著少年郎長大的老人，也都要伸出大拇指，每次訓斥自家子弟，總會把趙繇拎出來作為例子，這就使得趙繇在同齡人當中沒有幾個交心的朋友。

盧正淳那撥人心性自由，也不愛跟一個成天之乎者也的書呆子打交道。試想一下大夥兒興致勃勃去爬牆頭偷窺俏寡婦，結果有人在旁邊念叨非禮勿視，豈不是大煞風景。總之，少年趙繇這些年喜歡跟福祿街以外的人打交道，大大小小的巷弄，他幾乎都走過，除了泥瓶巷。因為這條小巷裡住著宋集薪，一個讓趙繇經常感到自慚形穢的同齡人。

不過真要說朋友的話，趙繇大概只認宋集薪這個棋友，雖說這麼多年下棋一直輸給宋集薪，但是勝負心歸勝負心，想贏棋的執念歸執念，對於天資高絕的宋集薪，趙繇其實心底一直很佩服。只不過趙繇有些失落，是因為直覺告訴他，宋集薪雖然跟自己嘻嘻哈哈，平時交往親密無間，可好像從來沒把他看作真正的知己。

趙繇雖然之前沒有拜訪過宋集薪家，但是當他一眼看到某棟宅子，就知道這裡肯定就是宋集薪的家了。這源於門口張貼的那副春聯，字極多，且一看就是宋集薪的字，理由很簡單，委實是風格太多變了，幾乎可以說是字字不同。例如「御風」二字，一氣呵成，隨心所欲，大有飄然之意；「淵」一字，水字邊，尤為深意綿長；「奇」一字，那一大提起，氣魄極大，雷霆萬鈞！「國」一字，又寫得中正平和，如聖賢端坐，挑不出半點瑕疵。

趙繇站在院門口，幾乎忘了敲門，身體前傾，癡癡望著那些字，失魂落魄，只覺得自己快要沒了敲門的膽氣。正因為他勤懇練字，臨帖眾多，才更加知道那些字裡的氣力之大、分量之重、精神之盛。

趙繇黯然傷神，掏出一只錢袋子，彎腰放在門口，準備不告而別。

這時候，院門驟然打開，趙繇抬頭看去，宋集薪好像正要和婢女稚圭出門，兩人言笑晏晏。

宋集薪故作驚訝，打趣道：「趙繇你行此大禮，所欲何為？」

趙繇有些尷尬地拿起錢袋子，正要開口解釋其中緣由，就被宋集薪一把拿走繡袋，笑嘻嘻道：「喲呵，趙繇是登門送禮來啦，收下了、收下了。不過事先說好，我是窮苦人家，可沒有能讓趙兄入法眼的禮物，來而不往就非禮一回吧。」

趙繇苦笑道：「這袋子壓勝錢，就當是我的臨別贈禮吧，無須往來回禮。」

宋集薪轉頭對自家婢女會心一笑，將錢袋子交給她：「看吧，我就說趙繇是小鎮最懂禮數的讀書人，如何？」

稚圭接過錢袋子後，捧在胸口，笑得眯起雙眼，很是開心，稍稍側身施一個萬福：「謝過趙公子，我家少爺說過，積善之家有餘慶，行善之人有福田，奴婢在這裡預祝趙公子青雲直上，鵬程萬里。」

趙繇趕緊回禮作揖道：「感謝稚圭姑娘的吉言。」

宋集薪摸著後腦勺，打著哈欠：「你們不累啊。」

稚圭笑咪咪道：「若是每次都能拿到一袋子錢，奴婢施一萬次萬福也不累。」

趙繇有些汗顏道：「要讓稚圭姑娘失望了。」

宋集薪大手一揮：「走，喝酒去！」

趙繇一臉為難，宋集薪激將道：「草包一個！讀書唯讀出死板規矩，不讀出點名士風流，怎麼行？」

趙繇試探性問道：「小酌怡情？」

宋集薪白眼道：「大醉酩酊！」

趙繇正要說話，就被宋集薪摟住脖子拖拽離去。

婢女稚圭鎖門的時候，那條四腳蛇想要偷偷溜出來，被她一腳踹回了院子。

經過隔壁宅子的時候，她悄然踮起腳，斜瞥了幾眼，看到了劉羨陽的高大身影，後者也發現了她，立即笑臉燦爛起來。

劉羨陽正要跟她打招呼，她已經收回視線，快步走掉了。

小鎮有酒樓，雖然不大，開銷卻不小。不過趙繇畢竟是趙家子弟，風評又好，出了名的鐵公雞酒樓掌櫃，今天也不知道哪根筋搭錯了，拍胸脯說不收一文錢，能夠讓兩位讀書人賞臉來店裡喝酒，是他家酒樓蓬蓽生輝了，兩位公子收他錢才對。

宋集薪立馬就笑呵呵伸出手，當場討要銀子。掌櫃的悻悻然地給自己找臺階下，說「欠著欠著，明兒就讓人給宋公子送幾罈子好酒去」，讓趙繇當時恨不得挖個地洞鑽進去。掌櫃的素來曉得泥瓶巷宋大少爺的古怪脾性，倒也沒真生氣，親自給三人在二樓找了個雅靜的靠窗位置。

宋集薪和趙繇說話不多，宋集薪也沒勸酒坑人，這讓原本視死如歸的趙繇反而覺得很奇怪。

從酒樓二樓窗戶望去，正好能夠看到十二腳牌坊的一塊匾額：當仁不讓。

宋集薪問道：「齊先生真的不跟你一起離開小鎮？」

趙繇點頭道：「先生臨時改變了行程，說要留在學塾，教完倒數第二篇《知禮》。」

宋集薪感慨道：「那麼齊先生是要講一個大道理了，為儒家至聖傳授世人，告訴我們世間最初是沒有律法一事的，聖人便以禮教化眾生。那時候的君主皆崇尚禮儀，認為悖理出禮則入刑，於是就有了法，禮法禮法，先禮後法……」

趙繇已經微醺，有些口齒模糊，問道：「你覺得對嗎？先生又為何不乾脆傳授最後一篇《恪禮》？」

宋集薪答非所問：「走出小鎮之前，如山魈水鬼，神仙精怪，信則有，不信則無。至於齊先生怎麼教，學生如何聽，各安天命吧。」

婢女稚圭也喝了一杯酒，一副暈暈乎乎的俏皮模樣，從頭到尾都沒看那座巍峨牌坊。十二腳牌坊，石柱底座分別是龍之九子的九種異獸，之外便是白虎、玄武和朱雀。小鎮老百姓世代居住於此，早已見怪不怪了。

趙繇忍不住打了個酒嗝，搖搖晃晃站起身，道：「與君一別，希望再會。」

宋集薪想了想，也跟著起身，微笑道：「肯定會再見的。趙繇，莫愁前路無知己啊。」

兩眼發花的趙繇咬著舌頭，誠心誠意道：「宋集薪，你也早日離開小鎮，天下誰人不識君，你一定可以的！」

宋集薪明顯沒怎麼當真，擺手道：「走啦、走啦，醉話連篇，有辱斯文。」

趙繇和宋集薪出了酒樓後，就分道揚鑣了。趙繇在離開之前，約莫是酒壯慫人膽，問了一句：「宋集薪，要不要去窯務督造官的官邸看一看，我能說服門房的……」

宋集薪冷著臉從牙縫蹦出一個字：「滾！」

趙繇黯然離去。

婢女稚圭看著那個背影，低聲道：「少爺，人家也是好意嘛。」

宋集薪冷笑道：「世上好人的好心好意，到頭來辦壞事結惡果，少嗎？」

她想了想，好像還真是這麼個乏味無趣的道理，便不再堅持。

趙繇所住的福祿街在小鎮北面，泥瓶巷在貧戶扎堆的西邊。

宋集薪和婢女稚圭並肩走過牌坊的時候，稚圭抬頭看了眼，「氣沖斗牛」匾額已如同遲暮老人了。本名王朱的她，笑不露齒。

趙繇回到福祿街的祖宅後，下人告訴他老祖宗在書房等他，他必須馬上過去，一刻也不能停。一身酒氣的讀書郎立即頭大，硬著頭皮趕往書房。

趙家在小鎮不顯山、不露水，富貴內斂，不像盧家那般氣焰外露，而是自詡書香門第，故書房很古色古香。手持拐杖的老嫗正站在一張書案旁，撫摸著桌面，她那張滄桑臉龐，滿是傷感的追憶神色。

老嫗聞到門外嫡長孫的濃郁酒氣後，也不生氣，笑著招手道：「繇兒，進來啊，杵在門口作甚？男兒喝點酒算什麼，又不是喝馬尿，不丟人！」

趙繇苦笑著跨過門檻，畢恭畢敬給老祖宗行禮，老嫗不耐煩道：「書讀多了，就是這點不好，條條框框的，搞得讀書人一輩子都在鬼打牆，膩歪得很。就說你爺爺吧，啥都個頂個拔尖，唯獨與我說起大道理來，絮絮叨叨，真是煩人啊。尤其那做派那神態，嘖嘖，尤為欠打。可我偏偏說不過他，真是讓人恨不得一拐杖砸過去……」老媼突然被自己逗樂了，哈哈大笑起來：「差點忘了，那會兒我可用不著拐杖。」

她笑問道：「怎麼，是跟姓宋的小白眼狼一起喝酒了？」

趙繇無奈道：「奶奶，跟妳說多少回了，宋集薪很有才氣的，悟性很高，學什麼都快人一步。」

老媼嗤笑道：「他啊，聰明是最聰明了，只不過你爺爺生前早就三歲看老，看死了那小東西，想知道你爺爺是咋說的不？」

趙繇趕緊答道：「孫兒不想知道！」

老媼才不管寶貝孫子願不願意聽，自顧自道：「你爺爺說啊，『小小年紀，城府深重，只可惜敗祖輩家聲者，必此人也』。」然後她指了指趙繇：「你爺爺還說，『溫良恭儉，初無甚奇，培子孫之元氣者，必吾孫也』！」老媼說完後，笑了笑：「死老頭子，酸了一輩子，最後總算說了句順耳的好話。」

有些疑惑的趙繇剛要說話，只聽奶奶唏噓感嘆道：「老嘍老嘍！」

趙繇只得收回話，笑著上前挽住老媼的手臂：「奶奶壽比南山，還年輕得很。」

老媼伸出乾枯的手掌，拍了拍寶貝孫子的手背：「比你爺爺強，讀書不只會講狗屁道理，也會說好話給人聽。」

趙繇笑道：「爺爺是真有學問的，齊先生也說爺爺治學有道，解『義』字，極有心得。」

老嫗立即露出狐狸尾巴了，遮掩不住的揚揚得意，卻要故作冷哼道：「那可不，也不看是誰挑中的男人！」

趙繇緊抿嘴唇，忍住笑。

老嫗帶著趙繇來到書案後的椅子旁，趙繇發現書案上擺放著一尊臥龍木雕，栩栩如生，只是不知為何，仔細觀察後，就發現這條青色木龍，有眼無珠。

老嫗拿起一支早已蘸滿墨汁的毛筆，是一支由老槐枝製成木管的嶄新小錐筆，雙手捧住，顫顫巍巍遞給嫡長孫。

趙繇不明就裡地接過毛筆後，肩頭一沉，原來是奶奶將手按在了自己肩上，他順勢坐在那張只有趙氏家主才能落座的位置上。

老嫗向後退出一步，無比莊嚴肅穆道：「趙繇，落座！今天就由你替趙家列祖列宗，為龍點睛！」

一尊尊破敗不堪的泥塑神像，在荒草叢生的地面上，橫豎歪斜，無人問津。千百年來皆是如此，甚至會不斷有泥像淪落此地。小鎮百姓不只是對很多事物見怪不怪，其實見到這些神像也早就沒有太多敬意了。

老人偶爾會嘮叨幾句，讓自家孩子不要來這邊玩耍，可是稚童們仍是喜歡來此捉迷藏、捉蟋蟀等等。可能等到這些孩子長大成人，再變成了垂垂老矣的老人，也一樣會跟孩子們說不要來此嬉戲，一代一代，就這麼過來了，也無風雨也無波瀾，平淡無奇。

只見這裡，滾落的頭顱，斷裂的軀幹，分開的手掌，好像被人勉強拼湊在一起，才堪堪維持大致原貌，但也僅剩下這點顏面了。

陳平安從泥瓶巷匆匆忙忙跑到這裡，他手心緊攥著三枚供養錢，當他來到這裡後，一路繞來繞去，還碎碎念著，然後無比嫻熟地找到一尊神像，蹲下身，環顧四周，並無人影，這才將銅錢悄悄放入神像破裂的縫隙中。起身後又去找第二尊、第三尊，皆是如此作為。

陳平安離去之前，獨自站在綠意鬱鬱的草叢中，雙手合十，低頭默念道：「碎碎平安，碎碎平安，希望你們保佑我爹娘下輩子不要吃苦了……如果可以的話，請你們告訴我爹娘，我現在過得很好，不用擔心……」

黃昏時分，陳平安返回小鎮路過城東門的時候，看門的邋遢漢子還在那裡哼著曲子，正唱到「一寸光陰不可輕，榮華富貴皆可拋」。興許是被陳平安的急促腳步驚擾，他睜開眼剛好和小跑入門的陳平安對視。

漢子看到是這個催債鬼後，掃興至極，沒好氣地揮手道：「去去去，你小子的光陰值個鳥錢，『榮華富貴』四個字，你要能有一個字沾邊，就燒高香吧。」

陳平安跑過之後，高高抬起一隻手掌，五指張開，使勁晃了晃，顯然是在提醒那看門漢子，他們兩人之間，可是有著五文錢的香火情。

看門漢子狠狠吐了口唾沫，罵道：「也不是啥好鳥！」

陳平安身影很快消失，看門漢子抬頭看了一眼蔚藍色的澄淨天空，就像一層漂亮的釉色。看門漢子揉著滿是鬍渣子的下巴，嘖嘖道：「齊先生說過一句詩，什麼來著，好物、琉璃？」

一輛牛車緩緩駛出小鎮，車上坐著那位有口皆碑的青衫讀書郎趙繇，車夫是個神色木訥的中年漢子。

看門漢子立即招手，大聲笑道：「繇哥兒，你先別忙著走，哥哥我有句話掉肚子裡了，只記得『好物、琉璃』啥的，其他是如何也想不起來了，你小子學問大，給說道說道！」

神采飛揚的趙繇懷裡抱著一只行囊，朗聲道：「世間好物不堅牢，彩雲易散琉璃脆！」

漢子伸出大拇指：「不愧是繇哥兒，學問頂呱呱，以後出息了，莫忘記回家鄉看看老哥，說不得到時候還能代替你先生，給咱們小鎮孩子當個教書先生，也很好嘛。」

趙繇愣了愣，隨即抱拳微笑道：「承老哥吉言！」

看門漢子一高興，從袖子裡掏出一只繡袋，一抖腕，高高拋給趙繇，咧嘴笑道：「這麼多年白讓你寫了那麼多副春聯，關鍵是你小子也厚道，從來不覺得麻煩。老哥看人從來沒錯，送你點小玩意兒，一路順風！」

趙繇連忙接住錢袋：「後會有期！」

看門漢子笑著點頭，朝趙繇的牛車擺擺手，只是呢喃道：「難嘍。」

陳平安向小鎮深處走，趙繇的牛車則奔赴小鎮以外的天地，彼此擦肩而過。

坐在樹墩子上的看門漢子掰著手指頭數著：「拎著竹簍金鯉魚的大隋少年，泥瓶巷顧寡婦的崽子，再加上福祿街的繇哥兒，這就已經三個啦。可是接下來還有那麼多人，一頭撞進來，還不得只剩下撿破爛的活計？要不然，我也趁機找個能揉肩敲背的孝順徒弟？」

看門漢子伸出手扒拉一下皺巴巴的黝黑臉頰，嘿嘿笑道：「若是個盤兒亮、條兒順的漂亮女徒弟，就最好了。嗯，臉蛋差些也能忍，可腿一定要長！」

這個小鎮出了名的光棍漢子，雙手抱住後腦勺，仰頭望著天空，獨樂樂偷著樂呵。在想到這些開心事後，便一下子沒了憂愁，只覺得天地之間有大美。

陳平安離開泥瓶巷前，就跟劉羨陽和寧姚約好了，到時候直接在劉羨陽家的宅子碰頭。等到陳平安跑到劉羨陽家，門沒鎖，他便推門而入，到了正堂，看到劉羨陽正在用潔淨棉巾清洗、擦拭那副祖傳寶甲。

黑衣少女寧姑娘重新戴上了淺露帷帽，腰間佩刀，那柄雪白劍鞘的長劍則被她隨意拎在手裡。不知為何，陳平安總覺得寧姑娘好像有些嫌棄這把劍。

桌上那件劉家代代相傳的壓箱底老物件，說是寶甲，在陳平安看來是真的醜陋嚇人。巨大甲冑上，布滿了枯樹瘤子似的鐵筋，更有五條並列的深刻抓痕，從左肩頭一路傾斜向下，一直抹到右邊腰間。

關於這一點，兩個少年百思不得其解，實在想像不出，到底得是多麼龐大的山林猛獸，才能造就這幅恐怖光景。後來朝廷多次封禁山峰，不讓百姓進山砍柴燒炭，陳平安和劉羨陽幾乎從不逾越禁例，很大一部分原因便在這裡。

陳平安有些奇怪，這副黑炭似的鐵甲，醜歸醜，但是劉羨陽是真打心眼裡將它當作了傳家寶。哪怕是陳平安這樣的交情，這麼多年也就只給看了一回，不到半炷香就又小心翼翼搬回朱漆箱子，供奉了起來。

不過眼見著劉羨陽時不時偷瞄寧姚的情形，陳平安有些釋然，劉羨陽從來就是這種德行，見著好看的女子就管不住眼睛，但他其實不是真的喜歡心動，只是喜歡顯擺炫耀。比如以前夏天在廊橋那邊，在小溪裡光膀子洗澡，若是有提著秧苗或是牽著黃牛的同齡少女經過，劉羨陽是必然要來三板斧的。先火燒屁股般地爬到岸邊的大青石上，然後大聲咳嗽——宋集薪將此點評為「昭告天下」——最後再一個扎猛子。

眼力很好的陳平安，其實能清楚看見遠處少女們的眼神、臉色，所以他一直很想告訴劉羨陽真相：那些相貌好看的姐姐們，有翻白眼的，有嘀嘀咕咕罵人的，更多的是根本視而不見，唯獨沒有眼睛一亮、覺得你是一條英雄好漢的。

當然，後來劉羨陽看上了宋集薪的婢女稚圭，莫名其妙就深陷其中。在那之後，劉羨陽好像眼裡頭就再沒有其他的漂亮女子了。哪怕此時此刻跟寧姚擺闊綽，也更多是希望傲氣冷漠的寧姚不要小看他：別以為挎著刀、提著劍，就能跩得天王老子似的，我劉羨陽的這件傳家寶，那也是小鎮獨一份。

寧姚等到陳平安後，環顧四周，最後將長劍橫放在一個彩繪戧金花卉的老舊博古櫃上。彩漆斑駁翻裂，她為了給長劍騰地方，挪開了許多瓶罐雜物，發現櫃子後壁鑲嵌有一幅圖案：一株金色桂樹，正值圓月當空。

寧姚轉頭說道：「劍放在這裡，你們不要動它，否則後果自負，我沒有開玩笑。」

劉羨陽忙著擦拭寶甲，時不時低頭呵口氣，直接用手指輕輕摩挲，已經真正樂在其中了。

陳平安承諾道：「一定。」

寧姚對劉羨陽說道：「這只櫃子不值錢，但是這幅金桂掛月的鑲嵌圖案，你別輕易賤賣了。」

劉羨陽頭也不抬道：「那玩意兒，我打小就不喜歡，姑娘妳要中意，自己刮下來便是。」

寧姚當然不會做此焚琴煮鶴之舉，只是好奇問道：「這幅圖案的材料是什麼？」

劉羨陽回頭瞥了眼：「好幾百年的物件了，我哪曉得，就連我爺爺也說不出個一二三四來。」

陳平安輕聲道：「應該是從小溪灘裡撿來的石子，有很多種顏色。不過劉羨陽的長輩，當年肯定是只揀選了金黃色的，先碾碎了再黏在一起，我們把這種石頭叫蛇膽石。」

寧姚問道：「石子？溪裡多不多？」

陳平安笑道：「寧姑娘妳要是想要，我能給妳一天撿一大籮筐來。我們這邊沒誰待見這個，就顧璨喜歡，經常自己一個人去撿。」

寧姚嘆了口氣，深深望著泥瓶巷的貧寒少年：「住在金山銀山上的窮光蛋啊。」

陳平安驚訝道：「這種石子在外邊值錢？」

寧姚扶了扶帷帽，說道：「價格高低，也看落在誰手裡。除此之外，哪怕落入懂行的人手上，成不成，還要看運氣。運氣好，一顆就夠，運氣不好，堆積成一座山的石子也不成事。不過不管如何是值錢的，而且很值錢。就是不知道能否帶出小鎮，這點很關鍵。」

劉羨陽插了一句話：「這石頭有一點比較古怪，只要拿出小溪之後，一旦風吹日曬，顏色就會變淡，尤其是下過雨雪之後，掉色掉得更厲害。除此之外，就沒啥了。」

寧姚惋惜道：「果然如此。」

陳平安猶豫了一下：「要不然我明天去撿一大籮筐回來試試看？萬一有例外的呢？」

寧姚搖頭道：「對我來說，沒有意義。」

劉羨陽已經將那具寶甲搬回屋內藏好，此時斜靠著房門，笑道：「陳平安是個大財迷，說不定今晚就去小溪摸石頭去了。」

寧姚撂下一句：「走了。」她走到門口的時候，轉頭問道：「簪子和藥方，我會替你妥善保管。不過明天還是需要你去泥瓶巷，幫著熬藥。」

陳平安點頭道：「沒問題。」

她想了想，臉色凝重，提醒道：「跟我差不多時候進入小鎮的這撥外鄉人，最厲害的，應該就是正陽山的那個老頭子，這趟是專程護送小女孩的，接下來才是打傷我的那個大隋宦官，之後是帶走顧璨的劉志茂，那個笑裡藏刀的婦人也別小覷。所以你們只要遇上正陽山那個老傢伙，盡量別爭執，可一旦起了衝突，只管拖延時間，不許跟人動手，不要有任何僥倖心理，一定要拖到我出現為止。」

劉羨陽低聲道：「在咱們地盤上，這些個人生地不熟的外地佬，真敢殺人不成？」

陳平安看了他一眼，點頭道：「敢。」

劉羨陽咽了咽口水。

陳平安突然問道：「還記得陸道長……也就是那個擺攤的算命先生，是怎麼跟你說的嗎？」

劉羨陽一陣頭大，使勁回憶之後，抓耳撓腮道：「這我哪裡記得清楚，只知道是些不好聽的晦氣話，反正就是說什麼有大禍、要燒香之類的，亂七八糟。我當時只當他是胡說八道，坑人騙錢……」

陳平安轉頭望向寧姚。

寧姚惡狠狠道：「他自己記不牢籤文，我怎麼給他解籤？真當我是神仙啊！」

陳平安有些摸不著頭腦，想不通寧姑娘為何突然如此惱火。

寧姚大步離開宅子，比來時的慢慢悠悠，雷厲風行了許多。

寧姚走在寬敞巷弄，心想，是不是回頭抽空找幾本書啃啃？

她一想到自己以後行走四方，乾脆俐落地飛劍斬頭顱之後，再來幾句慷慨激昂的即興詩詞，哪怕四下無人，也覺得真的很帥氣啊！

正當寧姚充滿憧憬的時候，一個熟悉身影飛一般擦肩而過。

「寧姑娘明天見啊。」

嗓音落地的時候，身影幾乎已經在小巷盡頭了。

草鞋少年，背著籮筐，健步如飛。

寧姚呆若木雞，喃喃自語：「真有這樣的財迷啊？」

陳平安一路踩著細碎星光，出了小鎮一直往小溪去，雖然是在夜幕裡，可是陳平安跑得不比白天慢。他刻意繞開了水位最深的廊橋位置，那邊的溪水要遠遠高出其他地方。

陳平安揀選了一段溪水僅僅沒過膝蓋的溪流，摘下背後那只竹編大籮筐，彎腰拿起藏在裡頭的一只小竹簍，緊緊繫掛在腰間，脫掉草鞋，捲起褲管，這才下水去摸石子。

他左手被碎瓷割破的傷口還在刺心地疼，自然不能浸水，就只能用右手在小溪裡翻翻揀揀。其實乾涸河床的石子最容易拾取，但是就像劉羨陽說的那樣，顏色會褪得厲害。如今陳平安從寧姚那邊粗略知曉了其中玄機，並不難理解，覺得這些石子，其實就像是早年自己跟隨姚老頭翻山越嶺，四處嚼嘗過的各座山頭的土壤。看似平常的泥土，有些地方哪怕只隔著一座山頭，到了嘴裡，也是截然不同的滋味。

姚老頭說這叫樹挪死人挪活，泥土挪窩成了佛。一把抓在手裡的泥，只要離開了原本的土地，很快就會變味。

小溪沒有名字，小溪裡那些大如拳頭、小若拇指的石子，五顏六色。可小鎮百姓，世世代代見慣了它們靜靜躺在清澈的溪水當中，自然沒誰覺得是什麼稀罕玩意。誰要是往家裡搬這些石頭，肯定要被當成傻子，吃飽了撐的，有這份氣力，不去多幹點農活，不是傻子是什麼。

彎腰蹚水的陳平安不斷搬開、翻動溪底的大石塊，已經撿了七、八顆石子放入竹簍，大小不一，顏色各異，石子皮色有的像秋天高掛枝頭的金黃橘子，也有的白皙細嫩得像是嬰兒的肌膚，還有的一團漆黑，而且黑得發亮，還有的鮮豔得像是大紅桃花，又以蝦背青的顏色最多，不一而足。

這些村野俗名叫蛇膽石的石子多半不大，握在手裡滑膩沉重。如果是白天在陽光下高高舉起，或是深夜裡用燭光映照，石頭內在的肌理紋路纖毫畢現、隱約如絲，如細微的蛇魚蜿蜒，稍稍拉開一段距離觀看，皮色又如閃閃發光的魚鱗、蛇鱗。

將近一個時辰，陳平安腰間魚簍差不多已經裝滿，他原路回到安放籮筐草鞋的溪畔，先去岸邊拔了幾大把蘆葦、野芹和狗尾巴草墊在籮筐底部，這才將石子一顆顆放入籮筐。

拎著草鞋，繫著魚簍，背著籮筐，上岸而行，到了之前折返處的小溪岸邊，再次放下草鞋籮筐，下小溪繼續翻挪石頭。

撿了半簍後，陳平安直起腰，仰頭望著星空，希冀著能夠看到流星劃過夜空，只不過今晚顯然沒有這麼好的運氣。陳平安回神後，繼續憑藉依稀星光和過人眼力，做一個財迷該做的事情。

每次成功翻揀出石子，陳平安就油然生出一股喜悅。對他來說，每顆石子，都像一份希望。

不知不覺，陳平安已經揀了大半籮筐石子，總計八十餘顆，其中最大的一顆比他拳頭還大，幾乎沒有瑕疵裂紋，色彩極為醒目，如同凝結成團的雞血，色豔而正，絲毫沒有給人不舒服的感覺。此時陳平安走在岸上，走向下一段溪流，手裡正把玩一顆中等大小的蛇膽石，淺綠色，比起小鎮瓷器裡的梅子青要淡許多，石子圓潤光滑，十分可愛，陳平安一眼就喜歡上了。

陳平安走向岸邊的巨大青石崖，崖下溪水尤其深，最深的一個坑得有兩個陳平安那麼高，是這條小溪水深僅次於廊橋下深潭的地方。小鎮孩子在炎炎夏日多在這段溪水洗澡，水性好的少年，最喜歡在這裡比拚誰在水坑底下待的時間長。

陳平安之所以選擇這個深坑，是因為他以前和劉羨陽在這裡洗澡的時候，發現坑底的蛇膽石極其繁多。劉羨陽有次為了顯擺自己水性出眾，甚至故意腋下夾著一塊蛇膽石上浮。陳平安記得那塊石頭最少得有顧璨的腦袋那麼大，石頭微白透明，裡頭竟然有鮮紅色的細細點點，就像被冰凍起來的桃花瓣。

劉羨陽當時覺得此舉頗有意義，便讓陳平安幫他把那麼大塊石子扛回家，結果到了小鎮上，沒個定性的劉羨陽又覺得沒勁，就讓陳平安自己解決掉石頭。陳平安那次剛走進泥瓶巷，就發現隔壁的稚圭莫名其妙地跟在自己身後，也不說話，一直死死盯著他懷裡那塊石頭，眼神就跟陳平安每次瞧見杏花巷販賣的肉包差不多。陳平安實在扛不住她的眼饞，就將石頭送給了她，結果她一開始還搬不動，差點砸了腳，陳平安只好乾脆搬到宋集薪家的院子裡去，至於之後石頭的最終下落，陳平安便不得而知了。

石頭清白如水，桃花漂浮其中，就像桃葉巷那邊的雨後桃花，霽色蔥蘢。

哪怕今天之前，陳平安根本不曉得這種石頭的玄妙，他也始終打心底覺得那塊大石頭是真的好看。

陳平安嘆了口氣，突然停下腳步。

三十步外，溪畔青色石崖上，坐著個青衣少女，腮幫鼓鼓的，可她還在往嘴裡塞東西。

陳平安腦子裡的第一個想法是，少女應該是餓死鬼投胎吧，才會大半夜餓得這麼可憐兮兮。

陳平安想了想，就不再走近了，生怕打攪了少女吃宵夜的心情。只不過也沒掉頭就走，畢竟他已經打定主意，今晚一定要去那個水坑碰碰運氣。陳平安水性沒劉羨陽那麼好，但也不算差。每次摸一、兩塊石頭上岸便是，次數多了，總能成功。再者，這個水坑裡的蛇膽石，比起小溪其他地方更大，色彩似乎也更加鮮豔。

陳平安沒有想到那陌生少女吃完了一樣，又從身邊拿起一樣吃食，就沒有空閒停歇過，腮幫就沒有不鼓脹的時候。陳平安背著大半籮筐沉甸甸的石頭，想著等下下水摸石也是體力活，就側過身摘下籮筐放在地上。

陳平安低估了那個青衣少女的聽力，只是這輕輕一放，少女就驀然豎起耳朵，眼神瞬間直接掃過來。

陳平安又不好說姑娘妳慢慢吃便是了，只好尷尬笑著。

少女表情有些呆滯，接連打了兩個飽嗝，然後她好像噎到了，趕緊挺起胸膛，伸手使勁拍打胸脯。

陳平安這才發現她年紀不大，但脖子往下那邊的風景真是壯觀，胸前衣衫緊繃得厲害，竟然完全不輸很多生養過孩子的婦人。

陳平安趕緊收回視線，沒有任何邪念遐想。

青衣少女這才想起自己帶了水壺，不忘側過身背對著陳平安，仰頭灌了一大口水，呼吸這才順暢了。

拎著草鞋的陳平安，當時其實只有一個簡單念頭：這位姑娘身上衣裳的布料一定不是便宜貨，否則吃不住這麼大勁。

青衣少女繼續吃東西，這次含蓄了許多，至少腮幫子沒那麼誇張，低頭小口小口啃咬，時不時拿眼光斜瞥奇奇怪怪的小鎮少年。一雙桃花似的狹長眼眸，眼尾微微上翹，讓她天生就像一頭年幼狐魅。

她好像在用眼神詢問陳平安：你咋回事，繼續趕路啊。

陳平安滿臉無奈，只得伸手指了指青色石崖外的溪水，喊道：「我不是路過這裡，我要到妳那邊去溪裡。」

少女看著清瘦的陳平安，就是不說話。

陳平安趕緊從籮筐裡拿起一塊石子，繼續解釋道：「我要去溪裡撿這些石頭。」

少女像是突然記起要緊事情的模樣，伸出手指豎在嘴邊，示意陳平安不要說話，然後她挪了挪位置，顯然是讓陳平安過去，表示她不會妨礙他下水撿石頭。

陳平安只得背起籮筐，硬著頭皮走過去，好在青色石崖很大，能站十多個人，而且少女已經主動坐到邊緣，不像之前雙腿伸直了，而是規規矩矩盤腿而坐。她膝蓋上放著一個打開的包裹，裡面堆滿了形形色色的糕點小吃，像一座小山。目前為止，才被少女吃掉一個小山頭而已。

陳平安放下草鞋、籮筐和竹簍，原本是想著三更半夜的可以赤膊下水，現在就別想了。旁邊就坐著個陌生的黃花大閨女，且不說她會不會尖叫，這要是給她家長輩看到或是聽到，陳平安估計自己被人打斷兩條腿，還不冤枉。

陳平安來到石崖邊，一個扎猛子，衝入水坑底部，很快就摸上來一塊石頭，手掌大小，可惜不是蛇膽石，只得抹了一把臉，繼續下潛。三次過後，終於摸起一塊青黑色的蛇膽石。

陳平安渾身濕漉漉地爬上石崖，將石子放入籮筐，然後繼續扎入水中。

從頭到尾，少女都背對著這邊，忙著吃東西。

不到半個時辰，陳平安就已經摸出七、八塊石頭，除了第一塊顏色偏暗，其餘石頭皆是個大且鮮豔。

最後一次扎猛子下去，他卻沒有拿石頭上岸，而是抓了條手掌長短的活魚上來，小鎮俗稱石板魚。這魚肉味極美，但一遇見人就喜歡躲藏在石塊下，一般不過是比手指稍長，很少有陳平安手中這尾這麼大的。陳平安之前其實也在坑底石頭縫隙摸到過幾條，只不過當時為了石頭給放了。這次是靈光一現，突然覺得若是今夜能夠抓個十來條魚，明天燉鍋魚湯給寧姑娘，也挺不錯。

陳平安上岸後，將魚隨手丟入竹簍。

第二次抓魚上岸的時候，陳平安突然發現那個少女就蹲在魚簍旁邊，看著躺著孤零零一條魚的魚簍，能看得她滿臉神采煥發，就跟當年稚圭在巷子瞧見那塊石頭差不多。

陳平安把第二條石板魚丟入竹簍。

少女緩緩抬起頭，赤著腳的陳平安已經轉身快步走去，又下了小溪。

少女聽著陳平安噗通一聲後，迅速從竹簍一手抓起一條魚，低頭望著還在蹦跳的牠們，神情嚴肅，點頭道：「厲害的厲害的！」

青衣少女知道這座小鎮有很多怪異的景象，杏花巷的那口水井所掛鐵鍊不知有多長；不遠處的廊橋，前身其實是一座橫跨小溪三千年的石拱橋，橋底有一把鏽跡斑斑的鐵劍，劍尖所指，是一座深不見底的碧綠水潭。還有那座長著十二隻腳的螃蟹牌坊；祠堂外草叢裡橫七豎八的破敗泥像；北方有座瓷山，堆積著歷朝歷代被督造官親筆判定為殘次品的瓷器，一律被敲碎打爛等等。

她甚至知道大半緣由。

她很小就跟隨爹走南闖北，所以屬於當之無愧見過大世面的。

但是當陳平安第三次抓著石板魚上岸後，雙手已經空空的少女依舊蹲在魚簍旁，只是兩隻手還在偷偷擦拭著衣角。她仰頭看著陳平安走近，就像老百姓看待神仙的眼神。

陳平安被她的古怪眼神看得渾身不對勁，試探性問道：「妳想要這些魚？」

少女下意識使勁點頭。

陳平安笑道：「那這三條就都給妳好了。之後我再抓。」

少女眨了眨眼睛，然後開心地笑了，狐魅且狐媚。

陳平安很熟悉這種眼神，和自己小時候看待劉羨陽是一般無二的。那會兒的劉羨陽是杏花巷、泥瓶巷這一帶的孩子王，抓蛇、捕鳥、撈魚，好像天底下就沒有他劉羨陽不會的事情。到後來，原本跟在劉羨陽屁股後頭當跟班的同齡人有些去了龍窯當學徒，更多是散入小鎮各個雜貨鋪子當夥計，或是給親戚幫忙管帳，也有如宋集薪所說，最沒出息的人，才會去莊稼地裡刨食吃，最後還跟劉羨陽混在一塊兒的，就只剩下他了。

陳平安將送給少女的三條石板魚，用幾根狗尾巴草穿過魚鰓串在一起，遞給少女。少女接過這串魚，拎了拎，有些輕，感覺不像是能湊足一碟青椒炒魚的，她便歪頭瞥了眼小溪水坑，滿是期待。

陳平安心領神會，歉意道：「接下來抓起的魚，我要熬湯給朋友補身體，不能送妳了。」

少女指了指不遠處那只打開的包裹，示意可以用那些糕點來換魚，陳平安搖頭笑道：「不行，糕點好吃，也能填飽肚子，但是不如魚湯養人。」

少女點點頭，沒有強人所難，默默坐回原位，小心翼翼將魚放在腳邊，然後繼續她「坐吃山空」的大業。

陳平安雖然好奇她的身分，但也沒有多嘴詢問，看她穿著打扮，不像是福祿街、桃葉巷那邊的大家閨秀，倒有些像隔壁鄰居稚圭，秀裡秀氣的，也不愛說話。陳平安突然有些擔心，她不會是偷了家裡東西出來吃的小丫鬟吧，聽說那些大宅裡的規矩厲害得很，劉羨陽和宋集薪兩人總喜歡反著說話，唯獨在這件事情上是個例外。只不過劉羨陽的說法很嚇人，說是丫鬟、婢女在那些院牆高高的宅子裡頭，一個走路姿勢不對，就會被眼神跟捕蛇鷹一樣銳利的管家派人打斷腿，丟到牆外的街上等死。宋集薪則說劉羨陽以訛傳訛，才沒那麼誇張，只不過大家門戶裡的丫鬟、嬤嬤，確實走路都跟貓似的，聽不著半點聲音。當時劉羨陽瞥見一旁偷著樂的婢女稚圭，立即就惱羞成怒了，大罵宋集薪：「鵝什麼鵝，你家的鵝能說話啊？」

陳平安最後抓上來七、八條石板魚，竹簍被牠們撞得搖搖晃晃，臉色慘白的少年知道自己差不多已經到極限了。春天的水冷，是往骨子裡鑽的那種冷，最主要的當然還是受傷的左手經不住。陳平安最後一次上岸後，快步跳下青色石崖，鑽入溪畔草叢裡，發出一陣窸窸窣窣的聲響，沒過多久就拔出三、四樣草，不少草根帶著泥土，握在手心裡有一大把。

他撿了塊普通石子，回到石崖後，找到石崖一處手心大小的天然小坑窪，擦乾抹淨後，開始輕輕搗捶草藥。草藥很快就變成了一團青色的糨糊，汁水散發出春季水畔野草的獨有芬芳。

背對著少女，陳平安深吸一口氣，咬緊牙關，開始拆解左手上的棉布，他額頭上很快滲出汗水，一下子覆蓋了從頭髮滑落的冰冷溪水。血肉模糊的傷口，雖然比起包紮前的白骨可見已經好了一些，但仍然稱得上觸目驚心。陳平安來時並沒有想到左手會觸碰溪水，所以沒有準備棉布條，之前滿腦子都是蛇膽石可以掙錢以及抓魚燉湯兩件事，這時候才意識到自己犯了一個大錯。

他正有點懵，突然一隻手掌出現在眼前，手上攤放著幾條乾燥潔淨的布條，原來是青衣少女不知何時撕下了一截袖管。陳平安慘然一笑，顧不得跟少女客氣，往手心傷口塗抹上草藥後，靠近嘴邊，用牙齒咬住一端，右手扯緊，繞手背兩圈後打結，一系列動作，有條不紊，又如蝴蝶繞枝，讓旁觀者眼花繚亂。

綁紮完畢後，陳平安緩緩抬起右臂擦拭滿臉的汗水，兩條胳膊顫抖不止，根本不受控制。

蹲在附近的青衣少女，朝陳平安伸出一根大拇指，滿臉你很厲害的表情。

陳平安右手指了指自己眼睛，苦笑道：「其實痛得我眼淚都流出來了。」

少女轉頭瞥了眼陳平安自己編織的大籮筐和青竹魚簍，有些疑惑。

陳平安神色尷尬：「那些石頭能掙錢的，而且抓魚也很重要。」

少女懵懵懂懂，但仍是沒有開口說話，兩眼有些放空，扭頭怔怔望著波光粼粼的溪水。

潺潺溪水摩挲著那些露出水面的石頭，嘩啦啦作響。

那一刻，星空璀璨，天地寂寥，人間好像唯有一雙少年、少女。

陳平安的身體逐漸安靜平穩下來，原先急促的呼吸，開始下意識放緩，轉為悠遠綿長，就像從山洪暴發的小溪，變成了春秋枯水期的溪水。

這種悄然轉變，陳平安自己根本沒有在意，渾然天成，水到渠成。

陳平安知道自己一身濕漉漉的，不能被初春的冷風吹太長時間，得趕緊回到小鎮換身衣衫去。陳平安自然不會懂醫書上的那些養生和病理，但是這輩子最怕生病一事的他，對於四季節氣變換和自身身體的適應，早就培養出一種敏銳直覺。所以他很快穿上草鞋，在腰間繫上魚簍，背起籮筐，跟青衣少女揮揮手，笑道：「我走了，姑娘妳也早些回家。」

陳平安一邊走下石崖，一邊忍不住轉頭提醒道：「廊橋那邊水特別深，千萬小心別腳底打滑啊。回家的時候，最好靠著水田這邊，哪怕摔倒了，一身泥總好過掉溪裡去……」

陳平安說著說著，突然意識到自己說的話有些不吉利，聽著不像是好話，反倒是泥瓶巷顧璨他娘最擅長咒人的混帳話，所以很快就閉上了嘴巴，不再嘮叨，加快腳步，向北跑向小鎮。

籮筐很沉，可是陳平安格外開心。

解開那個近乎死結的心結後，陳平安第一次覺得自己要好好活下去，好好的。

比如說要有錢！能買得起帶著獨特墨香的春聯、彩繪門神，吃得上毛大娘家鋪子的肉包子，最好再買一頭牛，像隔壁宋集薪那樣能養一窩雞……

青衣少女依然還在孜孜不倦地「挖山」，神色認真嚴肅，每次拿起一樣新糕點，都像是在對付一個生死大敵。

她正在跟一塊桃花糕較勁的時候，突然身體僵硬，意識到大事不妙後，不是逃跑，而是張大嘴巴，囫圇吞下大半塊糕點，然後拍拍雙手，坐在原地束手就擒。

不知何時多出一個漢子，身材不高，但給人一種敦厚結實的感覺，可也不會讓人誤以為是個村夫莊稼漢，因為男人的眼神實在太過刺眼，讓人不敢正視。

男人看著只剩下「山腳」的那個碎花紋包裹，滿臉無可奈何，想要開口教訓兩句，又捨不得。默默看著自家閨女那種「我犯錯就認罰」的倔強模樣，他更是心疼得一塌糊塗，好像自己才是犯錯的那個人。

男人很想說些緩和氣氛的話，比如：「閨女妳餓了，就在劍爐茅屋那邊吃便是，吃完了明天爹再給妳去小鎮買。」可是話到了嘴邊，生性內斂的男人又說不出口，彷彿一字千鈞，死死壓住了舌頭，無論如何也不知道怎樣安慰女兒。

這一刻，男人覺得自己還不如那個草鞋少年有本事，好歹女兒不用那麼緊張兮兮的。

青衣少女突然抬起頭，問道：「爹，當時為啥不收他當學徒？」

閨女主動說話，讓男人如釋重負。

男人雖然板著臉，但已經一屁股坐在女兒身邊，解釋道：「那娃兒後天性情挺好，但是根骨太差了，就算爹收下他，他也會一下子就被師兄弟們拉開距離，再努力，也只能眼睜睜看著差距變大，萬一到時候又多出一個柳師兄來，何必呢。」

青衣少女臉色黯然，不知是聽到那個「柳師兄」的緣故，還是草鞋少年的擦肩而過。

男人猶豫了一下，還是不打算藏掖，以免她誤入歧途或是壞了聖人的謀劃：「再者，這個少年太平凡了，在小鎮上，反而顯得很特殊。秀兒，妳大概不知道，這娃兒的本命瓷器很早就被人打碎了，所以就成了孤魂野鬼一般的貨色，不受祖蔭的庇護，與此同時，又會有種種不易察覺的怪事發生，這也是宋集薪和那女子選擇做他鄰居的原因，要不然以宋集薪的身分，會連福祿街也住不得？顯然是不可能的。」

少女認真思考了一番：「爹，你是說他有點像是魚餌？」

男人摸了摸她的腦袋：「差不多。」然後他笑道：「若我們父女二人不是天底下最不講究外物、機緣和氣數的劍修，說不得爹也會讓他留在身邊，看能否讓妳多一些好處。」

青衣少女有些悶悶的，心情不太好。

男人感慨道：「秀兒，爹話糙理不糙，別嫌不好聽。」

青衣少女還是病懨懨的模樣，提不起精神。

男人想了想，指向遠處如黑龍橫在溪水之上的廊橋：「那座廊橋的建造，是大驪王朝耗費無數心血的大手筆，只為鎮住那柄不起眼的鐵劍。試想一下，一柄元神殘破、流逝殆盡的無主之劍，在足足三千餘年後，為了壓制它僅剩的那點威勢，一個王朝仍是需要付出那麼巨大的代價，所求之事，不過是讓它休憩片刻……」

少女「哦」了一聲，耷拉著腦袋，眼睛餘光一直在瞥那個「山腳」，心不在焉地附和道：「厲害的厲害的。」

男人哭笑不得，揉著額頭。

天大地大，吃飯最大。可是孩子她娘也不是這樣的女子啊，那麼這閨女到底是隨了誰的性子？

男人拍了拍女兒的肩頭，柔聲道：「爹去見個人，妳自己吃吧，慢些吃，沒人跟妳搶。」

少女猛然抬起頭，抓住男人手臂，她手腕上一只赤紅手鐲熠熠生輝，呈現出頭尾銜接的蛟龍之姿，如一條鮮活的火焰小蛟纏繞於手腕。

男人欣慰道：「總算還有點良心。行了，別擔心，爹是去見齊先生。」

少女鬆開手，立即抓起糕點，狼吞虎嚥起來。

男人氣不打一處來，千辛萬苦忍到現在，終於忍不住嘀咕道：「吃吃吃，姓劉的兔崽子欠揍不假，可是還真沒有說錯話，遲早有一天要吃成一個肥嘟嘟的胖妞！到時候誰敢娶妳當媳婦！難道爹還要搶個上門女婿不成？」

少女停下吃東西，雙手捧著糕點，泫然欲泣。

男人落荒而逃，背對自己閨女的他不忘給自己一巴掌。

次次都是這樣，功虧一簣。

大半夜的，陳平安一路跑回劉羨陽家的宅子，開門的時候，就能聽到那傢伙打雷一般的鼾聲。

『心真大。』換成是他陳平安的話，今夜絕對睡不安穩。

先將籮筐和魚簍都放到搭建在院裡的灶房，去到劉羨陽給他倒騰出來的右邊偏屋，陳平安抓緊時間換了一身衣服後，這才回到院子中的灶房開始對付那些石板魚。開膛剖肚，洗乾淨後放在一只乾淨瓷碟裡，再用另外一只碟子覆上，以免勾引來蛇鼠蟲。

陳平安又從籮筐裡，挑出五、六顆最有眼緣的蛇膽石，搬到自己睡覺的偏屋裡，順便看了眼寧姑娘之前放在櫃子上的那把長劍，長劍還在那兒安安靜靜地橫躺著。

做完這一切後，陳平安終於能夠躺在被窩裡了，身體漸漸溫暖起來，但是他兩眼發亮。一方面是左手刺疼，一方面也是沒有困倦睡意，但是真正的原因，還是陳平安比劉羨陽更知道那些外鄉人的「不講道理」。

陳平安不敢睡死過去，於是他一宿沒睡，始終留心院門和屋門兩個地方的動靜。

到了拂曉時分，陳平安起床來到灶房，挑起擔子，準備去杏花巷的鐵鎖井那邊挑兩桶水回來。

睡眼惺忪的劉羨陽躲在被窩裡，只露出一顆腦袋，聽到輕微聲響後，迷迷糊糊喊道：

「陳平安，起這麼早？你幹啥去？」

陳平安沒好氣道：「挑水！」

劉羨陽又喊道：「要是碰到稚圭，替我問一聲好。」

陳平安懶得理睬這傢伙。

正要走出小院，陳平安突然聽到劉羨陽說道：「陳平安，你只要肯幫忙，回頭我就幫你去水坑摸石頭！」

陳平安燦爛一笑：「好嘞！」

劉羨陽翻了一個白眼，連腦袋都縮進被子，嘀咕道：「沒義氣的傢伙，就知道這招才管用。」

廊橋石階上，獨自坐著一位中年儒士，他枯坐到天明。

當天開青白出現第一縷曙光時，他抬頭望去，輕聲笑道：「千年暗室，一燈即明。」

第六章 敲山

陳平安挑著水桶來到鐵鎖井的時候，中間經過杏花巷的幾家早點鋪子，肚子不打聲招呼就餓了起來，只是囊中羞澀，他只能硬著頭皮排隊挑水。前面還有三戶人家，輪到他的時候，稚圭突然拎著只小水桶橫插一腳，後邊的人立馬不樂意了。

雖不至於罵罵咧咧，可話也說得不好聽，尤其有個佝僂老嫗，人稱馬婆婆，兩個兒子都很出息，各自擁有一座龍窯，雖然極小，在三十幾口龍窯裡頭墊底，可在杏花巷這邊自然算是頂天高的富貴門庭了。但是不知為何，老嫗和兩個兒媳婦的關係都處不好，兒子、兒媳早已搬到桃葉巷那邊去了，老嫗就一直獨居在杏花巷的祖宅裡。

在陳平安、劉羨陽這一輩人眼中，馬婆婆一直是很可怕的長輩，罵人極狠，尤為小氣吝嗇，大冬天院門外的積雪，她都恨不得往自己家裡摟，若是有孩子打雪仗用了她家門口的雪，或是拔掉她家屋簷下的冰錐子，她能拎著掃帚追著打罵幾條街也不累。

以前小鎮西邊這些巷子，應該就只有顧璨他娘親能夠壓得住馬婆婆的氣焰。如今顧寡婦據說跟著她那死鬼男人的遠房親戚投奔了夫家的家鄉，這些年原本已經稍稍慈眉善目一些的馬婆婆，立刻就生龍活虎、重返江湖了，逮著誰都瞧不順眼。

這不，宋集薪的婢女來這麼一出，馬婆婆立即開始陰陽怪氣地說話，嗓門不大，皮笑肉不笑，故意跟身邊婦人拉家常說：「有些姑娘家家的，總算可以開臉絞面啦，反正走起路來雙腿都沒法子併攏了，這是大喜事，終於不用小姐身子、丫鬟命，可以光明正大被人喊夫人嘍。」

陳平安聽得頭皮發麻，又不好把有錯在先的稚圭趕走，畢竟這麼多年的鄰居了。兩桶水裝滿後，陳平安趕緊給稚圭也拎上來一桶，想著早點離開這個七嘴八舌的婆娘堆。馬婆婆見宋家那小賤婢竟然假裝聽不到，一時間更加惱火。

高手過招便是如此，最怕對方根本不接招，空有一身好武藝，卻無處落腳。

馬婆婆以往跟顧寡婦那個騷狐狸吵架，輸歸輸，但每次事後都覺得自己功力見長，下次吵架肯定能找回場子，哪像這個泥瓶巷的小浪蹄子，次次故意悶不吭聲，但是每次離開時候的眼神，又透著股讓她極其不舒服的意味，真是讓馬婆婆恨得牙癢癢，很想上前就抓她個滿臉花，省得附近幾條巷子的少年和青壯漢子，人人恨不得把魂都掛在那不要臉的婢女的腰肢上。

尤其是她那個孫子，雖然在外人眼中一直是個傻子，可最近就連她這個奶奶，也覺得這孩子真真正正是失心瘋了，一天到晚都說些胡話，總說以後要把這個泥瓶巷的婢女娶回家當媳婦，然後要把這老天一拳打出個窟窿來。

見可恨至極的婢女沒反應，馬婆婆就把主意打到了貧寒少年身上，嘖嘖道：「沒出息的賤泥坯，害死了爹娘也有臉活在世上，知道自己註定沒本事娶媳婦，就覥著臉勾搭別人家的婢女，真是天造地設的一對狗男女，乾脆在一起好了，反正泥瓶巷就是住垃圾賤種的地兒，以後生出來的孩子，說不得真能在泥瓶巷稱王稱霸呢。」

陳平安想了想，彎腰剛要放下肩上的擔子，稚圭已經早早放下水桶，大步走向那個有恃無恐的馬婆婆。她二話不說就是一巴掌，打得馬婆婆整個人原地轉了一圈，暈暈乎乎，給旁邊婦人們攙扶住才沒跌倒。

稚圭不等馬婆婆回過神，又是上前一步，劈頭蓋臉就是一耳光甩下去，罵道：「老不死的東西，忍妳很久了！」

馬婆婆晃了晃腦袋，氣得七竅生煙，正要還手，不知是不是錯覺，身邊兩位婦人的攙扶太過盡心盡力，讓她一時間無法掙脫開，結果慘遭第三次羞辱，那婢女第三次出手，彎曲著手指在她額頭往死裡一敲：「以後再敢罵人，就把妳這個長舌婦的舌頭拔出來，妳罵一個字，我就用針刺妳一次！」

馬婆婆嚇得不輕，竟忘了還嘴，更別提還手。

稚圭轉身快步離去，發現鄰居陳平安已經幫她提著水桶，她笑了笑，跟他一起向回走。不等陳平安說話，稚圭就把話說死了：「別謝我啊，我罵人跟你沒關係。」

陳平安無言以對。

兩手空空的稚圭自己在那邊嘀嘀咕咕，反正沒想過要從陳平安手裡拿回水桶。

鐵鎖井轆轤車旁邊，馬婆婆坐在地上乾號：「挨千刀的小賤婢，要遭天譴啊……我的命好苦啊，老天爺不長眼，怎麼不劈個雷下來，砸死這個小浪蹄子啊……」

稚圭腳步輕快，雙手一下一下向天空撐起，手勢很古怪。

好在陳平安跟她做了這麼多年鄰居，並不覺得奇怪。

兩人經過早點鋪子的時候，陳平安看到了一個熟悉的背影。姑娘個子不高，身穿青色衣裳，正在買剛出爐的肉包子，肉包子熱氣騰騰，香味飄蕩整條街。

陳平安會心一笑，有句家鄉諺語，能吃是福。

今天清晨，不知何時已是雲層低垂的景象，格外厚實，像富人家的一條大被褥鋪在那邊曬太陽。

轟隆隆，小鎮頭頂雷聲大作。

鐵鎖井那邊的馬婆婆麻溜站起身，匆匆忙忙跑回家去了，小水桶搖搖晃晃，一路灑出不少水，估計到家後，不會剩下半桶。

約莫是馬婆婆心知肚明，老天爺若真是開眼，第一個雷劈下來，多半就要落在她頭上。

陳平安聽到雷聲後，抬起頭望去，有些疑惑，不像是下雨的跡象。

稚圭笑咪咪道：「我家少爺說他在書上看到過，傳聞每逢初春，就會有天庭正神身披金甲，擂鼓於雲霄，辭舊迎新，震懾萬邪，以報新春。」

陳平安點頭道：「妳家少爺讀書確實多。」

稚圭嘆了口氣：「我家少爺什麼都好，就是懶散了些，再就是喜歡罵老天爺，我覺得這樣不好。」

陳平安沒有背後說人是非的習慣，對此沒有說什麼。隔壁宋集薪有個堅持很多年的怪脾氣，就是罵老天爺，跟馬婆婆是一個路數。不過讀書人也有讀書人的講究，風雪夜、雷雨天、天邊掛滿彩霞的時候，這是宋集薪的三不罵，說他是要趁著老天爺打盹的時候罵他一罵，老天爺聽不到，便不會生氣，而他宋集薪也能解氣舒坦，一舉兩得。

見陳平安不搭話，稚圭就看似漫不經心地說道：「你昨晚沒回家，去劉羨陽那邊啦？」

陳平安點頭道：「家裡有客人，不方便。」

稚圭冷不丁問道：「對了，齊先生是不是跟你見過面，說了什麼啊？」

陳平安反問道：「為啥這麼問？」

稚圭天真無邪笑道：「隨便問問，因為今天我出門打水的時候，剛好碰到齊先生說是清晨散步，還問我你在不在家呢，我便如實回答了。」

陳平安笑道：「之前無意間遇上了齊先生，先生就跟我說了幾句家常話，大致意思是當年我應該和劉羨陽一起去學塾讀書的。我只能說家裡窮，沒法子的事情，要不然我也願意讀書。」

稚圭疑惑道：「就這樣嗎？」

陳平安望向她的那雙眼眸，笑問道：「要不然妳以為？」

她一笑置之。

兩人在街角分開，稚圭接過水桶去往泥瓶巷，陳平安返回劉羨陽家。在這之後，還要去城東門那邊取家書信箋，一封一文錢，要是早早擁有這份生意，就憑陳平安跑遍方圓百里山頭的腳力，估計媳婦本都已經攢夠了。

泥瓶巷口子上，稚圭看到自家少爺站在那邊，打著哈欠。

她快步走去，好奇道：「公子，你怎麼出來了？」

宋集薪緩緩伸展身體，懶洋洋道：「待著也無聊。」

她小聲問道：「公子，新任督造官什麼時候回小鎮啊？那之後咱們是不是就能去京城啦？」

宋集薪想了想：「也就一旬之內的事情吧。」

稚圭猶猶豫豫，手裡的小水桶也跟著晃晃蕩蕩。

宋集薪笑問道：「咋了，有心事？」

她怯生生道：「公子，那本地方縣誌能借給我瞅瞅不？就一、兩個晚上，我好認字，省得到了那啥京城，給人瞧不起，到時候連累公子給人看笑話。」

宋集薪啞然失笑，略作思量後：「這有啥不好意思開口的，不過記得翻書之前，洗乾淨手，別在書頁上沾上汙垢，再就是小心蠟燭油滴上去，其他也沒什麼需要注意的，一本『到此為止』的破書而已。」

稚圭燦爛笑道：「奴婢謝過公子！」

宋集薪樂了，開懷大笑道：「來來來，公子幫妳提水。」

稚圭躲閃了一下，正色道：「公子！不是說好了君子遠庖廚嗎？這些雜事，公子哪裡能沾碰，傳出去的話，我可是會被街坊鄰居戳脊梁骨的！」

宋集薪氣笑道：「規矩、道理、禮法這些東西，糊弄嚇唬別人可以，公子我……」說到這裡，這位生長於陋巷的讀書種子，不再說下去了。

稚圭好奇道：「公子是什麼？」

宋集薪恢復了玩世不恭的笑容，伸手指了指自己：「公子我啊，其實也就是個莊稼漢，把一塊田地給一壟壟、一行行，劃分出來，然後讓人撒種，引水灌溉啊，我就坐等收成，年復一年，就這樣！」

稚圭迷迷糊糊，宋集薪哈哈大笑。

宋集薪突然收斂笑意，一本正經道：「稚圭啊，姓陳的是不是幫妳提了一路的水桶？」

稚圭點點頭，眼神無辜。

宋集薪語重心長道：「有一位聖賢曾經說過，願意把陌生人的些許善意，視為珍稀的瑰寶，卻把身邊親近人的全部付出，當作天經地義的事情，對其視而不見，這是不對的。」

稚圭更加懵懂疑惑：「啊？」

宋集薪揉了揉下巴，自言自語道：「竟然沒有聽出我的言下之意，讓少爺我怎麼接話才好？難道到了京城，要換一個更聰明伶俐、善解人意的漂亮水靈小丫鬟？」

稚圭忍不住笑出聲，根本不把自家少爺的威脅放在心上，揭穿真相道：「少爺其實是想等我問，誰是這位大學問的聖賢吧？少爺，我知道啦，是你嘛！」

宋集薪爽朗大笑：「知我者，稚圭也！」

學塾書屋內，齊靜春正襟危坐，他眼前棋盤上的所有黑白棋子，皆在春雷聲中，化作齏粉。

小鎮孩子們在小溪抓石板魚有一種法子，是手持鐵錘重擊溪中石塊，就會有躲在石底的魚被震暈，浮出水面，與書上所謂的敲山震虎，有異曲同工之妙。

可若是要警告一方聖人莫要逆天行事，背離大道，那麼天地間與之身分匹配的重器，大概就只有威勢浩蕩的天雷了。

陳平安挑水回到劉羨陽家院子，將水倒入灶房水缸裡，然後跑到房門口喊道：「劉羨陽，我用一下你家的柴火油鹽，要給寧姑娘燉魚湯補補身體，可以吧？」

美滋滋睡著回籠覺的劉羨陽被驚醒後，怒吼道：「姓陳的！你煩不煩，老子剛夢到稚圭對我笑了！快賠我一個稚圭！」

陳平安搖了搖頭，記起一事，歉意道：「剛才還真在鐵鎖井那邊遇上稚圭了，不過被馬婆婆打岔，忘了幫你捎話。等會兒我去給寧姑娘送魚湯的時候，保證幫你把話帶到。」

劉羨陽一個鯉魚打挺，迅速穿上衣服，跑到正房大堂外的門檻上坐下，看著灶房裡忙碌的消瘦身影，嘿嘿笑道：「等下我跟你一起去送魚湯。對了，今天稚圭是不是穿那件大紅色的石榴裙？還是淺綠色那條？唉，回頭等我再攢兩百文錢，就能買到那個百餘輾龍銀粉盒了。我知道她看中它很久了，就是捨不得買。都怪宋集薪那個臭窮酸，實在小氣，自己穿得挺像是福祿街的阿貓阿狗，可憐稚圭一年到頭也沒幾件新衣裳，換成我是她家少爺，保准讓她看中啥就買啥，比福祿街的千金小姐還富貴，做那萬金大小姐！」

陳平安沒理睬劉羨陽的癡人說夢，他實在不理解為什麼劉羨陽偏偏就喜歡稚圭，當然不是看不起她作為宋集薪婢女的出身，也不是覺得稚圭長得不好看，只不過總覺得她和劉羨陽怎麼看都不像是有姻緣的。

陳平安好奇問道：「你怎麼也喊她稚圭，不喊王朱了？」

劉羨陽咧嘴笑道：「曉得原來你也不知道『稚圭』兩個字怎麼寫之後，我就無所謂了。」

陳平安無奈道：「你跟我比有啥用，跟宋集薪比啊，稚圭又不是我的丫鬟。」

劉羨陽嗤笑道：「那個傢伙也不是樣樣比你好的，比如他這輩子喊過誰『爹娘』不？沒有吧，這不就不如你陳平安啦？也難怪顧璨他娘還有馬婆婆那些婆娘們嘴巴毒，宋集薪那傢伙本來就算不得什麼清清白白的人家，不然為啥不光明正大住在那座督造官衙署，反而要去你們泥瓶巷過苦日子？這傢伙竟然還敢狗眼看人低，所以活該給人潑髒水，罵野種。」

陳平安站起身走到灶房門口：「劉羨陽，雖然我和宋集薪根本算不上朋友，但是你這麼說人家……」

劉羨陽急忙舉起雙手，堅決不讓陳平安繼續絮叨下去，狡猾道：「我不說了，行了吧？陳平安你這認死理的爛脾氣，隨誰呢？我爺爺可說過，你爹娘都是很好說話的，尤其是你娘親，說話細聲細氣的，還喜歡笑，那脾氣好得真是沒話說。我爺爺還說早年馬婆婆，幾乎罵遍了附近巷弄的人，唯獨見著你娘親，非但不挑刺，還會有些笑臉呢。」

陳平安笑得合不攏嘴。

劉羨陽揮手趕人：「趕緊給你家小媳婦燉湯去。」

陳平安翻了個白眼：「有本事你當著寧姑娘的面說？」

劉羨陽笑道：「你傻我又不傻。」

不久之後陳平安捧出一只小陶罐，兩人鎖好屋門院門，一起走向泥瓶巷。到了院門口，看到陳平安在那兒傻乎乎敲門，劉羨陽才知道原來這傢伙把家門鑰匙全留給了寧姚，劉羨陽覺得陳平安是真無藥可救了。

寧姚在家的時候並不戴帷帽，開門的時候露出一張清清爽爽的容顏。劉羨陽心底有些害怕這個不苟言笑的少女，他甚至都不知道原因，要說性子冷淡，隔壁稚圭有過之而無不及，劉羨陽一樣有膽子死皮賴臉；若說寧姚懸佩刀劍的緣故，也不對，劉羨陽對上福祿街的膏粱子弟，哪怕幾次圍追堵截，像一條喪家犬逃竄，但他內心其實從頭到尾都沒怵過，可他就是有點怕這名叫寧姚的外鄉小娘。

寧姚坐在桌旁打開罐子後，聞著香味，微微瞇起那雙狹長眼眸，點頭柔聲道：「謝了。」

陳平安的觀察細緻入微，知道這應該就是冷漠少女心情很好的意思了。

陳平安先幫她煮上一鍋粥，讓她自己注意火候，然後對劉羨陽說道：「你自己等著稚圭出門？我得去送信。」

劉羨陽正坐在門檻上，豎起耳朵聆聽那邊的動靜，唯恐被他聽出一點神仙打架的聲響。心情正糟糕的他不耐煩道：「你忙你的！」

陳平安離開院子，即將跑到泥瓶巷口時，突然發現前方視線昏暗下來，抬頭一看，原來是一位身穿一襲雪白袍子的高大男子一手負後，一手搭在腹部的白玉腰帶上，放眼遠望。大概是意識到自己擋住了狹窄巷弄的去路，男人微微一笑，主動側身給陳平安讓路。

陳平安一肚子疑惑，加快步子離開，回望一眼，男人已經緩緩走入泥瓶巷。

先前哪怕是匆匆一瞥，陳平安也看到一塵不染的雪白袍子上，胸前後背兩處，皆繡有疏淡的金絲，隱隱約約構成兩幅圖案，好像有活物遊走於山霧雲海之中，很是奇妙。

陳平安不再深思，只當是苻南華那般的外鄉人，又要來泥瓶巷尋找機緣了。那天和齊先生一起走過老槐樹之後，他已經不太擔心，總覺得只要有齊先生在小鎮，退一萬步說，哪怕真出了事情，好歹也能求到一個公道。

陳平安小跑路過杏花巷的時候，看到昨夜遇到的青衣少女還在那邊一家餛飩鋪子坐著，一手一根筷子，豎立在桌面上，輕輕敲打，整張略帶稚氣肥嫩的圓乎乎臉龐神采奕奕。她滿眼都是那邊熱鍋裡煮著的餛飩，根本沒注意到五、六步外的陳平安。對青衣少女而言，美食當前，天塌下來也要吃完再跑路！

陳平安由衷佩服這個陌生的姑娘，也不打攪她，笑著繼續跑向小鎮東邊。

某些人和事，哪怕是路邊的風景，可是只要看一眼，依然會讓人覺得很美好。

陳平安來到東邊柵欄門的時候，那邋遢漢子站在樹墩子上，踮起腳尖向東邊眺望，好像在等待重要的人物。

陳平安以前在老槐樹那邊聽老人閒聊，說起現任督造官大人第一次進入小鎮的時候，就有很大的排場，四姓十族的祖祠老輩們幾乎傾巢出動，在城東門這邊「接駕」。只不過大太陽底下等了幾個時辰後，最後一名官署管事火急火燎跑到東門，說督造官大人在衙署後院午睡剛醒，讓眾人直接去衙署會晤便是，把那幫富貴老爺氣得一佛出世、二佛升天，不過據說進了衙署大門後，沒誰敢放一個屁，一個比一個笑得像人家的乖孫子。

陳平安一直感到奇怪，那些個老人怎麼說得跟自己親眼見到似的，每次說起福祿街、桃葉巷的小道消息，比真的還真。例如說起盧家二姨奶奶跟護院教頭成了相好，給人撞破房門的時候，連二姨奶奶慌亂之下，如何收拾衣裳遮擋豐碩胸脯的一大串細節，也說得半點不差。說故事的人，簡直就像是那護院教頭本人。

劉羨陽每次都聽得咽口水，宋集薪偶爾也去，不會帶著稚圭，笑得比劉羨陽含蓄些，但跟著眾人一起偷偷起鬨的時候，格外賣力，比早晚兩次讀聖賢書還要大聲。

陳平安蹲在樹墩子旁邊，耐心等著小鎮看門人。

看門漢子罵了句娘，跳下樹墩子，瞥見陳平安後，也不說話，去黃泥茅屋拿了一摞信過來，六封家書，只給了五枚一文的銅錢。

陳平安大略翻了下書信地址，也沒說什麼，因為有兩封信是福祿街的隔壁鄰居，陳平安也不願意占這便宜，當然如果漢子破天荒發善心，起先就給六文錢，陳平安也絕不把錢往外推。

陳平安想好送信的順序後，隨口問道：「等人？」

看門漢子瞥了眼東邊的寬敞大道，氣咻咻道：「等大爺！」

陳平安不想留下來當出氣筒，趕緊跑路。

看門漢子氣笑道：「喲呵，還是個有點眼力見兒的。」

看門漢子看了眼天色，滾滾雷聲早已沒有，原本幾乎壓到屋簷的低垂雲層，已經漸漸散去。

看門漢子一屁股坐在樹墩子上，嘆息道：「神仙打架，凡人遭殃啊。」

六封信，福祿街那邊的盧、李、趙、宋四大姓各有一封，還有兩封在桃葉巷，其中一封很湊巧，還是先前那位和藹老人的家書，更巧的是開門收信的還是老人。

看到是陳平安後，老人認出了草鞋少年，就玩笑道：「孩子，真的不進來喝口水？」

陳平安靦腆一笑，搖搖頭。

老人沒有覺得意外，只是從袖子裡摸出一把銅錢，遞給陳平安，笑呵呵解釋道：「今天家裡有好事，這點喜錢，見者有份，圖個吉利而已，不多，就十幾文錢，所以你就放心拿著吧。」

陳平安這才接過銅錢，笑道：「謝謝魏爺爺！」

老人點點頭，突然說道：「孩子，最近啊，沒事的時候，可以經常去槐樹底下坐坐，見到地上有槐葉、槐枝啊什麼的，就拿回家去放著，能夠防蟻蟲蜈蚣，多好，還不用你花錢。」

陳平安在臺階下，向老人鞠躬致謝。

老人微笑著：「去吧、去吧，一年之計在於春，少年多活動筋骨，肯定是好事。」

陳平安跑著離開青石板街面的桃葉巷。

老人久久站在家門口，看著兩邊的桃樹，一個身材婀娜的妙齡丫鬟來到老人身旁，小聲道：「老祖宗，看什麼呢？外邊天冷，可別凍著。」

丫鬟服侍老人有些年數了，知道老祖宗菩薩心腸。丫鬟對老人有敬無懼，就笑臉嫣然，俏皮問道：「老祖宗，該不是想起少年時遇見的姑娘了吧？那位姑娘當時就站在桃樹下？」

白髮蒼蒼的老人笑道：「桃芽，妳跟那送信少年一樣，亦是『有心人』啊。」

丫鬟得了表揚，嬌憨笑著。

老人突然笑道：「這兩天有個遠房親戚要登門拜訪，到時候桃芽妳就跟隨家裡那幾個孩子，一起離開小鎮。」

丫鬟愣了愣，眼睛一下子紅了，哭腔道：「老祖宗，我不想離開這裡。」

一向極好說話的老人揮揮手：「我再看一會兒巷子風景，妳先回去。桃芽，聽話，否則我會生氣的。」

丫鬟只得怯生生離去，一步三回頭。

桃葉巷的桃葉鬱鬱，尚無桃花。

老人輕輕呼出一口濁氣，跨過門檻，走下臺階，走向最近的一棵桃樹，站在樹底下，傷感道：「桃之夭夭，灼灼其華。真的是再也見不到啦。」老人回望一眼自己的宅子，呢喃道：「小鎮的得天獨厚，本就不合大道，當初被聖人們硬生生改天換地，享受了整整三千年大氣運，歷代走出小鎮之人，多在整個東寶瓶洲開枝散葉，可是老天爺何等精明，所以是時候來秋後算帳、跟咱們收取報酬嘍。你們這些孩子，不趕緊離開這裡，難道跟隨我們這些本就破碎不堪的老朽舊瓷，一起等死嗎？要知道，死分大小，咱們小鎮幾千口人，這一死，是大死啊，連來生也沒了。所以啊，如今趁著老天爺還睜一隻眼、閉一隻眼的時候，能多走一人是一人。」老人伸出乾枯手掌，扶住桃枝：「有心人有心人，希望真能天不負吧。」

不知何時，讀書少年郎趙繇的奶奶、拄著拐杖的老嫗已經走近這邊：「都快入土的老頭子了，還這般天真，如老娘們塗抹胭脂，真是尤其面目可憎。這場滅頂之災，是你那點好心腸就能改變絲毫的？」

老人眼神有些恍惚，看著同樣滿頭雪白的老嫗，莫名其妙說了一句：「妳來了啊。」

老嫗先是一愣，然後立即惱羞成怒，一拐杖就打了過去：「老不羞的賊胚子，一大把年紀了，還敢嘴花花！」拐杖雨點般落在身上，老人只得落荒而逃，不過哈哈大笑。

老嫗站在桃樹下，猶然氣惱不已，後悔自己不該心軟，鬼使神差走這趟桃葉巷。最後，老嫗抬起頭，看著抽出嫩芽的桃枝。

老嫗一步一步走回福祿街，拐杖在青石板上一次次敲響。

一座繁華千年的安詳小鎮，不承想到最後，皆是沒有來生來世的可憐人。

當真就沒有一線生機嗎？

溪水漸淺，井水漸冷，老槐更老，鐵鎖生銹，大雲低垂。

今年桃葉見不到桃花。

陳平安又一次看到青衣少女，她默默跟在一個中年男人身後，低著頭啃著一張蔥油雞蛋餅，而那男人一臉生無可戀的模樣。

見到陳平安後，男人停下腳步，問道：「你是不是上次那個被我趕走的傢伙？」

男人後背被重重一磕，撞了「牆壁」的青衣少女抬頭後一臉茫然，突然看到陳平安，她剛想笑，猛然轉身背對著陳平安，手忙腳亂地擦拭嘴角。

陳平安忍住笑，對男人點頭道：「阮師傅，你好。」

看樣子，那個姑娘多半是阮師傅的女兒了。不過父女的長相是真不像，也幸好不像。

被陳平安稱呼為阮師傅的男人，正是那個到了小鎮沒多久，就遷往南邊小溪畔的鐵匠。他繼續問道：「劉羨陽這兩天怎麼沒去打鐵？」

陳平安剛要幫劉羨陽解釋，男人已經冷聲道：「你去告訴那小子，今天要是再見不著他這位大爺的面，明兒就不用去我家鋪子了。」

陳平安急匆匆道：「阮師傅，他家裡出了點急事……」

男人打斷陳平安，很不客氣道：「那是他的事情，關我屁事！」

陳平安本就不是擅長言辭的人，愣在當場，急得滿臉漲紅，又不知如何開口，生怕自己幫倒忙。阮師傅的耿直脾氣，他可是切身領教過的。

青衣少女試圖幫陳平安說點好話，結果被知女莫若父的男人提前教訓道：「吃妳的餅！」

滿腹委屈的少女突然加快腳步，一腳狠狠踩在男人腳背上，然後腳下生風，瞬間就一溜煙沒影了。

男人哀嘆一聲，把陳平安晾在一邊，繼續前行。

陳平安也嘆息一聲，跑去早點鋪子買了一籠六只包子，趕往泥瓶巷。

到了自家宅子，結果看到劉羨陽蹲在牆頭上，半邊身體傾向宋集薪家院子，偷聽得很是聚精會神。

陳平安有些時候也會覺得，劉羨陽確實是挺欠揍的。他只得提醒道：「剛才見到了阮師傅，讓你今天就去鐵匠鋪子幫忙，還說要是今天見不著你，就把你辭退。」

劉羨陽心不在焉道：「急啥，我這種既手腳利索又吃苦耐勞的學徒，打著燈籠也難找。阮師傅就是放狠話，明兒再去也沒關係。」

陳平安搖頭道：「我確定阮師傅絕對沒有開玩笑。」

劉羨陽煩躁道：「等會兒就去，別耽誤我幹正事。」

陳平安給寧姚送去早餐，直接給劉羨陽拿去三個，自己只咬著一個。

劉羨陽三下兩下就解決掉了所有的肉包，一邊抹嘴一邊小聲道：「剛才宋集薪家來了個客人，一看就是了不得的大人物。如果我沒有看錯的話，應該就是現任窯務督造官大人。那次他穿著官服去咱們龍窯的時候，姚老頭嫌你們這幫不成材的學徒礙眼，根本就沒讓你們露面長見識，我不一樣，姚老頭還讓我給那位大人演示了一下何謂『跳刀』。」

陳平安笑道：「現任督造官比較照顧宋集薪，是小鎮所有人都知道的事情，你在這裡疑神疑鬼做什麼？」

劉羨陽憂心忡忡道：「宋集薪這種小白臉，是絕對爭不過我的，可是萬一稚圭喜歡上這位氣度不凡的官老爺，我勝算就不大了啊！到時候你的未來嫂子就跟人跑了，我咋辦？你咋辦？」

陳平安直接走回屋子，留下劉羨陽蹲在牆頭自怨自艾。

寧姚坐在桌旁，腰杆挺直，一手握住刀柄，如臨大敵。

她的額頭滲出汗水。

這是陳平安第一次看到她如此神情，雖然身體緊繃，充滿戒備，但是眼神發亮，躍躍欲試。

陳平安退回到門檻那邊，她問道：「知道隔壁客人的身分嗎？」

陳平安答道：「聽劉羡陽說是咱們小鎮的現任窯務督造官，人挺和氣的，剛才在巷口那邊，還給我讓了路。」

寧姚冷笑道：「這種人才可怕。」

陳平安疑惑不解。

她問道：「人走在路邊，看到螞蟻，會踩上一腳嗎？」

陳平安想了想，回答道：「顧璨肯定會，他經常拿水去澆螞蟻窩，或是用石頭堵住蟻窩的出路。劉羡陽心情不好的時候，估計也會。」

寧姚無言以對。

陳平安咧嘴一笑：「寧姑娘的意思，其實我懂了。」

她訝異道：「真的假的？」

陳平安點頭道：「我覺得姑娘妳說了兩層意思。一層意思是我們小鎮的老百姓，在妳們這些外鄉人眼中，都是腳底爬來爬去的螞蟻。第二層意思是外人當中，又分高低，苻南華、蔡金簡是顧璨這樣的稚童，才會覺得掌握螞蟻的生死，會有趣，或者會覺得礙眼。但是來到我們泥瓶巷的那位官老爺，不一樣，說話做事，都會符合他的身分，所以顯得特別客氣。寧姑娘，對吧？」

寧姚問道：「怎麼琢磨出來的？」

陳平安玩笑著回了一句：「撿了條命回來後，好像腦子靈光了些。」

寧姚鄭重其事問道：「臨死之前，你看到了什麼？」

「我沒看到什麼啊。」陳平安有些疑惑，不過仍是誠實回答，「其實在那條巷子裡，我從頭到尾都沒多想什麼。這個問題，寧姑娘問苻南華和蔡金簡比較好，他們說不定能看到什麼。」

寧姚冷哼道：「喲，口氣真大！」說完這句話，她沒來由死死盯著陳平安。

陳平安給看得心慌：「咋了？」

寧姚皺緊眉頭，有些懊惱，用家鄉方言自言自語道：「我家的劍學，無論是劍訣心法，還是用以淬鍊體魄神魂的法門，都是獨門獨路的不傳之祕，我學都沒學全，哪敢教別人啊。而且我也沒學過那些別處天下的粗淺東西，要不然也能給他指條明路，就算只是用來強健體魄、延年益壽也好。現在讓我去哪兒找本門檻最低的入門祕笈來？」

寧姚眼睛一亮：「打劫？不對不對，不是打劫，是找人借一本祕笈，有借有還的嘛。」可惜她很快臉色黯然，恨恨道：「該死的老宦官！給我等著，看我不把你們皇宮掀個底朝天。」她哭喪著臉，憂傷道：「難道真的只能去找姓阮的鑄劍師？砍人我還湊合，有我娘的四、五分真傳了，可是求人，我真的不擅長啊。」

陳平安坐在門檻上，看著那個名叫寧姚的少女，自說自話，臉色變化不定，就像是天邊的雲彩。

白袍玉帶的英俊男子站在宋集薪的房間裡，環顧四周，微微皺眉：「姓宋的他就給你安排了這麼個寒酸地方？」

宋集薪嘴唇抿起，沒有說話。婢女稚圭早已識趣地躲到自己的偏屋去了。

按照小鎮流傳最廣的說法，前任督造官宋大人業務不精，沒能造出讓朝廷滿意的御用貢瓷，靠著那點苦勞，留下一座廊橋，就回京任職了，當然也留下了宋集薪這個私生子，只給他買了個貼身丫鬟照顧起居，再就是「托孤」給好友，即頂替他位置的新任督造官，聽說也姓宋。但是事實真相如何，是當局者迷，旁觀者未必清。

宋集薪自己也不清楚眼前這傢伙跟那個姓宋的男人到底是何種關係。關係莫逆的官場同僚？昔年求學的同窗好友？還是京城廟堂其他山頭派系的對頭？姓宋的離開之前，略微提到過幾句，說新任督造官到了小鎮之後，很快就會帶他們主僕二人離開小鎮，趕赴京城，對那位大人，要求宋集薪必須極其禮敬，不得有絲毫怠慢。

宋集薪對眼前這個氣勢凌人的京城男人，大概是恨屋及烏的緣故，並無半點好感。他在婢女稚圭那邊流露出來的胸有成竹，對於接下來離開家鄉的從容不迫，不過是他的自尊使然。

男人笑道：「罷了，那姓宋的酸秀才，歷來就是謹小慎微的性格，不像大老爺，倒像是個娘們，否則也不會讓他來這邊看顧你。」

宋集薪眉宇間陰沉沉的。

男人漫不經心地瞥了眼宋集薪儲藏物品的大箱子，撇撇嘴，不屑一顧的神色，緩緩道：「來這裡之前，我已經見過老龍城的苻南華，真是個倒楣秧子，在這裡都會差點道心崩碎。你與他的買賣，照舊進行便是，你小子盈虧自負，我不摻和這種芝麻綠豆大小的破爛事。不過離開之前，你必須跟我去趟廊橋，磕幾個頭，之後就沒你什麼事情了。跟我回家，做你該做的事情，坐你該坐的座椅，盡你該盡的本分，就這麼簡單，聽明白了沒？」

「聽當然聽明白了，宋大人的言辭並不晦澀。」宋集薪譏笑道：「只不過憑什麼？」

男人笑了，轉身第一次正視宋集薪，反問道：「姓宋的娘娘腔說你天資卓絕，這評價也真是不怕閃了舌頭，你不妨猜猜看，覺得我憑什麼？」

若是細看，就會發現兩人之間，竟然有幾分形似和神似。

宋集薪怒氣更重，只是始終隱忍不發。

男人不再賣關子，玩味道：「憑什麼？當然憑本王是個天字號的大倒楣秧子，竟然會是你小子的親叔叔。」

宋集薪內心劇震，臉色微白。

白袍男人對此視而不見，雙手扶住那根玉帶，望向窗外的天空，微笑道：「也憑本王是大驪王朝武道第一人。」

其實這句話換成另一個說法，更為震懾人心，只不過男人寧做雞頭、不做鳳尾，覺得只要是居於人後，哪怕是僅僅一、兩人之後，也根本不值得宣揚。

男人想起那個坐鎮此地的儒家聖人，嘴角滿是鄙夷，冷哼一聲。

假若不是身處此方天地，老子一隻手，就能捶殺你齊靜春之流的三教神仙。

學塾茅屋內，齊先生正襟危坐，正在聽蒙學稚童們的琅琅書聲。

真正意義上的正襟危坐，宋集薪和趙繇這些讀書種子，也難以領略其中精髓。

儒教有一部「立教開宗」的經典，名為《大禮》，其中《修身篇》有專門講到，君子當坐如屍，因為屍者神像，坐姿如屍，則其莊重肅穆，可想而知。

此時此刻，齊靜春好像一五一十聽到了白袍男人的心中默念，雲淡風輕微笑道：「武夫掌國，了不得、了不得。只不過，白龍魚服，非是吉兆啊。」

宋集薪家門口那邊傳來腳步聲，劉羨陽剛想要跳下牆頭，但未見其人，先聞其聲，有人溫聲笑問道：「你小子是不是寶溪窯口姚老頭的徒弟？姓劉？」

是那位身穿白衣、腰繫玉帶的窯務督造官，大步走出門檻，向牆頭這邊笑臉望來。

劉羨陽隨之身體僵硬，發現自己竟然沒了力氣跳下牆頭，心虛乾笑道：「回大人的話，是我。當時大人去咱們龍窯開窯的時候，師父讓我給大人演示過幾樣活計。」

男人點了點頭，打量了一眼劉羨陽，開門見山地問道：「少年，想不想去外邊看看？比如投軍入伍，上陣廝殺，我保證你只要熬得過十年，就能當上大官，到時候我親自給你在京城擺酒慶功，如何？」

站在男人身後的宋集薪臉色陰沉似水，握緊那塊苻南華贈送的老龍布雨玉佩。

這個頂著「私生子」、「野種」頭銜很多年的讀書種子，如今已經知道身邊男人的真實身分，所以才更加明白男人所說言語的分量，「親自擺酒」這四個字，將會是一張大驪最厲害的保命符，是一架官場最長的青雲梯。

劉羨陽絞盡腦汁，終於想出一些酸文醋字，結結巴巴道：「謝過督造官大人厚愛，不勝惶恐……只是小的已經答應了要做阮師傅鐵匠鋪的學徒，實在不好反悔，還望大人不要……大人不計……」劉羨陽想說的話一下子卡在喉嚨那裡，死活都記不得了，急得滿臉通紅。

宋集薪看似善解人意地提醒道：「是大人不記小人過。」

白袍男人一笑置之，不以為意：「無妨，等你哪天有機會走出小鎮，可以去最近的丹陽山口，找到一個叫劉臨溪的武人，就說是京城宋長鏡舉薦你來此投軍，他若是不信，你就跟他講那個叫宋長鏡的人說了，你劉臨溪還欠他三萬顆大隋邊騎的頭顱。」

劉羨陽癡癡點頭道：「好的。」

男人笑著離去，宋集薪送到院門口就想止步，男人好似算死了他的心思，沒有轉頭，直接說道：「隨我去趟督造官衙署，我領你見個人。」

宋集薪兩隻腳如釘子一般扎根地面，黑著臉道：「我不去！」

那個於小鎮百姓而言門檻極高的地方，對於聽著流言蜚語一年年長大的宋集薪而言，卻是一座龍潭虎穴，是一道過不去的心坎。

在外邊一向行事雷厲風行的宋長鏡沒有惱火宋集薪的不識時務，也沒有停下腳步，但是語氣放緩了許多：「根據衙署諜子眼線的記載，你已經見過那個姓高的隋朝皇子了吧？你知不知道，隋朝高氏與我們大驪宋氏，是有著不共戴天之仇的千年宿敵。同樣是皇子，他敢來到這座位於敵國大驪腹地的小鎮，而你宋集薪，同樣是皇子，卻不敢在自己家的江山版圖上，去一座小小的官邸？」

宋集薪第一時間不是咀嚼這番話的深意，而是瞬間轉頭望向劉羨陽，只見高大少年正坐在牆頭那邊揉手敲腿，好像完全沒有聽到宋長鏡說話。

走在泥瓶巷裡的大驪白袍藩王嘴角翹起，他收穫了一點意外之喜——不愧是我們老宋家的種。不過一想到宋集薪還是那個女人的兒子，身為大驪第一武道宗師的權勢藩王，也覺得有些心煩和棘手。

宋集薪一咬牙，回頭跟站在屋門口的稚圭說道：「我去去就回，午飯不用管我。」宋集薪剛走出院門，又轉頭笑道：「拿上我床頭那兜碎銀子，去杜家鋪子買下那對龍鳳香佩，反正以後咱們都不用攢錢了。」

稚圭點點頭，打了一個小心的啞語手勢。宋集薪開心一笑，瀟灑離去。

等到宋集薪走遠，坐在牆頭上的劉羨陽小心翼翼問道：「稚圭，宋集薪跟督造官到底啥關係？」

稚圭用憐憫的眼神看著劉羨陽。

劉羨陽最受不了她這種眼神：「幹啥，不過是認識個管燒瓷的官老爺，了不起啊？」

稚圭扯了扯嘴角，自顧自地回屋取了食物來，開始餵養老母雞和那群毛茸茸的小雞崽子。

劉羨陽沒來由覺得灰心喪氣，跳下牆頭對屋內嚷嚷道：「姓陳的，咱們去鐵匠鋪！不受這窩囊氣了。」

稚圭背對著一牆之隔的鄰家院子，嬉笑道：「佛爭一炷香，人爭一口氣，可惜窩囊廢就只有一肚子窩囊氣。」

劉羨陽熱血上湧，連耳根子都通紅了，走到黃泥牆邊，一拳重重砸在牆頭上：「王朱！有本事妳再說一遍！」

稚圭丟掉所有玉米、菜葉，拍拍手，轉頭笑咪咪道：「你以為你誰啊，讓我說就說？」

劉羨陽看著身姿正在抽條、越來越明豔動人的稚圭，說不出話來，感覺空落落的，就像心裡有一只瓷碗摔在了地上。

陳平安其實早已站在門檻那邊，看到這一幕後快步走到院子，輕聲道：「走吧。」

兩個少年並肩走在小巷裡，劉羨陽突然問道：「陳平安，我是不是很沒有出息？」

陳平安想了想，認真說道：「巷子裡的街坊鄰居都說我娘親很好，又說我爹是出了名的悶葫蘆，所以我覺得喜歡、不喜歡誰跟有沒有出息，可能關係沒那麼大。」

劉羨陽哭喪著臉：「那我更慘啊，就算以後自己打拚出來一座龍窯，或是把阮師傅的手藝都學到手，她豈不是也一樣不喜歡我啊！」

陳平安識趣地閉嘴不言，以免火上澆油。

陳平安走在熟悉的小巷裡，突然想起一幕場景。早年跟隨姚老頭沿著溪水進入深山，看到一頭小麋鹿在溪邊飲水，見到他也不懼怕，麋鹿喝過水後，就低頭望著溪水，久久沒有離去。溪水水面除了麋鹿的倒影，水中還有一尾徘徊不去的游魚。

走出祖宅前，寧姑娘建議他既然有了一片槐葉，就早點離開小鎮，有了祖蔭槐葉的無形庇護，便不至於有太大的意外，最好不要在小鎮逗留太久，因為她不知道劉羨陽一事會不會殃及他。但是陳平安堅持要親眼看到劉羨陽被阮師傅收為徒弟，才能安心離開，因為當年要是沒有劉羨陽，他早就餓死了。當然，陳平安內心也希望能夠看到那位寧姑娘在他家裡把傷養好了，只不過當時他沒敢說出口，怕被她認為是輕薄。

陳平安突然問道：「你爺爺留給你的那件寶甲，是不是絕對不會賣給外人？」

劉羨陽一臉天經地義道：「廢話，當然死也不賣！」他一拳捶在身邊的陳平安肩頭，玩笑道：「我又不是你這種財迷。」

劉羨陽雙手抱住後腦勺：「有些東西暫時沒有，可以用錢掙來，可有些東西沒了，這輩子就真的沒了。」

陳平安自言自語道：「懂了。」

快走到泥瓶巷巷口的時候，劉羨陽爆了一句粗口，陳平安隨之收起思緒，抬頭望去，頓時有些心情沉重。

是福祿街的盧家大少盧正淳，當年就是此人帶著一幫狐朋狗友，把劉羨陽堵在這條巷子裡，差點把他活活打死，如果不是陳平安跑去喊那幾嗓子，家中已無長輩親戚的劉羨陽，恐怕就真要被扔去亂葬崗了。

宋集薪當時蹲在牆頭上看熱鬧，還不停地推波助瀾，之後又跟心有餘悸的陳平安說，盧正淳他們那種行為，在小鎮外叫作「為氣任俠」。

盧正淳攔住劉羨陽的去路，擠出笑臉道：「別緊張，我今天不是來跟你算舊帳的，是……」

劉羨陽打斷盧家公子的話語：「還來？好狗不擋道，給老子起開！」

盧正淳臉色尷尬，強顏歡笑道：「劉羨陽，我這次是真的有事情跟你商量，上回那件事兒，你不等我們把話說完，就直接跑了，這樣不好。你好歹聽聽看我這邊給出的條件，對不對？真要說起來，咱們哥們也算不打不相識，沒必要鬧得那麼僵，我和那些客人，是很有誠意的！」

劉羨陽歪了歪腦袋，譏諷道：「怎麼，你給人牽線搭橋還上癮了不是？我就奇了怪了，你說你盧正淳，好歹是咱們小鎮最闊綽人家的孫子，咋就那麼喜歡給外人當狗腿子？」

盧正淳臉色鐵青，卻依然要維持住臉上的笑容，整個人顯得很滑稽可笑，近似哀求道：「劉羨陽，只要你開口，不管要什麼，他們都會盡量滿足你，比如說銅錢？要不然你說個數目，如何？例如……一百五十貫錢？便是……兩百貫，我也能幫你還價去，兩百貫啊，這都能讓你在咱們福祿街買下半棟宅子了。」

劉羨陽凝視著眼前此人的眼神和臉色，鄙夷道：「兩百貫，你打發叫花子啊？還誠意？勸你就別跟我在這兒虛頭巴腦的了，老子還要忙活正事，你滾一邊去！」

泥瓶巷外拐角處，粉雕玉琢的小女娃娃騎在魁梧老人肩頭，身穿一襲大紅袍子的男孩被婦人牽著手，本該天真爛漫的歲數，臉上已經有了與年齡不符的陰鷙神色，用自家家鄉那邊的言語說道：「這個盧家人是不是太蠢了些？要來何用……」

婦人搖頭柔聲笑道：「施恩於人，要懂得斗米恩、升米仇，談買賣，想要獲利最大，就該如盧正淳這般，先試探對方心理的底線所在。」

男孩疑惑道：「跟這些土人賤民做生意，也需要如此麻煩？」

婦人笑道：「人性複雜，人心陰暗，並不以修為高低來分多寡。小地方的人物，哪怕見識短淺，可是也不全是傻子。你若作此想，遲早有一天會吃虧的。」

男孩「哦」了一聲：「娘親熟稔人心，為何不直接出面談？」

婦人耐心解釋道：「看看咱們的穿著，任你去哪家店鋪買東西，只要是稍微精明的賣家都忍不住會宰客的。」

男孩嘆了口氣：「只是我們如此扭捏，也太不舒心了。」

婦人蹲下身，雙手扶住孩子的臉頰，望著那張酷似他爹的容貌，正色道：「記住，修心亦是修行之一。順境修力，逆境修心，缺一不可。」

男孩晃了晃腦袋，掙脫開婦人的雙手，沒好氣道：「又來這套空泛道理，煩死了。」婦人有些無奈，卻也沒有繼續語重心長傳授道理，只覺得自家孩子天資好、根骨好，又有兩個姓氏的家世作為靠山，所以未來的路還很長，雖說性情稍顯偏執陰沉，但是大可以文火慢燉，揠苗助長才是最大的不妥。

聽著小巷裡的無趣對話，女童有些憂愁：「猿爺爺，要是那人死活不願意賣，我們怎麼辦啊？」

雙手及膝如猿猴的老人笑了笑：「那就讓他去死好了。老奴來此，本就是為了應付這種最壞的情況，要不然那筆錢，就等於打了水漂，連個響兒也沒有。不過到時候小姐的安危會有些麻煩，估計得託付給宋家，或是李家才行。」

拋開其他不說，若是殺人，雖然老人會被聖人驅逐出境，但是比起無聲無息打了個水漂，就算是往水裡投下一顆石子，好歹有點水花濺起。只不過不到萬不得已，老人絕不會出此下策，畢竟那部劍經意義再大，正陽山再視若珍寶，比起自己肩頭上這位小姐的長生大道，終究是遠遠遜色的，至少對老人而言，是如此認為。

小鎮四姓十族，以盧氏為首，但如果放在外邊，恰恰相反，實則是盧氏墊底。這源於由盧氏主支當國執政的一個王朝，被大驪兩大邊軍聯手覆滅後，盧氏在東寶瓶洲的地位，已是岌岌可危。

巷子那邊，劉羨陽聽盧正淳說著什麼高官厚祿、腰纏萬貫、美女如雲，就像是對著一個掉書袋的宋集薪，格外惱火，上前一步，指著盧正淳的鼻子斬釘截鐵道：「那鎧甲是我劉家的祖傳，跟錢沒關係！你就算今天就讓我搬到你家去住，從今以後你盧正淳每天喊我爺爺，我也懶得理你！姓盧的，聽清楚了沒！」

孤零零站在泥瓶巷口子上的盧正淳死死盯著眼前這個混不吝，擺明了光腳的不怕穿鞋的劉羨陽，一頭撞死在這裡的心都有了。

之前自己在廊橋那邊擔任說客，擋住劉羨陽去往鐵匠鋪子的路，結果出師不利，回到福祿街的宅子，爺爺招待過了那些高高在上的貴客，不露聲色地將他喊到密室，沒有說任何狠話，也沒有說任何家族大業的大話，只是指著白布下的屍體：「正淳啊，爺爺沒有其他要求，只希望別讓你弟弟死不瞑目，希望到了頭七那天，你已經走出小鎮，就當是替他看看外邊的風景。」

盧正淳突然眼眶濕潤，哽咽顫聲道：「劉羨陽，算我求你了，好不好？」

劉羨陽目瞪口呆。

這個錦衣玉食的年輕人，越發脆弱無助，嘴唇顫抖，泣不成聲道：「好不好？我給你下跪，我給你認錯，行不行？」

噗通一聲，盧正淳結結實實跪在泥瓶巷的泥地上，開始磕頭。

男兒膝下有黃金，但盧正淳磕頭磕得很不含糊，砰砰作響。

泥瓶巷外牆根那邊，小女孩腳丫一下一下輕輕踢著老人胸膛，想著這一路行來，相中了哪些入眼的山峰，想著挑選哪一座搬回家鄉才好。

男孩有些幸災樂禍，隨口問道：「娘親，這個姓盧的是不是失心瘋了？以後咱們難道真要帶著個瘋子離開小鎮，那多丟人現眼啊？」

婦人神色複雜，想起許多親眼目睹的奇人異事，欲言又止，最後搖頭道：「不會的。」

劉羨陽有些手足無措。他打破腦袋也想不到盧正淳會如此作為。一個小鎮最富裕門戶的嫡長孫，就這麼跪在自己腳邊磕頭？

劉羨陽臉色糾結，就在此時，一直在觀察劉羨陽和盧正淳的陳平安，突然扯了扯他的袖子，對他輕輕搖頭。

劉羨陽於心不忍道：「這也太不像話了……」

陳平安眼神堅毅，不言而喻。

大大咧咧的劉羨陽，已經有心軟的跡象，可是在寧姚眼中濫好人的陳平安，此刻反而顯得極其鐵石心腸。

陳平安的直覺告訴他，如果劉羨陽在盧正淳下跪之前，答應下來這筆買賣，說不定最多吃些苦頭，但是性命無憂。可是現在劉羨陽，已經陷入自己之前遇到的困境，當時若非齊先生插手，自己的命運就是殺死苻南華，然後被殺，或是被雲霞山的人，或是被老龍城的人。而且更致命的是，按照寧姑娘告訴他的「規矩」，盧正淳本身就是小鎮人氏的話，他或者盧家要殺劉羨陽，齊先生極有可能是無法管束的。

陳平安心思一轉，趁著盧正淳還在拚命磕頭，壓低嗓音跟劉羨陽說道：「實在不行就假裝答應他，咱們先見到阮師傅，等你被收為徒弟再說。」

劉羨陽點了點頭，對盧正淳說道：「哥們兒，你還是先起來吧，起來說話！你他娘的這麼整，算哪門子事！」

盧正淳沒有起身，抬起頭，紅腫額頭上沾滿泥土。

劉羨陽無奈道：「不過你需要先回去，跟他們好好合計合計，商量出一個公道價格才行。別再糊弄我了，我又不是傻子，什麼兩百貫銅錢，且不說我會不會虧到姥姥家，只說那幫貴人不嫌掉價嗎？」

盧正淳緩緩起身，笑道：「是這個理兒！只要你肯鬆口就好。劉羨陽，以後我盧正淳就是你兄弟了！你認不認我都沒關係，反正我認你！」

劉羨陽走過去，跟盧正淳勾肩搭背，一起走向巷口，安慰道：「老盧啊，以後可要帶著兄弟一起享福。回頭等到這筆買賣談成了，我怎麼都該請你喝頓好酒。」

盧正淳一邊擦抹額頭，一邊歡暢笑道：「喝酒還不簡單，這有什麼難的，而且我來請，哪能讓你破費，就這麼說定，不然老哥我可就生氣了。」

劉羨陽哈哈笑道：「就知道老盧你是厚道人，以後跟你混准沒錯！」

陳平安跟在兩人身後，稍稍偏向小巷牆壁一側，死死盯住巷口那邊的動靜。

宋長鏡帶著少年宋集薪，在年邁管事的領路下，趕往督造官衙署後廳。

管事說那位遠道而來的書院崔先生在此等候了小半個時辰後，說要動身去學塾拜訪一位儒門長輩。

宋長鏡對此不置一詞，只是問道：「死在小巷的那個刺客，查出來是哪方勢力的棋子沒？」

管事有些猶豫。

宋長鏡皺眉道：「嗯？」

年邁管事趕緊彎腰惶恐道：「正是福祿街的宋家。」

宋長鏡冷笑道：「也不知道給本王一點點驚喜！」

年邁管事汗如雨下。

宋集薪默不作聲，眼神熾熱。

學塾內，齊靜春輕輕放下書本，轉頭望去，門口那邊站著一位面容英俊的年輕人，高冠儒衫，笑而不語；齊靜春面容沉靜，不苟言笑。

小鎮上，一個身穿古怪衣服的光頭男人，赤腳而行，神色枯槁，來到鐵鎖井旁，望向深井，雙手合十，閉眼輕聲道：「佛觀一缽水，十萬八千蟲。」

小鎮外，一座山峰之巔，有人立於一株參天古樹的粗壯樹枝上，眺望小鎮輪廓，腰懸一枚虎符，背負一柄長劍。

此方天地之外，一條傾斜向上、彷彿通天的漫長道路上，四周雲霧繚繞，看不到任何風景。有年紀輕輕的黃冠道姑，身騎白色麋鹿，緩緩登高。她身旁又有一位面如冠玉的道士，步伐輕靈，如行雲流水，有一紅一青兩條長鬚大魚，在他四周縈繞游弋。

儒釋道兵，三教一家，即將齊聚於小鎮。

小鎮南邊溪畔的鐵匠鋪，父女打鐵，火星四濺如一場絢爛火雨。

男人手持劍胚，對正在掄錘的馬尾辮少女說道：「這段時日，不要去小鎮了。」

少女手上的力道立即弱了一大截，感覺全身力氣都隨著小鎮上的吃食點心溜走了。

男人氣笑道：「出息！」

少女化悲憤為力量，重重一錘，使勁砸在通紅的劍條上。

璀璨火花映照之下，少女如一尊火神降世。

劉羨陽和陳平安走出泥瓶巷後，發現兩撥人馬分別站在左、右兩邊，小女孩騎在魁梧老人的脖子上，身穿鮮豔紅袍的倨傲男孩站在儀態雍容的婦人身邊。

劉羨陽從中走過的時候，泰然自若，落在白髮老人眼中，倒也算有幾分大將風度，陳平安竭力隱藏的那份謹慎拘謹，則相當不入法眼。

盧正淳和兩人告別後，戰戰兢兢留在原地，小心翼翼稟報道：「劉羨陽提議諸位仙師給出一個適宜價格，下次他便忍痛割愛，賣了傳家寶。」

婦人望向正陽山的那位白髮老人，笑問道：「猿前輩意下如何？」

老人略作思量，沉聲道：「事不過三。在這之前，就按照劉羨陽所說，給他一份滔天富貴便是，正陽山能夠給這少年一個山門真傳弟子的身分，除此之外，我還會私自借他一件法寶，為期百年。至於你們清風城許家，自己看著辦。」

婦人震驚道：「正陽山真傳身分，已經尊貴至極，猿前輩竟然還要拿出一件法寶？難道這個劉姓少年，還是一位九歲時被買瓷人放漏的修行天才？」

老人置若罔聞，只是對小主人笑道：「小鎮好些鋪子，各有淵源來歷，小姐可以逛逛，說不定就能撿漏。」

小女孩童心童趣地嚷著「駕駕駕」，身為正陽山首席供奉的老人哈哈大笑，慢跑起來，如山嶽移動。

男孩笑道：「正陽山真是好大的威風！」

婦人示意盧正淳先行打道回府，她自己帶著兒子隨意走在街道上，給他解釋其中淵源：「正陽山除去那條普通的登山主路，還有專門的『劍道』，傳承至今，已經開闢出六條登頂之路，這就意味著正陽山湧現過六位貨真價實的證道劍仙。」

男孩嗤笑道：「老皇曆再厚有何用，吃老本能吃幾年？能夠進入小鎮的各方錬氣士，就連比我們後來的那幾撥，家家戶戶，誰家祖上沒闊過？」

婦人牽著男孩的手，笑道：「那你知不知道，最近百年，有兩條嶄新劍道即將到達正陽山之巔？那個跟你同齡的小女孩，出奇之處，在於她可以在那座劍氣縱橫的『劍頂』之上進退自如，逗留時間之長，甚至比正陽山幾位老祖也不遜色。」

男孩愣了愣，隨即停下腳步，無比惱火道：「既然那蠢丫頭這麼身世不俗，娘親妳為何不早就告知我，我就不會一路上跟她針鋒相對，惹得她有事沒事就頂撞我。若是讓我過幾年娶了她做媳婦，以後再順勢結成道侶，對於我們清風城豈不是一樁大利好？」

婦人看著那張猶帶稚氣的漂亮臉蛋怒氣衝衝，像一頭雛虎，她不怒反笑：「你與那小女孩，都是有望登上『上五境』的修行巨材，所以你們的姻緣線就會更加複雜多變，一意孤行，刻意為之，反而不美。你真的以為現在那丫頭，只是全心全意討厭你？」

男孩皺眉道：「不然呢？」

婦人柔聲道：「順其自然吧。」

男孩突然一本正經道：「娘親，我不喜歡跟在劉羨陽身後的那個傢伙。從第一眼起，就很不喜歡！」

婦人好奇問道：「這是為何？」

男孩用心思考片刻，回答道：「這個傢伙，有些奇怪，他跟什麼都明白的盧正淳還有什麼都不懂的劉羨陽，都不一樣。還有，我尤其討厭他那雙眼睛！」

婦人只當是兒子又開始耍孩子氣，便勸解道：「小鎮之內，不可隨心所欲，但是你要想啊，這裡所有人在此方天地崩塌之後的下場，你心裡是不是就舒服很多了。」

男孩點了點頭，下意識重複說了初見陳平安時的兩個字：「螻蟻！」

出了小鎮，陳平安和劉羨陽很快就見到了那座廊橋。

劉羨陽隨口問道：「你說宋集薪他老子，為啥要蓋這座廊橋？蓋也就蓋了，又為啥偏偏要將以前那座石拱橋給覆住，聽說石拱橋也沒拆，就像穿了件衣服似的，不曉得到了夏天會不會熱，哈哈哈……」說到最後，劉羨陽被自己逗樂了。

廊橋這端懸掛一塊金字匾額，是一塊不知出自誰手筆的「風生水起」四字匾額，字極大。

兩個少年走上臺階的時候，劉羨陽狠狠跺了幾腳，神祕兮兮道：「姚老頭有次跟我說，這臺階底下有古怪。說剛剛建造廊橋那會兒，有天深夜，宋集薪他爹命人在這裡挖了個大坑，埋下一只等人高的大瓷罐。你怕不怕？」

陳平安沒好氣道：「這有什麼好怕的。」

兩人走入陰涼的廊橋，劉羨陽低聲道：「你說會不會是因為橋底下的那個深潭，淹死過好幾個人，需要請和尚道士來作法鎮邪？」

陳平安從不妄言鬼神之事。劉羨陽得不到答案，也就沒了興致。

這座新建沒多久的木製廊橋，如今還泛著一股淡淡的木香和漆味，主要梁柱的木頭，全是從封禁無數年的深山老林裡砍伐而來，極難搬運出山。繞山而行的小溪平時水位不高，遠遠不足以浮起那些巨大木料，只好挑選暴雨時分，但那時節山路泥濘濕滑，一個不小心就會掉入洪水當中，可謂極其危險，所幸那一次並無青壯百姓落水身亡。有人說那趟運木出山，學塾先生齊靜春親自前往幫忙，手把手教人如何運作，所以是托了齊先生的福，這才萬事平安。

到了北邊的廊橋臺階，劉羨陽突然一屁股坐在巨大的長條青石上，陳平安只得跟著他蹲在一旁。

劉羨陽笑問道：「如果不是因為我，你和宋集薪會不會成為很要好的朋友？」

陳平安搖頭道：「可能關係好一些，但也好不到哪裡去。」

劉羨陽好奇問道：「為啥啊，你們倆街坊鄰居的，又是差不多歲數。說實話，宋集薪是喜歡掉書袋，說話也難聽，可好像也沒做啥傷天害理的事情啊，你又是好相處的脾氣，怎麼就不行？」

陳平安笑道：「不聊這個，等下咱們到了鐵匠鋪，你千萬別吊兒郎當的，能不能保住你家的寶甲，就看你能不能當上阮師傅的入門徒弟了。」

「知道啦、知道啦，陳平安，說實話，你這喜歡叨叨叨的脾氣，以後真得改改，要不然能被你煩死。」

劉羨陽向後倒去，後腦勺擱在廊橋最上邊的臺階上，望著蔚藍天空道：「你跟著姚老頭走得很遠，爬山也爬得很高，那到底能看到多遠的風景啊？」

陳平安隨手拔出一根甘草，撣去塵土後就放在嘴裡咀嚼，含糊不清道：「最遠一次，應該是大前年的時候，我跟姚老頭來回一趟，大概是一旬時間，光是封禁的山頭就繞過十多個，最後走到一座很奇怪的山，高到嚇人，說出來你可能不信，爬到半山腰的時候，你一眼看去，就已經全是雲霧了，最後我和姚老頭好不容易才到了山頂，結果……」

劉羨陽等了半天，一直沒等到下文，轉頭笑道：「沒你這麼拉屎拉一半，就提起褲襠的啊！」

陳平安有些感傷，輕聲說道：「你也知道，姚老頭對我印象很差，幾乎從來沒有跟我說過道理，也不願教我燒瓷的真本事。每次進山，姚老頭都不愛說話，往往從進山到返回龍窯，加在一起，都沒幾句話。可是那次到了山頂之後，姚老頭大概是心情好，便多說了一些，說讓我看看那邊的風景，看到就算了，下山之後別多嘴，做人就該埋頭做事，如果光耍嘴皮子，以後就算出了小鎮也是丟人。」

劉羨陽安慰道：「不是我給姚老頭說好話，他不喜歡你，可也不討厭你，他對誰都是那副臭脾氣，也就到我這邊稍微好點。」

陳平安點頭道：「所以其實我心底一直很感激姚老頭。」

劉羨陽突然怒道：「扯了這麼多，你還沒說到底看到啥了！」

陳平安伸手指向東邊：「我們爬的那座山已經很高了，但是我在山頂看去，最東邊還有一座山，更高，我都說不出來它到底有多高。」

劉羨陽罵罵咧咧道：「不就是看到一座高山嘛，我他娘的還以為你看到騰雲駕霧的神仙了！」

陳平安想了想，充滿憧憬道：「說不定那座山上，真有神仙呢？」

劉羨陽笑問道：「陳平安，那你覺得神仙也需要吃喝拉撒不？」

陳平安揉了揉下巴：「如果神仙也要拉屎的話，比較不像話啊。」

劉羨陽一巴掌狠狠拍在陳平安腦袋上，然後站起身就跑：「這不，神仙就拉屎在你頭頂啦！」

劉羨陽下手沒輕沒重，這一下把陳平安打得有點暈乎，他也沒想著追打劉羨陽，起身後自言自語道：「打雷，是不是神仙們在睡覺打鼾？下雨的話，總不應該是神仙撒尿吧，那咱們也太慘了……」

陳平安加快腳步，很快就追上了劉羨陽。

打打鬧鬧，終於來到溪畔那座鐵匠鋪，連同黃泥屋和茅舍在內已經搭建了七、八棟，在陳平安眼中，這些都是大把大把的銅錢啊。

有一大撥小鎮少年和青壯年正在打井，同齡人多是劉羨陽這般的龍窯學徒出身，沒了皇帝老爺賞賜的那口瓷飯碗後，能夠在鐵匠鋪繼續混個鐵飯碗，已經算運氣很好的了。不過按照劉羨陽的說法，這些幫忙的人當中，多是臨時打雜幹活的短工，阮師傅說他最多只收幾個入室弟子，其餘人最多成為長工。

劉羨陽揮手道：「你在這兒等著，我去跟阮師傅打招呼去，看能不能帶你見識見識打鐵的光景。嘖嘖，你要是看到他閨女掄錘打鐵的模樣，我保證能嚇死你！」

陳平安站在原地，沒有隨意走動。

環顧四周，已經有七口水井的雛形了，井口還留著轆轤架子和圍欄，有些井口，不斷有人用頭頂著簸箕鑽出來。

看著忙碌打井的眾人，陳平安習慣性蹲下身，捏起一把泥土，在指尖緩緩摩挲。摸上去比較濕潤，但其實並不是水性土，恰恰相反，而是火性土，不過屬於火性土的最後一種，按照姚老頭的說法，這叫「七月流火壤」，土性會自行轉為溫涼，不算太燥，可塑性強，而且這意味著加固井壁的時候，不易塌方，是好事情。

顯而易見，鐵匠阮師傅即便不是挖鑿水井的行家，也絕對不是外行人。只是陳平安不太明白這麼點大的地方，鑿出這麼多口水井做什麼。

陳平安轉頭望向小溪方向，咧嘴一笑。現在這條無名小溪，落在他眼裡，那就是一座躺著金銀銅錢的寶庫。

只不過今夜摸完蛇膽石之後，陳平安要偷偷去趟泥瓶巷，按照顧璨離開小鎮之前的悄悄話，去他家那只大水缸底下挖東西。顧璨當時走得火燒屁股，也沒說啥，只說是他家的寶貝，連他娘親也不曉得東西被他藏在那裡了。

陳平安一想到那個鼻涕蟲，就想笑。

以前陳平安是劉羨陽屁股後頭的跟屁蟲，跟著劉羨陽抓魚、捕蛇、掏鳥窩，陳平安成為少年之後，自己身後也多出一個小跟班。

對無依無靠的陳平安來說，一個是他的哥哥，一個是他的弟弟；一個需要他報恩，一個需要他照顧，所以這麼多年下來，陳平安活得很艱辛，但是不苦。

第七章　拳譜

劉羨陽很快背著一只籮筐跑回來，陳平安正在水井旁邊觀看鑿井運土的情景。

劉羨陽對著陳平安屁股就是一腳，踹得陳平安差點來一個狗吃屎，回頭瞧見是劉羨陽之後，便沒計較。

劉羨陽大大咧咧道：「事情成了，阮師傅說讓我這些天，老老實實在這邊別亂跑，白天挖井，晚上打鐵，一旬半之後，我就算他在小鎮這邊的第一個徒弟，叫啥開山弟子來著。我給你弄了個籮筐過來，幫你摸石頭去，從鐵匠鋪這邊摸上去，摸到廊橋那邊為止。事先說好，青牛背那個地方的水坑，我是幫不了你的忙了，阮師傅說我這些天敢跨過廊橋以北、以西兩個地方半步，就打斷我的腿。」

劉羨陽一把摟過陳平安的脖子，竊竊私語道：「阮師傅說小鎮是不會丟東西的，還說那些外鄉人，遵守一條很古怪的規矩，做得了公平買賣的商賈，也做得了坑蒙拐騙的騙子，甚至連撿破爛的乞丐也能做，唯獨做不了鬼鬼祟祟的竊賊小偷。在這兒，老天爺不會打盹、不會閉眼，就盯著咱們看呢，你說瘆人不瘆人，反正我瘆得慌。」劉羨陽突然威脅道：「姓陳的，我家宅子你可以繼續住著，可是別等我回去，你已經把我家的那件寶甲給賣了啊！」

陳平安一拳捶在劉羨陽胸口，捶得劉羨陽連忙鬆手，使勁揉了幾下才緩過氣來，罵道：「瘦竹竿似的小毛猴子，哪兒來這麼大的力氣！難道跟姚老頭隔三岔五走個一百里山路，或是在深山裡砍柴燒炭幾個月，就能往死裡長氣力？」

陳平安笑道：「反正我背著一筐石頭，還能比你先跑回小鎮。」

劉羨陽斜眼道：「那咱倆比比誰在水底憋氣久？」

臨近溪畔，陳平安彎腰捲起褲管，隨口道：「只比一口氣的事情，我才不幹。」

下水之前，陳平安拔了許多溪畔春草墊在籮筐裡，還嘮叨說每撿二十塊石頭後，就要再墊些草。

劉羨陽煩得要把背後籮筐甩給陳平安，陳平安不答應：「換成我背籮筐的話，按照你那種毛躁性子，一定會直接丟石頭進籮筐，我會心疼。」劉羨陽差點當場就要撂挑子，這些個花花綠綠的石頭，千百年來始終一文不值，怎麼到了你陳平安這邊就金貴嬌氣起來了？還敢嫌棄劉大爺的手法不夠溫柔？

只是到最後，劉羨陽仍是不情不願地下水摸石，陳平安與之一左一右，打算將這條小溪澈底掃蕩一遍。這邊溪水依然多是膝蓋高低，一些個稍高處，才會水位及腰，偶爾也有等人高的小水坑，多是巨石聚攏的落腳處，到了這些地方，就是劉羨陽大顯身手的時候了。

他先將籮筐摘下遞給蹲在巨石上的陳平安，然後一口氣潛到水底，從龐然大物的大石縫隙，或是層層疊疊的石堆裡，掏出他想要的蛇膽石。當然，陳平安也做得到，只是會很辛苦，耗時耗力遠遠超過劉羨陽。

還沒有摸到廊橋，籮筐就滿了七、八分，其中有一塊墨綠色的蛇膽石，劉羨陽在一處深坑水底摸了三次，才好不容易摸出來。它大如手掌，夾雜有金色的星星點點，有水波狀紋路，石質堅細，入手極沉，當陳平安以手摩挲時，竟然爍爍然濺起鋒芒之感。只要不是瞎子，就知道這塊石頭很不一般。

最後兩個少年肩並肩坐在一塊溪中巨石上，劉羨陽雙手撐在石面上，望著緩緩流淌的溪水，問道：「陳平安，你想過以後要離開小鎮嗎？」

陳平安回答道：「暫時沒想過，出遠門總得有錢吧，而且離開之後，宅子怎麼辦，也沒人幫著收拾，萬一哪天垮了咋辦？而且我爹娘墳頭那邊，也需要我經常去拔雜草。」

劉羨陽無奈道：「你怎麼總想這麼多沒用的事情，沒意思啊，難怪宋集薪說你就是鬼打牆的命，在這麼個屁大的地方兜兜轉轉，一輩子都走不出去。」

陳平安轉頭笑問道：「你還記得上次我跟你說過的事情嗎，就是那棵樹。」

劉羨陽沒好氣道：「墳頭長了一棵樹，也值得大驚小怪的？再說了，那也是陳氏另外一支老祖宗的墳頭，跟你陳平安沒有半枚銅錢的關係！」

陳平安盤腿而坐，輕聲感慨道：「不知道小鎮以外，姓陳的人多不多啊。」

劉羨陽拆臺道：「小鎮以外的我不知道，我只知道在小鎮上，姓陳的只有小貓小狗三兩隻，而且除了你之外，好像全是那四姓十族的家生子，世世代代的奴婢身分。好笑的是，這些人在宅子裡頭當牛做馬，低頭哈腰，可只要出了那些大宅子，見到所有人都立即換了面孔，最喜歡狗眼看人低。所以姚老頭說得對，要是你陳平安哪天也去給他們當下人，那你們這一支沒有遷出小鎮的陳氏，就算全軍覆沒嘍。」

按照姚老頭的說法，姓陳的人最早在小鎮有兩支，只不過其中一支很早就遷了出去，陳平安這一支，以前也旺盛過，只不過這個「以前」實在是太久了，就連姚老頭也說不清楚是幾百年。五百年？八百年？還是一千年？後來又分成好幾房，人丁越來越稀少，運氣大概是都給外遷的那支帶走了，香火經常斷，以至於許多墳頭都漸漸沒人看管了，加上大部分墳墓所在的山頭，陸陸續續被朝廷派來的督造官下令變成了一座座封禁之山。

姚老頭最後一次帶陳平安進山，經過其中一座山頭的時候，指了個地方給他看，說那是陳氏另外一支老祖宗下葬的地方，墳墓就在那座山上，風水很好。至於陳平安這一支的，姚老頭說神仙也找不著了。近幾百年來，這一支姓陳的子孫都沒出息，盡是些破落戶，除了死撐著沒給四姓十族當奴做婢，一無是處。

陳平安有次偷偷去找過那座陳氏老祖的墳頭，結果到了地方，只是雜草，還看到了許多狐兔，就是沒看到墳頭，其中有一棵認不得的樹，不高，比鎮上的老槐樹要矮很多。雜草叢生，狐兔出沒，孤苦伶仃，一樹獨茂。

陳平安搖頭道：「我娘走之前，要我發過誓，可以當要飯的，哪怕餓死，也不許我給那些大戶人家當下人。」

劉羨陽脫口而出道：「那你娘親死前，不是還要你發過誓，絕對不可以去龍窯當學徒？」

陳平安臉色黯然，沒有反駁，也沒有被揭短後的惱羞成怒。

劉羨陽有些愧疚，但他又不是那種做錯事後願意說「對不起」的脾氣，只假裝什麼都沒有發生，起身道：「走了走了，挖井去。對了，我再跟阮師傅磨一磨，爭取讓你來這邊當個短工學徒，到時候想要摸石頭也容易。」

陳平安說道：「不急，等那兩撥人死心離開小鎮再說，這段時間我幫你看家。」

劉羨陽好奇問道：「你說為啥我跟阮師傅拜師學藝，就能逃過一劫？」

陳平安想了想，不確定道：「就像突然下雨，你總得找個屋簷躲躲吧？」

劉羨陽轉頭望向劍爐鐵鋪：「你說阮師傅到底是誰啊，看著不像是多厲害的人嘛，壓得住那兩撥人嗎？」

陳平安安慰道：「人不可貌相。」

劉羨陽轉頭說道：「你陳平安看著像是窮人，那你是不是窮人？」

陳平安咧咧嘴，無話可說。

劉羨陽站起身，問道：「要不要幫你背到廊橋那邊？」

陳平安搖頭道：「不用，也不重。」

「記得下次把籮筐還我。」劉羨陽說完這句話後，直接跳下巨石，在溪水中快步前行，濺起水花無數。

陳平安背起籮筐，小心翼翼下了巨石，上岸後，緩緩向廊橋那邊行去。

陳平安走了一段路程後，就聽到身後傳來一陣腳步聲，轉頭望去，是劉羨陽。

初春的和煦陽光下，劉羨陽搶過陳平安的籮筐，自己背起，轉頭譏諷道：「遠遠看你背著籮筐，就跟小螞蚱背大石頭似的，真是可憐，就發發善心，幫你背到廊橋那邊再說。」

春風裡，兩個少年一起走著。

「姓陳的，以後我要是學藝有成，一定要出去看看，娶到比稚圭還要好看的媳婦，喝最貴的好酒，住最大的宅子，還要騎最快的馬！

我要去看跟天一樣高的山，去看比咱們小溪大上無數的大河。

總之，我劉羡陽絕對不會這輩子都待在這裡等死。」

春風裡，劉羡陽憧憬著未來，陳平安細嚼著草根，一個說，一個聽。

陳平安將一籮筐石頭背回劉羡陽家院子，依然是揀選出最心儀、最有眼緣的幾塊石頭拿到偏屋，其餘依舊留在灶房那邊。鎖好屋門和院門後，跑向泥瓶巷，到了自家院子，看到寧姚正坐在院子裡曬太陽，陳平安打過招呼後就開始煎藥。

隔壁院子不斷傳來劈砍聲，這很奇怪，宋集薪雖說過著外人眼中沒爹沒娘的日子，但這麼多年一直衣食無缺，甚至手頭始終很寬裕，不敢說比四姓宅子裡的少爺過得好，比起十族嫡系子弟確實不差，文房四寶，案頭雅玩，書房清供，許多陳平安沒見過也沒聽過的奢侈物件，隔三岔五，一樣樣往宋集薪屋子裡搬。其實宋集薪那邊從來沒有真正的髒累活和體力活，醃菜太臭，宋集薪不許婢女稚圭去做；砍柴太累，宋集薪每年都是直接買來一捆捆的柴火、一袋袋上等木炭。

陳平安端藥湯給寧姚的時候，隔壁院子竟然還在斷斷續續劈柴，陳平安在寧姑娘喝藥的時候，忍不住走到院牆旁，踮腳望去，發現稚圭正拎著把菜刀，在砍殺「一個人」——是木頭製成的胚子。陳平安燒瓷多年，見過的好東西不少，砍過的樹木更是不計其數，所以一眼就看出大致深淺，那木頭色澤如玉，肯定是很老的物件，而且木偶身上布滿密密麻麻的紅點黑點，木偶已經被稚圭連砍帶剁，給劈成了好多截。

稚圭突然轉頭，發現了陳平安，滿臉汗水和汙漬的她抬起手臂，抹了把臉，牽強笑道：「你回來了啊，我先前想跟你借一把柴刀來著，可是你家那位客人，不願意給我開門。」

陳平安愣了一下：「我這就給妳拿柴刀去，一開始別太用力，柴刀不比菜刀，容易打滑，別傷到自己。」

稚圭坐在小板凳上，精疲力竭，揮手道：「知道啦，快點去拿呀。」

陳平安取來柴刀，稚圭已經站在院牆那邊，笑問道：「你知道那是什麼東西嗎？」

陳平安搖頭道：「不知道。」

稚圭也不給出答案，轉身繼續坐在小板凳上，使勁劈砍。

她那些生疏凝滯的動作，以及種種吃力不討好的錯誤姿勢，看得陳平安很著急，只不過人家既然沒要求幫忙，陳平安就不自作多情了，轉頭一看，發現寧姑娘已經不在院子。

陳平安記起一事，快步走向屋子，將一樣東西放在桌上，放到寧姚對面——那是塊蛇膽石，剛好能一手握在手心，如同一塊凍結凝固的蜂蜜，紋理細膩，顏色極正。

寧姚有些奇怪。

陳平安笑道：「寧姑娘，送妳的。」

刀不離身的寧姚突然問道：「你最喜歡這塊？」

陳平安有些難為情：「這塊……大概排第四吧，最好的三塊，我已經藏起來了。」

寧姚這才收下那塊石頭，雙指拈住，舉過頭頂，光線透過窗戶進入屋子，映照在石頭之上。

她仰起頭，眯起眼眸，仔細觀察石頭的微妙紋路。

她看著石頭。

陳平安看著她。

深夜裡，陳平安偷偷潛入泥瓶巷，如野貓夜行，無聲無息，悄悄來到顧璨家的院子。他找到那口擺在院子角落裡的大水缸，蹲下後，發現原本堆砌得整整齊齊的蛇膽石，已經被人翻揀得七零八落，好像此人比他還要更早知曉石頭的價值。

顧璨是小鎮唯一一個喜歡收集蛇膽石的怪胎，而且不管在小溪裡找到多少，每次只拿一塊回家，孩子只挑選最順眼的那塊石頭，日積月累，才攢下五、六十塊石頭，被他用來遮擋水缸底部的空隙。

陳平安挪開許多色澤已經暗淡的蛇膽石之後，看到水缸底部並無挖掘痕跡，這才鬆了口氣。

他開始用右手一點一點刨土，最後當他碰到黃油紙的時候，心頭一震，放緩了速度。最後他取出由黃油紙包裹的物件，看樣子，像是一本書。

藏入懷中後，陳平安重新將土填回去，再仔細看過了那些蛇膽石，剩下來的石頭，都「死」了，比起陳平安這兩次從小溪裡新撿起的石頭，無論是顏色、紋理還是重量，都截然不同，眼前這些石子，就像死氣沉沉的老人，而陳平安撈起的那些，就像初生的嬰兒，朝氣勃勃。

陳平安想了想，打算從自家宅子那個方向離開泥瓶巷。

他走到宋集薪家院門口的時候，聽到「吱呀」一聲，屋門打開，陳平安只得裝模作樣去敲自家門，喊道：「寧姑娘，睡了嗎，我回來拿點東西。」

屋內很快燈光亮起，寧姚給陳平安打開院門。

隔壁那邊，婢女稚圭慢悠悠走出屋子，懷裡捧著一本大部頭泛黃書籍，到了院子後，看到陳平安那邊的影影綽綽，她搖頭晃腦，嘴裡嘖嘖嘖，像是恰巧抓到了一對狗男女。

她獨自一人走在泥瓶巷裡，蹦蹦跳跳。她那金黃色的重瞳，在夜幕下小巷裡，顯得格外冰冷和神聖。纖細婀娜的她，如同一條遊走在狹窄石縫裡的蛟龍，好像只要走出了小巷，就要走江化龍。

寧姚雖然讓陳平安進了院子，甚至進了屋子，但是她的臉色很不好看，坐在桌旁，一條胳膊貼靠在刀鞘上，手指輕輕敲擊刀柄。

陳平安在確定稚圭走入小巷後，這才尷尬解釋道：「我是去顧璨家拿東西，結果她剛好要出門，我只好來這裡躲一躲，寧姑娘妳千萬別多想。」

寧姚問道：「什麼東西？」

陳平安猶豫了一下，掏出那黃油紙包：「我現在也不知道。」

寧姚轉過身，道：「你先自己打開看看，再決定要不要讓我知道。」

陳平安點點頭，坐在桌對面，打開一層層黃油紙，不斷有泥屑滾落在桌面，最後的的確確露出一本古書。

古書封面唯有二字，陳平安只認識其中一個字——山。

他將古書放在桌面上，掉轉方向推向寧姚，好奇地問道：「寧姑娘，這個字讀什麼？」

寧姚重新轉過身，低頭瞥了眼，說道：「撼。」

書名「撼山」。

撼山？

寧姚皺了皺眉頭，伸手就要去拿那本古書，不承想陳平安向後挪了挪。

寧姚在這一刻，身體僵硬，怒火中燒，好像從沒如此被人羞辱過。

堂堂寧姚，爹娘皆是十二境之上的大劍仙不說，她自己自誕生起，便被譽為最頂尖的劍仙胚子，哪怕離家出走這麼多年，也只是與人比劍或是鬥法輸過，從來沒有人會如此侮辱她的人格。一本破書，還需要她寧姚以下作手段去翻閱、偷窺、占有？

寧姚握緊刀柄，膣起那雙尤為矚目的狹長雙眉。

細眼朱唇，大概就是形容這位姑娘的了。

其實細看之下，寧姚容顏極美，只是渾身通透的英毅之氣，全然壓過了脂粉氣。

但是陳平安下一句話，擁有一種化腐朽為神奇的效果，讓寧姚差點憋出內傷來。

「寧姑娘，這書是從顧璨家拿來的，雖然我覺得這不算偷，但以後還是要還給顧璨的。不過我們是朋友了，所以不管這本書上寫了什麼，希望寧姑娘看過之後，自己知道就好。」

寧姚深呼吸一口氣，一拍桌子瞪眼道：「看什麼看，自己看去，我不稀罕！」

陳平安下一句話，更是讓寧姚感到哭笑不得：「寧姑娘，我不認識字啊，妳教教我？」

寧姚心思一轉，嗤笑道：「就不怕我占了你大便宜？你想啊，顧璨明擺著是承受大量祖蔭的傢伙，就連天然劍胚的劉羨陽也比不上，小鎮千年以來，也沒幾個人能夠媲美。那麼他小心翼翼珍藏起來的傳家寶，能差到哪裡去？你就不怕我見財起意？獨占了這本價值連城的祕笈？」

一盞燈火微微搖曳的油燈，昏黃光線下，陳平安微微笑著，也不解釋什麼。

寧姚冷哼一聲，挪了挪位置，示意陳平安坐到自己身邊，結果對面的陳平安半天沒抬屁股。

寧姚氣笑道：「我寧姚一隻手能打一百個你……」說到這裡的時候，寧姚自顧自地笑起來：「難不成你是怕我占你便宜？」

陳平安坐在寧姚身邊，有些忐忑，也有些緊張。

少女寧姚還沉浸在先前那句話的語境裡，越陷越深，自言自語道：「一隻手打一百個陳平安，嗯，這個說法，適用範圍很廣啊，見到誰誰誰，切磋之後，如果敗於我手，就撂下一句，『你才三千個陳平安的實力，也敢與我一戰』，感覺不錯唉；遇見一頭洪荒凶獸、一條大澤惡蛟，就告訴自己『這條孽畜相當於三萬個陳平安，快跑』，哈哈可以可以……」

陳平安只覺得莫名其妙，肩並肩坐著的寧姚，突然就傻呵呵笑起來。

寧姚笑得家徒四壁的陳平安突然覺得自己像個有錢人。

而陳平安和寧姚，此時此刻更不會意識到，「一隻手打一百個陳平安」這句玩笑話，在將來漫長歲月裡展現出來的分量和力氣。尤其是當陳平安不再是少年之時，越往後越是如此。

寧姚終於回過神來，咳嗽一聲，挺直腰杆，拿過古書，快速翻了幾頁，然後她合上書，一根手指在封面上點了兩下，轉頭對陳平安淡然道：「這是一部拳譜，拳法名『撼山』，如果按照江湖人的規矩，你可以稱之為《撼山譜》。」

陳平安滿臉期待：「然後呢？」

寧姚強忍著翻白眼的衝動，盡量讓自己鄭重其事地翻開一頁，那根嫩如青蔥的纖細手指指向扉頁序文，一邊向下滑動，一邊念道：「家鄉有小蟲名為蚍蜉，終其一生，異於別處同類，皆在搬運山石入水。我的拳法，分生死，不分勝負，重神意，不重招式，將此拳六式練至爐火純青之時，殺力巨大，動輒傷人肺腑至深……雖然《撼山譜》一直不曾躋身當世拳譜之清流高品，但我始終堅信，遍觀天下武學，必有此拳一席之地。希望有緣人，將其發揚光大……」

寧姚熬著性子，把序文一句句讀給陳平安聽。

薄薄一本冊子，整部拳譜的拳法才六式，序文篇幅倒是不小。

寧姚讀完序文之後，把拳譜推到陳平安身邊，拍了拍陳平安的肩膀，敷衍道：「好好收著啊，別遭了賊。」

陳平安點了點頭，小心翼翼伸出雙手按住那部古老拳譜。

寧姚看得一直想笑，這麼本書擱在桌面上，還能自己長腳跑了啊，還是你陳平安怕它會摔跤？

陳平安右手在衣襟上狠狠搓了搓，這才翻開書頁，序文一字字看過去，之後圖文並茂，反正他看得雲裡霧裡。

寧姚側身而坐，手肘抵在桌面上，望著陳平安的側臉，調侃道：「是不是覺得自己發大財了？以後砍柴要用金斧頭、吃飯要用金飯碗？」

陳平安沒有抬頭，仔細琢磨那些圖畫和天書一般的文字內容，直言不諱道：「其實方才我看到妳的眼神，就知道這本拳譜不會太好，不過沒關係，對我來說，它已經足夠好了。」

寧姚挑了一下眉頭，也開門見山道：「我見識過或者聽說過的東西確實是很好的東西，但是在這之外，我只分得出好東西、壞東西，可好東西有多好，壞東西有多壞，就很難說了。」

陳平安抬起頭：「那這本《撼山譜》，是屬於『好，又不算太好』的行列嘍？」

寧姚沒好氣道：「我是不知道該如何描述，這部破拳譜到底有多糟糕！」

陳平安眨眨眼，嘴角有些笑意，顯然早就心裡有數，只是跟寧姚打趣罷了。

寧姚伸手推刀出鞘寸餘，威脅道：「想被砍是不是？」

陳平安低頭看了眼她腰間的綠鞘長刀，由衷讚賞道：「很好看。」

寧姚坦然受之：「我寧姚親自揀選的刀劍，當然不孬！」

陳平安看著她，有些羨慕和佩服她的那種自信，哪怕她與自己同齡，還身處於人生地不熟的異鄉，但是無論何種處境，她都像是一輪朝陽，冉冉升起，勢不可擋。這一點，從陸道長跟她打交道時候的小心謹慎，心思敏銳的陳平安就感受得到。

陳平安情不自禁地說道：「如果陽光可以換銅錢多好！」

寧姚不明就裡，訝異道：「陳平安，你是不是想錢想瘋了？」

陳平安連忙轉移話題，翻到第一招拳譜：「寧姑娘，能不能幫我讀一遍這幅圖畫的文字？」

寧姚想了想，沒有拒絕，只是問道：「知道為什麼我第一眼，就判定這部拳譜不怎麼樣嗎？」

陳平安搖頭道：「我也很奇怪。」

寧姚笑了笑，乾脆在長凳上面向陳平安，盤腿而坐，指了指那部攤開的拳譜，耐心解釋道：「武人的武學祕笈和修行之人的鍊氣之法，一般都有三種記載方式，第一種就是這部《撼山譜》，用普通材質的紙張書頁，能夠保存多少年，看運氣，兵災人禍不說，經過漫長歲月的潮濕、蟻害等等，也會逐漸損毀消失，對吧？」

陳平安恍然，點了點頭。

寧姚繼續道：「所以，在這種以實物承載文字的方式當中，就出現了一條不成文規矩，就是注重材質的珍稀程度，即承載文字的東西，與文字內容的價值能夠相匹配，這就像你不會用榆木打造的盒子，去盛放一枚鎮國玉璽。」

陳平安若有所思。

寧姚略作猶豫，仍是對陳平安打開天窗說亮話：「接下來一種是不立文字，講究言傳身教。這些多是宗門幫派的壓箱底本事，往往祕不示人，或者有傳男不傳女等繁縟規矩，甚至許多所謂的嫡傳弟子、入室弟子，也未必能夠盡得真傳。真傳真傳，便在於此。」

寧姚嘆了口氣：「至於最後一種，是只可意會，不可言傳，連說也說不得，說也無法說。打個比方，這趟進來小鎮的兩股勢力，雲霞山的蔡金簡，她的雲霞山，有『觀雲海一事，雲海滔滔，雲霧霞光尤為特殊，蘊藉靈氣，被你們東寶瓶洲鍊氣士譽為『天上尤物』，有些能夠自行幻化成歷代祖師爺，若有機緣者，就能與之會晤交流。而正陽山之巔的濃郁劍氣，據說陰差陽錯，因緣際會，也會出現正陽各峰老祖的劍靈，演化劍道，至於能否看到只看福分大小，不看身分貴賤，不看修為高低。」

寧姚最後說道：「當然了，三種方式也無絕對高低劃分。第一種方式，若是將文字刻在玉碟之上，或是七十二福地之一的竹海福地，專門出產一種玄之又玄的洗字竹，就要另當別論了。除此之外，還有不計其數的古怪物品，你只要走得夠遠，就總能遇到驚喜。大千世界，無奇不有。你以後最好還是要出去走走，不說奢望離開東寶瓶洲，離開這座天下，好歹爭取走到大驪王朝的版圖邊境上。」

陳平安「嗯嗯嗯」著，明顯心思都牽掛在那部拳譜上，他指向一個字：「寧姑娘，這個唸啥？」

寧姚氣不打一處來：「滾！」

陳平安一臉懷疑，寧姚怒目相視，指著那串文字：「真唸『滾』！此拳悟自大驪觀雨，拳勢滾走之勢，拳罡如潑墨大雨，跌落人間後，滾走於大驪皇宮之龍壁，傾瀉直下！」

陳平安凝神望著那幾幅一氣呵成的拳勢圖，排兵布陣一般，擠在一頁之內，所以每個揮拳小人的圖畫都不大，加上炭筆畫工並沒有如何精細，也虧得是陳平安眼力好，在昏暗燈光下依然看得纖毫不差。他聽到寧姑娘那些聽不太懂的話語後，呢喃道：「聽上去這一式拳法很威猛啊。」

寧姚微微湊過腦袋，看著那幾幅畫譜，點頭道：「有一招拳法，在江湖上傳了幾千年，都沒有失傳，跟這一招拳譜有幾分神似啊。」

陳平安轉頭好奇問道：「怎麼說？」

昏黃燈火中，寧姚長眉微彎，如春風壓彎了一束桃枝。

她忍住笑意道：「江湖上有套老少鹹宜的拳法，叫王八拳，一頓瞎掄，保管能夠亂拳打死老師傅。」

陳平安無奈道：「哪有妳這麼說的。」

陳平安在腦海中想像了一番，這可不就是顧璨的拿手好戲和成名絕學嗎？記憶當中，顧璨他娘親在很多年前，好像有過一場不那麼美好的爭執，是在杏花巷的一間脂粉鋪子門口前。

那時候顧璨才剛剛會走路，顧璨他爹因為是外鄉人的緣故，又多年不在家，早已被泥瓶巷的街坊鄰居忘記。那時候婦人們開始憂心，憂心自家男人在經過顧氏寡婦家門口的時候，就會不由自主地放慢腳步，僅僅是竹竿上晾曬著的婦人衣物，就輕而易舉將男人的魂魄勾走了。

後來有一次，馬婆婆便召集五、六個婦人，連袂去堵顧氏的院門，顧氏在那一戰當中，吃了不少虧，但是馬婆婆她們也沒占到多大便宜，兩敗俱傷。只不過越到後邊，顧氏終究勢單力薄，雙拳難敵四手，就連衣衫也被扯碎。她衣衫本就單薄，一時間難免春光乍泄，更讓那些自慚形穢的婦人們失心瘋，抓撓撕咬，無所不用其極，看得巷子周圍的男人們一個個咽口水。

好在當時陳平安恰巧從龍窯回到小鎮，這麼多年一直得到顧氏照拂，就上去幫顧璨他娘擋下許多陰險招式。從頭到尾，陳平安沒敢還手，他不是怕惹麻煩，而是怕自己一拳就打死人。

那個時候的他，在姚老頭的呼喝聲、謾罵聲中，已經走過無數山和水，才十二、三歲，就走過了很多小鎮老人幾輩子的路。

那會兒，他和顧氏坐在院門口，顧璨始終被關在門內，大概是她不希望孩子看到他娘親的狼狽模樣。

陳平安轉頭望去，給顧氏指了指嘴角位置。

顧氏隨意撇了撇嘴，然後伸出大拇指，重重擦掉嘴角的血跡。

顧璨在院子裡哭得撕心裂肺，一聲聲喊著娘親。

顧氏先是對陳平安笑了笑，然後嘩啦一下，眼淚就滾出了眼眶。

第二天，陳平安身邊，就多了一個不情不願的拖油瓶。

寧姚的問話打斷了陳平安的幽幽思緒：「你想什麼呢？」

陳平安問道：「妳說顧璨和他娘離開小鎮後，隨了截江真君去了那座書簡湖，真能過上好日子嗎？」

寧姚反問道：「你覺得他們母子在泥瓶巷過得不好？」

陳平安想了想：「顧璨那小子沒啥良心，年紀又小，肯定沒覺得日子難熬，不過顧璨他娘……應該不會覺得小鎮是個好地方，尤其是泥瓶巷和杏花巷的女人，她一個都不喜歡。而且我覺得顧璨他娘吧，好像天生就不該在小鎮這邊，她總覺得很不甘心。如果按照姚老頭的話來說，就是心不定，男人心不定，叫志在遠方；娘們心不定，就要紅杏出牆。

可我覺得這話說得不太對……」

寧姚猛然直起腰，一拍桌子：「扯什麼扯，還要不要學拳譜！」

陳平安嚇了一跳：「寧姑娘妳繼續說。」

寧姚沒好氣道：「與你說修行，並無意義，因為你註定無法修行。所以我只能跟你說武學，說武道。」

陳平安剛想說什麼，寧姚已經兀自往下說去：「天下武道分九境，當然有人也說其實九境之上，還有第十境，就像各大王朝都會豢養一群棋待詔……」說到這裡，寧姚心情又好了許多，笑咪咪問道：「陳平安，知道什麼叫棋待詔嗎？」

陳平安當然老老實實搖頭。

寧姚臉上光彩流溢：「圍棋高手，九段品秩最高，就等於官場的一品大員吧，但是有一些百年一遇的天才，會被譽為『十段國手』，然後這些人就會有各種花哨、獨有的頭銜，你們大驪王朝的棋待詔啊，特別丟人，據說你們的九段，只等於隋朝的七段實力，整個大驪也就一個綽號『繡虎』的傢伙，被隋朝的棋壇視為真正敵手。哦，對了，你知道啥叫圍棋嗎？」

陳平安點頭道：「知道，規矩也懂些，就是自己不會下。宋集薪和稚圭家裡就有棋盤和棋子。」

寧姚滿是失落：「這樣啊。」

寧姚繞了半天，陳平安仍是不曉得「九境」到底是個啥。

寧姚似乎也意識到自己有點不可靠，咳嗽一聲，鄭重其事道：「我娘說過，武道九境，一步一臺階，但是哪怕等你登頂第九境，最後的景象，就像身處一座山，抬頭望向遠處的另外一座山，卻只看到了半山腰。」

陳平安若有所思：「我懂了。」

因為他親眼見識過這幅畫面。

寧姚也不在意陳平安是否真懂，說道：「武道九境，分鍊體、鍊氣和鍊神，各有三層境界，步步登頂，一步差不得，更錯不得，走得越堅實越好，走得快慢與否，反而沒有那麼重要，這與修行是不太一樣的。

鍊體三境界，第一層泥坯境，聽意思就知道，跟你宅子所在的這條泥瓶巷一樣，粗糙不堪。不過修至巔峰圓滿，自身如一尊泥菩薩，雖是泥塑，卻也有幾分不俗氣象，氣沉丹田，不動如山，算是在武道一途真正入門了。總之，這一層的精髓在於一個『散』字以及一個『沉』字。習武之人的天賦高低，悟性的好壞，領路的師父一下子就能看出來。

第二層木胎境，寓意你的體魄開始由粗漸細，大成之時，肌膚紋理精密有序，如通體篆刻符籙，就像……對，就像這塊從溪裡摸出來的蛇膽石，跟一般的鵝卵石，內裡其實已經截然不同。這一層境界的深意為『開山』，拓寬經脈，把一條狹窄如羊腸小徑的經脈變成能夠容納馬車通行的陽關大道。習武之人的根骨好壞，會在這個境界當中高下立判。」

說這些話的時候，寧姚高高舉起那顆陳平安贈送的石子。她凝視著燈火映照下的漂亮石頭，輕聲道：「鍊體最後一境界，名為『水銀境』。血液濃稠如水銀，重量卻更加輕盈，氣血凝聚合一。突破門檻，需要渡過一劫，叫『泥菩薩過江』。能否成功走過最後一個門檻，鯉魚跳龍門，就得看習武之人的運氣了。」

陳平安聽得懵懵懂懂，癡癡地望著那盞油燈，燈火搖曳，心神隨之搖曳。

寧姚打了個哈欠，趴在桌子上，懶洋洋道：「說到這裡就差不多了，錬體三境界，已經將八成入品武人擋下來了，再難更進一步。要知道窮學文、富學武這個道理，除了我家鄉，其餘天下皆然。按照你的家底以及你的悟性，我估摸著這輩子能夠到達第二層境界，就該燒高香了。」

陳平安問道：「那這本拳譜怎麼練？」

寧姚挑了一下眉頭：「明天再說，我有些睏。」

陳平安「嗯」了一聲：「那我拿籮筐去撿石頭了，明天再來找寧姑娘。」

寧姚說道：「如果你放心的話，拳譜留下來，我再看看有沒有紕漏，會不會是陷阱之類的。」

陳平安笑道：「好的，可是寧姑娘記得小心些，這本《撼山譜》，我以後還要原原本本還給顧璨的。」

寧姚轉頭皺眉道：「你要說幾遍才放心！」

陳平安笑著去角落背起籮筐，離開屋子的時候不忘提醒道：「寧姑娘別忘了鎖院門。」

寧姚趴在桌子上，沒有轉頭，擺擺手，有氣無力道：「知道啦、知道啦，你怎麼比我爹還話多啊。」

陳平安身輕如燕，身影沒入小巷。

等到陳平安約莫著已經離開泥瓶巷，寧姚立即直起身，以視若仇寇的眼神，狠狠盯著那部《撼山譜》，然後整個人瞬間垮了下來，再次趴在桌上，愁眉苦臉，自言自語道：「這玩意兒怎麼教啊，我生下來就是世間第一等的劍仙之體，哪裡需要走這些山腳的路程。我連三百六十五座竅穴的名字也記不全，氣息如何自然流轉，我打從娘胎起就會了啊……」少女雙手撓頭，悲憤欲絕。

突然有一個嗓音在門外怯生生響起：「寧姑娘？」

寧姚身體僵硬地緩緩轉身，看到一張極其欠揍的黝黑臉龐。

她板起臉，不說話。

陳平安咽了咽口水，歉意道：「我是怕妳忘了鎖門，就來提醒一聲。再就是如果寧姑娘晚上肚子會餓的話，我可以先去劉羨陽家做些宵夜給寧姑娘拿過來，之後再去小溪那邊。」

寧姚大手一揮，陳平安立即跑路。

一路上，陳平安腦海中都是拳譜第一式的圖畫。

拳走人動，腳不離地，如蹚爛泥，勢如大雪及膝，緩緩而行。

陳平安自己都沒有察覺到，當他試圖按照圖譜去練習拳架後，他不由自主轉變了每次呼吸的快慢長短。

陳平安甚至異想天開，在溪水當中練拳，豈不是更好？

齊靜春身前放著兩枚印章，由最上等蛇膽石雕刻而成，皆不大，且都尚未篆刻印文。

白天，那位氣質溫潤如玉的讀書人造訪學塾，之後兩人私下對話，遠道而來的儒家君子問了他一個問題：「先生可想繼承某人遺願，繼續為萬世開太平？」

齊靜春當時回答道：「容我考慮考慮。」

這顯然不是一個令人滿意的答覆，不過那位享譽半洲的年輕君子沒有咄咄逼人，與慕名已久的齊先生，聊了聊小鎮的風土人情和小鎮之外的風雲變幻，然後就告辭離去了。

從頭到尾，年輕君子都沒有詢問那塊玉牌如何處置。

齊靜春心知肚明，東寶瓶洲儒教書院的這位君子可以忍，道教宗門的那對金童玉女、佛教大小禪寺的護經師、那位蜚聲海外的苦行僧以及兵家的代表人物，這三方勢力都不太可能會顧忌山崖書院的顏面，尤其不會聽從他齊靜春的意願，肯定會毫不猶豫取回各自勢力的壓勝之物。

不過這些都是意料之中的事情。

齊靜春正襟危坐，手握刻刀，破天荒有些為難，不知如何刻寫印章的篆文。

「殺身成仁，捨生取義」對這個孩子來說，好像太大了一些，不妥當也不吉利。「安心在平，立身在正」是不是太虛了一些？可如果是兩枚隨手鑿就的急就章，好像又顯得太沒有誠意了。

齊靜春轉頭望向窗外的夜空，夜幕當中，星星點點，如一顆顆夜明珠懸掛於一張黑幕之上。

齊靜春怔怔失神，良久才回過神來，一手拿起印章，開始下刀。

最終刻出「靜心得意」四個古樸篆文，尤其以為首之「靜」字，最為神意飽滿，包羅萬象。

齊靜春輕輕放下手中印章，底款這面朝上，如釋重負。

這位兩鬢霜白的儒士心意微動，便隨手揮袖，只見桌面上很快「風生水起」，山川起伏，依次展開。最後齊靜春凝神望去，看到小鎮陋巷的破落祖宅當中，陳平安和寧姚並肩而坐，聊著武道九境的概況。

武道九境之上，有第十境。

齊靜春早就讀書破萬卷，對於廟堂江湖更不陌生，自然曉得武道之事。

齊靜春那張近乎古板的臉龐上浮現出一些笑意。

於是這位坐鎮一方天地的儒家聖人，開了一個無傷大雅的玩笑。

他在第二枚私章上篆刻三字——陳十一。

陳平安想著以後若是白天摸石頭的話，可以從劉羨陽那邊摸起，一直往上游，到那座廊橋為止，所以今夜就選了第一次下水位置的更上游，會遠離廊橋，以及那個被土話稱為青牛背的青色石崖，即陳平安初次見到青衣少女的地方，他也因此錯過了與宋集薪和督造官的見面。

廊橋那邊，高高掛著「風生水起」四字匾額。

白袍玉帶的男人名義上是窯務督造官，實則是大驪第一權勢藩王，在他的帶領下，宋集薪來到廊橋臺階底部。宋集薪來到廊橋臺階底部。來之前，宋集薪不但在官署沐浴更衣，還懸佩香囊和一枚材質普通的龍形玉佩，色澤黯淡，毫不起眼。反倒是那塊無論質地、品相還是寓意，都要更為出彩的老龍布雨玉佩，被宋長鏡強令摘掉，絕對不許懸佩。

宋集薪手裡捧著三炷香，站在臺階下，不知所措。

大驪藩王宋長鏡轉過身，伸出一手，雙指在三炷香頂部輕輕一搓撚，香便被點燃了。

宋長鏡隨意道：「跪下後，面朝匾額，磕三個響頭，把香火往地面上一插，就完事了。」

宋集薪雖然滿腹狐疑，但仍是按照這個從天而降的「叔叔」所說，捧香下跪三磕頭。雖然宋長鏡說得雲淡風輕，可是宋集薪跪下後，他臉色凝重，極為複雜，看著宋集薪磕頭的那處地面，流露出隱藏極深的憎惡。

將三炷香插在地面，起身後，宋集薪問道：「在這裡上香，沒有關係？」

宋長鏡笑道：「也就是走個儀式而已，不用太上心。就從現在開始，先學會逢場作戲吧，要不然以後你可能會忙得焦頭爛額。」接著宋長鏡收起笑意：「只不過也別忘了，這座廊橋是你的……龍興之地。」

宋集薪嘴唇烏青，不知是不是倒春寒給凍傷的。他故作輕鬆道：「這四個字，不好隨便亂用吧？」

宋長鏡一手拍打肚子，一手扶住腰間那根白玉帶，哈哈笑道：「到了京城自然如此，在這裡便無妨了。既無廟堂家犬，也無江湖野狗，不會有人逮著本王一頓亂咬。」

宋集薪好奇問道：「你也怕被人非議？」

男人反問道：「本王在大驪王朝，已經打遍山上、山下無敵手，如果再沒有一點怕的東西，豈不是比那個坐龍椅的人還舒坦？小子，你覺得這像話嗎？」

宋集薪略作思量，猶豫之後，仍是下定決心開口問道：「你是在韜光養晦，還是養寇自重？」

男人啞然失笑，伸手指了指鋒芒畢露的宋集薪，搖頭道：「這些大逆不道的言語，你也真敢說，太不知輕重利害了。以後到了京城也好，還是去山上某座仙家府邸暫避風頭，本王勸你一句，別如此言行無忌，否則肯定會倒大楣的。」

宋集薪點頭道：「我記住了。」

宋長鏡指向金字匾額：「『風生水起、風生水起』，本王問你，『水起』怎麼個起法？」

宋集薪乾脆俐落道：「不知。」

宋長鏡嘀咕了一句：「知之為知之，不知為不知，是知也。什麼狗屁話，讀書人就是花花腸子，放個屁也要來個九曲十八彎。」不過面對宋集薪，宋長鏡要稍稍文雅一些：「如果本王沒有記錯，你們小鎮三千年來，不管發多大的洪水，這條小溪的最高水位，從來沒有高過鏽劍條的劍尖。」

宋集薪疑惑道：「家住杏花巷鐵鎖井那邊的老人，確實經常在槐樹底下，跟我們念叨這個說法。這其中，當真有玄機？」

宋長鏡伸手指向極遠處，是小溪離開群山之出口處，笑道：「山林之間，蛇有蛇道；屋舍之內，鼠有鼠路。至於這江河溪澗之中，則是蛟有蛟道。」

宋長鏡縮回手指，耐心解釋道：「大驪王朝眾多地方，其實也有許多橋下掛劍的習俗，只不過那些銅錢劍、桃木劍或是符籙劍往往擋得住一次山蛟林蟒入江，再也擋不住第二次。甚至許多懸掛法劍之人道行淺薄，一次走江的威力也經受不住，反而惹惱了洪水當中的蛟龍之屬，故而洪水一過，本來可以不用倒塌的橋塌了，劍更是沒了蹤跡。唯獨這一處的這一把劍……」

宋長鏡話說了一半，就沉默下去了。

宋集薪一直忍著沒有追問。

宋長鏡嘆了口氣，道：「唯獨這把劍，從懸掛在橋下的第一天起，就不是針對什麼蛟龍走江的，而是被聖人用來鎮壓那口鎖龍井的出口。所謂出口，也就是橋底下的那口深潭，防止龍氣流溢渙散過快，以免將這一方小天地給強行撐破。」

宋集薪一針見血問道：「天底下最後那條真龍，到底有沒有死？」

宋長鏡笑道：「三千多年前那場屠龍之戰，死了不計其數的鍊氣士，就連三教聖人和百家宗師也多有隕落，你小子是當他們所有人都是腦子有坑，還是聖人一大把歲數都活到狗身上了？故意留著最後一條真龍，當作一般的花鳥魚蟲來豢養啊？」

宋集薪反駁道：「說不定是無法澈底殺死那條真龍呢？只能用上緩兵之計和蠶食之法。我雖然不知數千年之前，聖人的初衷和謀劃，但是我猜得出那條真龍絕對不簡單！」

宋長鏡搖頭之後，又點了點頭：「你說對了一半，真龍是已死無疑了，至於它的真實身分和象徵意義，『不簡單』三個字可絕對承載不起。」

宋集薪欲言又止。

「總之，大驪所有謀劃，付出無數心血，只是為了『風生水起』，為了將來的南下大業。」男人率先走上臺階，緩緩道：「你要是問本王，三千多年前聖人們為何要屠龍，本王不好回答你。可你要是問為何把你丟在這裡，你又為何是大驪嫡出的尊貴皇子，本王倒是可以一五一十告訴你真相。」

宋集薪低著頭，看不清表情。

宋集薪不問，宋長鏡自然也就不自作多情，當他走到臺階最高一層後，轉身面向小鎮：「以後氣量大一些，跟劉羨陽之流做意氣之爭，甚至還起了殺心，你也不嫌掉價？」

宋集薪坐在臺階頂部，與宋長鏡一起望向北方，問了一個風馬牛不相及的問題：「我們大驪在東寶瓶洲的最北端？」

宋長鏡點頭道：「嗯，被視為北方蠻夷近千年了。如今不過是拳頭夠硬，才贏得一點尊重。」

宋集薪依然低著頭，只是眼神炙熱。

宋長鏡平淡道：「到了京城，要小心一個綽號『繡虎』的人。」

宋集薪一頭霧水。

宋長鏡笑道：「他如今便是我們大驪的國師，更是你那位同胞弟弟的授業恩師。我大驪能夠在近五十年當中，由開國七十郡、八百城，變成如今的一百四十郡、一千五百城，疆土擴張如此之大，此人有一半功勞。」

宋集薪猛然抬頭望去。

宋長鏡笑了：「小子，你猜得沒錯。」

宋長鏡也坐在臺階上，雙手撐在膝蓋上，舉目遠眺。

另一個為大驪開疆拓土的功勳，顯而易見，遠在天邊、近在眼前。

宋集薪這一刻，渾身顫抖，頭皮發麻。

兩兩無言，長久之後，宋集薪突然說道：「叔叔，我雖然對劉羨陽有殺心，之前甚至考慮過跟老龍城的苻南華做交易，讓他想辦法殺掉劉羨陽。但是，我心裡從來沒有覺得一個劉羨陽有資格跟我平起平坐，哪怕他擁有一份歷史悠久的家族傳承。我殺他，只是覺得殺了他，我也不用付出多大的代價，僅此而已。」

宋長鏡有了一些興致：「如此說來，你另有心結？」

宋集薪摸了摸脖子，沉默不語。

三更半夜，萬籟寂靜。

小鎮竟然還有人走在街道上，她身影纖細，衣衫單薄。

當她走過杏花巷鐵鎖井的時候，有些咬牙切齒；當她經過牌坊樓的時候，還狠狠踹了一腳石柱；最後她來到那棵枝繁葉茂的老槐樹下。

按照老人的說法，這棵樹不知活了多久，而且無論什麼時候掉落枯枝，從不會砸到人，極有靈性。

大搖大擺來到樹底下的稚圭，當然對這些說法相當不屑一顧。

她打開那部從自家公子那裡借來的古書，開始「按圖索驥」。

她一個一個報名字過去，像是沙場秋點兵的大將。

等到有些口乾舌燥的時候，她停下點名，一手拿著那本被宋集薪稱為「牆外書」的地方縣誌，一手指向槐樹，仰頭罵道：「給臉不要臉是不是！」

悄然無聲，並無答覆。

稚圭立即跺腳，破口大罵：「四姓十族，先從四姓開始，盧、李、趙、宋，你們四大姓識趣、識相一點，趕緊的，每個姓氏最少掉三片槐葉下來，少一片槐葉，我王朱這輩子就跟你們沒完！出去之後，一個一個收拾過去，管你們是少年青壯，還是婦孺老幼，反正都是一群養不熟的白眼狼，忘恩負義還有理了？」

她罵得氣喘吁吁，一手扶住腰肢，猶然罵罵咧咧：「姓宋的，大驪王朝能跟你們姓，最大的功臣是誰？你們心裡沒數？跟我裝傻是不是？信不信我一出去，就讓大驪姓盧姓趙姓什麼都行，就是不姓宋？

十大家族，每個姓氏兩片槐葉，其餘普通姓氏，最少一片。當然，誰若是有魄力押注，多多益善，回頭我一定讓他賺個盆滿缽盈！

十族裡的曹家，對，就是出了個王八蛋曹曦的曹家！這兔崽子當年什麼噁心事不做，穿著開襠褲的時候就一肚子壞水！你們除了兩片槐葉之外，必須多給我一片，作為補償，否則我王朱發誓出去之後，一定要讓曹曦斷子絕孫！竟然敢往井裡撒尿，這種缺德鬼，是怎麼當上一國真君的？

還有那個謝家，你們家族出了一個叫謝實的傢伙，對不對？嗯，我跟他有點交情，當初如果不是我，他早就給洪水沖走了，所以你們不多給一片槐葉，說得過去？」

遠處，齊靜春安安靜靜望著槐樹下的景象，不言不語，如一位只會打板子教訓子女的嚴父，看待一個越大越驕縱的子女，有些無奈。

當看到稚圭不斷翻書，然後那一片片離開枝頭的槐葉，紛紛飄落到一頁頁書之間時，齊靜春又有些欣慰。

千言萬語，齊靜春最後只是呢喃道：「離家以後，要好好的。」

稚圭似乎有所感應，驀然回首，並無人影。

她悵然若失，晃了晃腦袋，不再深思，回頭繼續罵槐。

陳平安背起籮筐上岸後，往青牛背那邊走去，不知道是不是錯覺，他覺得小溪水位好像下降了一些。

臨近青色石崖，他突然停下腳步，因為他清晰地看到不少人站在那邊，每人的容顏幾乎纖毫畢現，之所以如此，並非星光璀璨的緣故，而是那座青牛背上，站著一頭雪白麋鹿，通體晶瑩，散發出絲絲縷縷的白色光線，如同小溪裡隨水搖晃的水草。

白色麋鹿低下頭顱，一個身穿大紅棉襖的小女孩則使勁踮起腳，伸手撫摸牠的鹿角。之外是兩個身穿道袍的年輕男女，不知道是不是白色麋鹿光線映照的關係，男女兩人肌膚勝雪，晶瑩剔透。打個比方，若說小鎮百姓是泥坯子捏的土人，那麼這兩個外鄉道人就是燒造而成的精美瓷器，真真正正有著天壤之別。

男女道袍的樣式，跟擺算命攤子的陸道長有些像，又有很多細節不同，道冠是最不一樣的，陸道長是蓮花冠，這兩人頭頂的道冠則形若魚尾。

陳平安怔怔望去，只覺得站在白色麋鹿旁的男女宛如神仙掛像裡走出的人物，彷彿下一刻就會飄然飛升而去，摘星拿月，唾手可得。

另外兩人稍稍站得遠一些，一人陳平安認識，正是鑄劍師阮師傅的女兒，青衣少女這次沒有攜帶裝滿食物的包裹，一手托著塊小繡帕，上面只放著幾塊玲瓏可愛的糕點。她低著頭，很猶豫的模樣，不知道從哪一樣吃食下手。她身邊之人，三十來歲，背負長劍，腰懸一枚怪異佩飾。

陳平安看到他們的同時，幾乎所有人也察覺到他的突兀出現，年輕道姑有些訝異，便彎下腰揉了揉紅棉襖小女孩的腦袋，一邊指向陳平安這個方向，一邊竊竊私語。

小女孩豎起耳朵聽那位神仙姐姐的問話，使勁睜大眼眸，定睛望去，依稀認出陳平安的模樣後，就開始竹筒倒豆子，應該是在給白色麋鹿的主人——那位神仙姐姐解釋陳平安的身分來歷。

這一刻，陳平安也認出那個八、九歲的小女孩了，最早見面，是他去龍窯燒瓷之前，曾經就在泥瓶巷遇到過的一個紮羊角辮兒的小女孩，年紀很小，手裡拿著一隻紙鳶，兩條瘦竹竿似的纖細小腿，跑得卻跟風一樣，讓陳平安尤為記憶深刻。

後來又斷斷續續見到過幾次，有次小女孩趴在鐵鎖井井口，往裡頭偷偷丟石子，被陳平安無意間撞見，小女孩嚇得趕緊跑開，跑出去十數步才記得糖葫蘆落在井口上，實在熬不過嘴饞，就又跑回鐵鎖井。這一去一回，太過倉促，結果啪唧一下，整個人撲倒在地上，站起身後一把抓過糖葫蘆，然後猛然停下腳步，張開嘴巴，伸手拔下那顆搖搖欲墜的牙齒，放入兜裡，不哭不鬧，二話不說繼續跑路，那一幕看得陳平安滿頭冷汗。

最後一次見到她，是在荒草叢生的那片神像破敗之地，是去年秋天的一個黃昏，陳平安離開龍窯回到小鎮，四處閒逛，結果看到忙著捉蟋蟀的她，在草叢裡四處打滾、蹦跳、飛撲，她看到陳平安後，顯然也認出了陳平安，又是一陣清風遠遁而去。

後來陳平安聽顧璨說，這個整天髒兮兮的小姐姐，雖然看上去是個無人管束的野丫頭，但其實是福祿街李家的人，而且不是僕人丫鬟那種。只不過不知道為啥，她就是喜歡一個人瞎逛蕩，家裡人也不管。

顧璨最後說到她的時候，滿滿的驕傲和鄙視，說她別看跑得快，人可笨了。有次他們兩人湊巧一起在溪水裡抓魚，那個笨蛋忙了一下午才抓到一隻螃蟹，一條石板魚也沒逮著，她之所以能抓住那隻大螃蟹，還是因為螃蟹的蟹鉗狠狠夾住了她的手指。顧璨當時在陳平安屋裡說這個，笑得在小木板床上摀住肚子打滾，說她是真傻，竟然還故意揚起手，跟他炫耀，好像抓到一隻螃蟹有多了不起似的，關鍵是當時她明顯已經被蟹箝夾得快哭了。

面容英俊的年輕道人瞥了眼白色麋鹿，對年紀輕輕的道姑笑道：「賀師姐，讓妳小心些，不要太寵溺牠，不過是不到一旬的時間，再者障眼法而已，也不妨礙牠的自由，妳偏偏不聽。這下給凡夫俗子撞了個正著，如何是好？」

有傾城之姿的道姑在聽完小女孩的介紹後，微笑道：「順其自然吧。」

年輕道人皺了皺眉頭，再次舉目望去，一眼之後，又端詳片刻，實在看不出背著籮筐的草鞋少年有什麼不俗氣象。他們所在宗門，看相望氣和尋龍點穴的本事，雖算不得冠絕一洲，但也算是頗為擅長，他既然能夠代替宗門來此取回壓勝之物，還要負責把那件鎮山之寶安然無恙地帶回去，未來還要呈交給上宗，當然絕非池中之物，所以當他沒有看出陳平安有太多奇異之後，便沒了將其招徠進入山門的心思。年輕道人精於看相，不覺得自己會看錯人。

兩人所在師門，是東寶瓶洲的道家三宗之一，而且是一洲道統之首宗，尊貴無比。他這次和賀師姐兩人連袂出山，作為報酬，每人都有一個為宗門招收真傳弟子的寶貴名額，這名弟子同時會被他們各自收為徒弟，所以他可不想隨意揮霍，必須慎重對待。

宗門上下皆知，賀師姐重修心一事，所以一句輕描淡寫的順其自然，極有可能就是動了收徒的念頭。

他和賀小涼被譽為東寶瓶洲的金童玉女，一洲道家的天之驕女，便是人間君王遇到他們也要以禮相待，並且禮儀之重，完全不輸大國真君。因為他們是一洲之內，最有望躋身上五境的修行天才。

賀小涼牽起小女孩的手，一起走下青牛背，通靈的白色麋鹿尾隨其後，不僅僅是同門師弟的年輕道人感到匪夷所思，那位腰佩虎符、背負長劍的兵家鉅子也流露出驚訝之色。

看到年輕道姑緩緩走來，陳平安有些頭大。他現在實在是不願和這些來自外鄉的神仙打交道。因為他知道，他們簡單的愛憎喜怒就會決定自己的生死榮辱。而且陳平安知道自己的運氣一向不算太好，所以就更怕招惹他們了。只不過陳平安也不至於因此落荒而逃，相反，他還象徵性地向前走了一段路程，如此一來，落在旁人眼中，還算得體。

白色麋鹿微微加快步伐，小跑而至，繞著陳平安走了一圈，最後低下頭顱，主動蹭了蹭他。

白色麋鹿回到主人身邊，主人動作輕柔地摸了摸牠的背脊，下一刻牠便變成了一匹馬的身姿。

賀小涼望向陳平安微微嘆息，笑著說了一句話，然後低頭望向身穿紅棉襖的小女孩。

小女孩便將其翻譯成小鎮方言，怯生生道：「賀姐姐說了，『你是惜福之人，可惜你我緣淺，做不成道友』。」

陳平安啞口無言，因為根本不知道說什麼才不失禮。

背著籮筐，穿著草鞋，捲著褲管，他的模樣，顯得格外滑稽可笑。

賀小涼笑問道：「你也知道這些石子的妙用？陳平安，你不用擔心，我只是隨口一問。」

小女孩照搬，語速飛快，聲音清脆。

陳平安猶豫了一下，點頭道：「有位道長提醒過我，可以常來小溪撿石頭、抓魚什麼的。」

哪怕陳平安對這個年輕女冠心生好感，可是小心起見，連陸道長的姓氏也沒有透露。而且真正洩露天機之人，點破蛇膽石價值不菲的人，是寧姚才對。

賀小涼微笑道：「你也認識我們那位陸小師叔？」

陳平安愣了。

賀小涼會心一笑，粗略解釋道：「陸小師叔，嚴格說來，並非與我們同宗，只不過陸道長多年之前造訪我們宗門，與我們一位師叔平輩相交，待了好些年。我們這些晚輩與他相熟，自然也就習慣了以『小師叔』相稱。」

陳平安咧嘴一笑，澈底沒了戒心。

對那個陸道長，陳平安心懷感恩，這輩子都不會忘記。

他想起一事，彎腰屈膝放下籮筐，拿起其中一顆之前一見傾心的石子，大如雞蛋，綠瑩瑩的，清亮似冰，迥異於其他蛇膽石，遞給氣質如幽蘭的賀小涼，問道：「道長，以後見到陸道長的話，能不能幫我把這塊石頭送給他？」

賀小涼聽完小女孩的解釋後，略作思量，接過石頭，緩緩說道：「來此之前，我剛好遇到離開的小師叔，他要去南澗國參加一座道統宗門的重要典禮，下次何時見面，還真不好說，但是只要見到陸小師叔，我一定幫你轉送給他。」

陳平安聽著小女孩的言語，笑容燦爛，向這位觀感極好的年輕道姑彎腰致謝。

對於陌生人的好壞，陳平安一直相信自己的直覺，如苻南華、蔡金簡，又如陸道長和寧姑娘。

陳平安又拿出一顆蛇膽石，再次遞給賀小涼。

這位在東寶瓶洲年輕一輩當中，被譽為「機緣第一」的道家女冠也不拒絕，笑咪咪收下了，不忘感謝。

紅棉襖小女孩雙手擰著衣角，小聲說道：「我也想要一塊。」

陳平安笑著轉身，去籮筐裡挑石頭給小女孩。

小女孩跑到他身邊，小心翼翼說道：「我想要一塊大些的，行不行？」

陳平安笑道：「只要妳搬得動，就送妳一塊最大的。不過這裡到小鎮，再到家裡，可不近。而且我覺得籮筐裡這些大的，不如小的好。」

她想了想，雙手趴在籮筐邊沿：「好吧，那我要挑塊小的，好看的。」

陳平安便給她挑了塊藕粉色的小石頭，水潤可愛，小女孩握在手心，很滿意。

她突然歪著腦袋，咧咧嘴，指了指自己牙齒後，然後對陳平安嘿嘿一笑，滿臉得意。估摸著她是在顯擺自己牙齒長齊了。

陳平安開心道：「下次我們一起去抓蟋蟀。」

小女孩眼睛一亮，但是很快黯然，笑容牽強地點了點頭。

陳平安背起籮筐，跟賀小涼告辭離去，朝小女孩揮了揮手，獨自小跑返回小鎮。

同樣是仙子，這位年輕女冠的身價遠不是雲霞山蔡金簡能夠媲美的，幾乎是仙家金精之於世俗金子。

她帶著小女孩還有白色麋鹿返回青牛背，年輕道人從陳平安的背影收回視線，蓋棺定論道：「緣淺便是福薄，自然不當大用。」

東寶瓶洲的道家門派，多如牛毛，每三十年都會選出一對「金童玉女」，他和師姐賀小涼便是這一屆的天生道侶。只不過讓人驚訝的事情出現了，金童的資質不比以往遜色，但是那位玉女的機緣之好，簡直是好到令人髮指。出生之時，便有祥瑞之一的白色麋鹿主動走出山野大澤，來到她身邊認主，之後涉足修行大道，好像從無坎坷，一路順風順水，甚至有人揚言她只有等到躋身上五境之後，才會遇到第一個瓶頸。

師弟對那陳平安的輕視，賀小涼不置可否，一笑置之。

此時，一個矮小少年從廊橋底下的深潭附近，一直來到青牛背底下的水坑，手裡只拿著一顆蛇膽石，竟然如先前白色麋鹿一般，在夜色當中大放光彩。

少年手持石頭站在一塊露出水面的石頭上，如同頂天立地的仙人，手持一輪袖珍圓月。

年輕道人豢養的青紅兩尾大魚，不入水中，只在溪水之上，緩緩遊走。

如果陳平安看到這個少年，就會知道他正是杏花巷馬婆婆的那個孫子。

少年自幼癡呆，很小就被爹娘嫌棄，馬婆婆就自己帶著孫子。少年很不合群，經常一個人爬到屋頂上去看雲彩。

從小到大，跟隨馬婆婆姓馬的少年，被人欺負到最後，覺得踩他一腳都嫌髒鞋子，這個可憐孩子，好像只對泥瓶巷的婢女稚圭笑過。所以馬婆婆才會格外記恨那個婢女，認為她就是個不要臉的狐媚子，肯定是她主動勾引自己的寶貝孫子。

賀小涼走到那名背負長劍的男人身邊，問道：「關於馬苦玄，當真沒有迴旋餘地？」

男人語氣冷漠道：「你們那個小師叔，如果真是想要收這孩子做開山弟子，怎麼不自己來？他的名號再響亮又如何？又沒跟我打過，憑什麼要讓給他？他要是不服氣，就來真武山找我。贏了，就讓他帶走這個孩子。」

年輕道人微笑道：「無非是讓我們小師叔多跑一趟，何苦來哉？」

綿裡藏針。

負劍掛符的男人瞇起眼：「哦？」

賀小涼有些氣悶，看了一眼同門師弟，年輕道人哈哈一笑，便不與那人針鋒相對，自顧自抬頭道：「今天月色真好。」

她有些無奈。只要涉及自己宗門的那位小師叔，莫說是她和師弟，恐怕一洲之內的所有年輕道士，皆是與有榮焉。

廊橋那邊，臺階下，站著一名赤腳僧人，他臉龐方正，有堅韌剛毅的神色。這個苦行僧沒有抬頭望向那塊金字匾額，而是看著之前宋集薪插香的地面，雙手合十，低頭悲憫道：「阿彌陀佛。」

矮小少年馬苦玄上岸，來到青牛背，看了看兩個飄飄欲仙的年輕道人，又看了看不苟言笑的背劍男人，最後他死死盯著腰掛虎符的後者，咬牙切齒道：「我不要學什麼長生大道，你能不能教我殺人？」

男人傲然笑道：「我兵家劍修，自古便是天下殺力第一！」

年輕道人還以顏色，笑道：「哦？」

賀小涼搖了搖頭，知道大局已定，便覺得辜負了小師叔的託付，心懷愧疚。

一時間溪畔的青牛背上，劍拔弩張，氣氛凝重。

李家的紅棉襖小女孩，趕緊躲到神仙姐姐身後。

青衣少女剛吃完最後一塊糕點，心情正糟糕得很，沒好氣道：「你們有本事，找我爹打去！」

跟少女以及她爹大有淵源的男人，不再板著臉，笑道：「怎麼打？」

年輕道人打趣道：「阮秀，這就有些欺負人了啊。妳爹可是接替齊先生的下一位聖人，就像是此方天地的主人。」

青衣少女阮秀撇撇嘴，不說話。

僧人緩緩走來，登上青牛背。

賀小涼說道：「你們佛門的雷音塔，我們道家的天師印，加上兵家的一座小劍塚，當然還有儒家的山岳玉牌。四位聖人最早留下的四件壓勝之物，不說他們儒家自己內部如何勾心鬥角，只說我們三方，這次各自取回，雖然名正言順，但是如果真的跟齊先生一聲招呼也不打，是不是不太合適？」

僧人一言不發。

年輕道人憂心道：「是有點不近人情，但是上頭的旨意難違，師姐妳還是不要畫蛇添足了。」

那位兵家之人譏笑道：「我不是來跟誰套近乎的。」

小鎮那邊，陳平安回到劉羨陽家所在的巷弄，結果看到齊先生就站在門口。

陳平安快步跑去，不等他發問，齊靜春就交給他兩方私印，微笑道：「陳平安，不是白送給你的，是我有事相求，以後如果山崖書院有難，希望你力所能及地幫上一幫。當然，你也不用刻意打聽書院的消息。」

陳平安只說了一個字：「好！」

齊靜春點了點頭，語重心長道：「切記之前跟你說過的『君子不救』，那是我的肺腑之言，並非在試探人心。」

陳平安咧嘴笑了笑：「先生，這個不敢保證。」

齊靜春欲言又止，最後還是沒有說什麼，便要離去。

他原本想說，以後若是山崖書院真有大困局，陳平安你心生悔意，也無須愧疚，只當是沒看見、沒聽說便是，不用刻意為之。但是齊靜春不知為何，內心深處，偏偏心存一絲僥倖，連他自己也百思不得其解。

思來想去，這位山崖書院的前任山主，只得出一個答案。竟然是因為眼前少年，姓陳名平安，他好像跟誰都不太一樣。

你託付他一事，千難萬難，哪怕明知道他到最後，拚盡全力也做不到，可是你卻能實實在在篤定一件事，他只要答應了，就一定會去做，十分力氣做不到，也願意咬牙使出十二分力氣，這就是一件讓人感到心安的事情，也是齊靜春苦求多年而不得的事情。這位主動要求貶謫至此的讀書人，原先只覺得天地處處是異鄉。

在齊靜春正要轉身的時候，還背著籮筐的陳平安連忙極為吃力地作揖行禮。

巷弄之中，儒家聖人一板一眼地還了陳平安一禮。

夜幕深沉，督造官衙署，宋長鏡一人獨自返回，少年宋集薪已經去往狗窩般的泥瓶巷，對此男人沒有強求。身為統兵多年的沙場大將，在屍山血海裡，尚且能夠鼾聲大作，所以那個被放養的侄子，這些年日子過得雖沒那麼符合天潢貴胄的身分，但宋長鏡沒覺得這就是虧欠。能活著返回大驪京城，就不錯了。

衙署的年邁管事，一直等候在門口，手裡提著燈籠。

宋長鏡率先跨過只開了一扇側門的門檻，大步向前，說道：「不用帶路。」

年邁管事默然點頭，放緩腳步，然後悄然離去。

福祿街上的這棟衙署，建造得並不豪奢，占地遠遠不如盧、李兩姓的宅子。前任那位貨真價實的窯務督造官，生活得清苦緊巴，小鎮大戶們也沒覺得如何不妥。

但是宋長鏡不一樣，當今大驪皇帝的同母弟弟，還立下過開疆拓土的不世之功，更是東寶瓶洲名列前茅的武道宗師。他的到來，就像過江龍闖入了一個小湖，地頭蛇們哪怕談不上如何畏懼，面對宋長鏡這種人，也都會拿出該有的恭謹姿態。

宋長鏡經過一座小院子的時候，看到有人還在房內挑燈夜讀，坐姿端正，獨處之時，仍是一絲不苟，不愧是一位正人君子。

宋長鏡大袖飄搖，快步走過，嘴角泛起譏諷笑意。

昔年有少年求學於觀湖書院，書法通神，名動朝野，被南魏國主召入皇宮，於側殿撰寫詔書，正值隆冬大雪，筆凍不能書，帝敕令宮嬪十餘人侍於左右身側，為其呵筆，此事迅速風靡東寶瓶洲，傳為美談。只是無人深思，皇城宮禁何等森嚴，這種事情，皇帝不說，宦官不說，嬪妃不說，老百姓是如何知道的？

走在幽深小徑上，宋長鏡驀然爽朗大笑。

身穿一身素潔衣衫的宋集薪回到泥瓶巷，見院門未鎖，推開屋門後，看到婢女稚圭坐在正堂的一張椅子上，半瞇著眼，歪著腦袋打瞌睡，當腦袋傾斜到了一個幅度後，就立即坐正，然後繼續歪斜。

看來稚圭是真的累了。

宋集薪彎下腰，輕輕晃了晃她的肩膀，柔聲道：「稚圭、稚圭，醒醒，趕緊回自己屋子睡覺去，小心凍著。」

睡眼惺忪的稚圭揉著眼睛，迷糊道：「公子，怎麼這麼晚才回來啊？」

宋集薪笑道：「去了趟廊橋那邊，路程有點遠，所以晚了些。」

稚圭看到宋集薪的這身陌生禮服，驚訝道：「咦？公子怎麼換了一身衣服？」

宋集薪不願在這個話題上多聊：「不提這個。那本地方縣誌借給妳後，讀書識字怎麼樣了，要不要我教妳？」

稚圭搖頭道：「不用。」

宋集薪回到自己屋子，漆黑一片，脫掉外袍，踢掉靴子，摸到床上，呢喃道：「王朱、王朱，原來如此。」

稚圭回到自己屋子，熄燈睡覺，整個人縮在被窩裡，發出一陣陣輕微的動靜，像是在偷吃東西，嘴裡嚼著些什麼，最後她竟然還打了一個飽嗝。

劉羨陽在鑄劍鋪子這邊，雖然還沒有正式成為阮師傅的徒弟，但是誰都看得出來，阮師傅對這個高大少年很器重，否則也不會手把手親自教他如何鍛打劍條。那一排鑄劍室，如今並不是誰都可以進入的。

正午歇息的時候，有一個燒瓷窯工出身的年輕人跑到劉羨陽跟前，說有人找他，擠眉弄眼，十分玩味。說是一個比福祿街那些夫人還好看的美婦人。

劉羨陽嬉皮笑臉跟著他走去，心情其實一下子沉重起來。

果不其然，在一座水井旁邊，站著一個身材修長的婦人，四周許多挖井搬土的青壯漢子幹活特別起勁。

如小夫子宋集薪所鄙夷的那樣，劉羨陽確實就是個土鱉，但是女子好看與否，跟讀沒讀過書、識不識字，實在是沒有任何關係。也許劉羨陽不知道，籠統含糊的好看一說中其實有一種叫嫵媚，尤其是端莊且嫵媚，尤為動人心魄。

「媚」這個字，若是解字，本就是畫眉之女的意思。

眼前這個不知姓名、根腳的夫人，眉毛細巧如蛾蟲之鬚，額頭像蟬，廣而方正，光潔豐滿。

今天她隻身一人來此，沒有興師問罪的架勢，也不像是要仗勢欺人，劉羨陽稍稍鬆了口氣。

劉羨陽不否認，這位雍容華貴的夫人臉蛋的確好看，如果是以往，說不定在街邊遇上，他還會吹幾聲口哨，可是這並不意味著他就會動心。他心儀的女子，以前是那個泥瓶巷的婢女，如今是，以後也是。

劉羨陽帶著美麗婦人走向小溪，語氣堅定道：「夫人，妳如果是想要說服我賣給妳們那件傳家寶，我勸夫人不要開這個口了。」

婦人嫣然笑道：「先別急著拒絕，容我跟你說清楚利害關係，你再來做決定。」

劉羨陽臉色不變，故作輕鬆，其實一顆心瞬間沉入谷底。

遠處，阮秀蹲坐在一間鑄劍室門檻上，端著一碗飯。白米飯堆積出山尖尖的模樣，高聳出大白碗的邊沿。她狼吞虎嚥吃掉「山頭」後，如願以償看到了被她隱藏其中的紅燒肉，整個人便洋溢著幸福的光彩。她偷偷背轉身，背對著坐在門檻另一端細嚼慢嚥的男人，問道：「爹，不管一管那外鄉婆姨？」

男人甕聲甕氣道：「不管。」

阮秀憂心道：「他可是你以後在這裡的開山大弟子，就不怕走岔路？」

男人淡然道：「那就是那小子沒福氣。」

阮秀疑惑道：「爹，不會感到可惜啊？」

比如她，看到鋪子裡那些好吃又精緻的糕點，兜裡沒錢也就罷了，有錢，買了，結果不小心掉地上，真是活該被天打五雷轟。

男人答非所問：「紅燒肉好吃不？」

阮秀下意識開心點頭：「好吃好吃！」

阮秀猛然繃緊身體，爹下過「旨意」，她每天只能吃一份葷菜，所以她假裝像是只盛了一碗白米飯，將紅燒肉藏在其中，為的就是晚上能夠光明正大地吃上一份葷菜。她尷尬轉頭，高高抬起白碗，理直氣壯道：「只有一塊喲，我又沒有壞規矩！」

男人呵呵一笑，問道：「那麼藏在碗底的那塊紅燒肉，吃不著，會不會感到可惜啊？」

阮秀微微張大嘴巴，整個人跟被雷劈了似的，心如死灰。

男人還往自家閨女傷口上撒鹽：「妳要是不多嘴問劉羨陽的事情，爹也就睜一隻眼、閉一隻眼了。」

阮秀悶不吭聲，小口小口吃著紅燒肉，一看就知道以後肯定要勤儉持家了。

男人吃完飯，望向小溪那邊的婦人和少年，說道：「這小子只要一天不登中五境，爹就不會管他的死活。哪怕進入中五境，爹會管一、兩次，但也絕不會多管，事不過三吧。福禍無門，唯人自召。」

阮秀賭氣道：「為啥不管？」

男人沒好氣道：「文人收學生，武人收徒弟，都不是江湖幫派招徠小嘍囉，不是想著以後跟人起了爭執，仗著人多勢眾來跟人吵架或是打架。歸根結底，在我眼中，師生也好，師徒也罷，就是同道中人。何況如今劉羨陽還不是我的徒弟。」

阮秀沒說話。

男人感嘆道：「傻閨女，只說這偏居一隅的大驪王朝，知道有多少人嗎？兩千多萬戶！這麼多天下人，這麼多煩心事，妳管得過來嗎？爹會在接下來的六十年裡，從齊靜春手裡接管小鎮，妳也別成天亂逛，安心在劍爐這邊鑄劍、練劍，要不然惹了麻煩，爹是管還是不管？」

不等男人把話說完，阮秀就冒出一句話：「不用你管。」

她這句話，把男人憋得差點內傷，威力之大，不比某位劍仙的壓箱底手筆更弱。

男人真想使勁敲這個傻閨女的榆木腦袋——妳的事情，爹能不管？男人有些哀愁。

阮秀一臉「震驚」道：「咦，碗底怎麼多出一塊紅燒肉來。唉，我今天的份額用完啦，還是給你吃吧？爹？」

男人不用轉頭看，都能感受到傻丫頭的蹩腳演技，無奈道：「算了，妳吃吧，爹就當妳今天只吃了一塊紅燒肉。記得下午打鐵，別再偷懶了。」

這次阮秀的感激，絲毫不作偽：「爹，你真好！」

男人氣笑道：「是紅燒肉好吧。」

阮秀低下頭，扒了一口米飯，輕聲道：「爹也好。」

男人繃著臉，好不容易才忍住笑意，想了想，覺得還是生個閨女好啊。

耳邊突然響起一個嗓音：「爹，晚上還能再吃一塊不？兩塊和三塊，差不太多，對不對？爹你不說話，我就當答應了哦？」阮秀以迅雷不及掩耳之勢跑掉了。最後那句話，則是她已經跑出去老遠才說的。

男人揉了揉臉頰，自言自語道：「我家秀秀以食為天。」

陳平安穿街走巷送完信後，買了一份早點，送去給泥瓶巷的寧姑娘，然後開始熟門熟路地煎藥。

寧姚今天穿了一件嶄新的墨綠色長袍，乾淨俐落。她本就長得英氣勃發，這一身衣飾加上腰佩長刀，比起福祿街、桃葉巷那邊的富家子弟，更有貴氣。

寧姚猶豫了一下：「就目前而言，你如果真想研習那本《撼山譜》，在學拳勢之前，你要先做三件事：站樁、走樁和睡樁。最後一件事，比較講究竅穴積澱和氣息流轉，很難用言語描述，先不說它便是。反正前兩件事情，無須太考慮天賦、根骨，你老老實實按照拳譜上繪畫出來的姿勢，長此以往堅持下去，終歸是有用的，哪怕無法讓你在武道上登堂入室，但強健體魄和延年益壽，不是沒有可能。」

陳平安說出自己的一個想法：「在溪水裡練習走樁，是不是也行？」

寧姚點頭道：「當然。及膝練起，再及腰，最後及脖。」

陳平安順著她的話問道：「最後不是整個人在水裡嗎？」

寧姚冷笑道：「怎麼，你是想在水底練習閉氣，然後練出一隻千年王八萬年龜啊？」

陳平安悻悻然不說話。

寧姚想了想：「來，我給你演示一下走樁。看仔細了！」

寧姚讓陳平安把桌子挪開，然後向前走出六步，步伐為三小三大，當她一腳重重踏下最後一步，整棟屋子的泥地，彷彿都發出了一陣沉悶震動。

寧姚一氣呵成，看似輕描淡寫，其實行雲流水，給了陳平安一種說不清、道不明的感覺——如一條瀑布直瀉而下，天經地義，而且蘊含著巨大的力道；又如樹葉在溪水裡打了一個旋，圓轉如意，輕柔至極。

看到陳平安一臉茫然的神色，寧姚又撤回原位，再次演示一遍。

寧姚站定，轉頭問道：「看明白了嗎？來試試看？」

陳平安深呼吸一口氣，嘗試了一遍。搖搖晃晃，像個醉醺醺的酒鬼。

陳平安站在原地，撓撓頭，顯然他自己也覺得有點不像話。

寧姚黑著臉，沉聲道：「再來！」

三遍之後，陳平安已經略有好轉，但是寧姚已經臉色陰沉得像要下一場暴雨。

她無法想像，世上怎麼會有陳平安這樣的笨蛋，練武如此沒有悟性，天資如此糟糕！

沒辦法，寧姚是一個自幼就站在劍道極高處的人，出身、根骨、天賦、眼光皆是如此。所以她根本無法理解，在距離她有十萬八千里之遙的山腳，那些人是如何一步一步登山的，更不會懂得那些人為何要走得踉踉蹌蹌。

最後寧姚實在沒轍，生怕自己一個忍不住，就要拔刀砍人，於是靈機一動，拍了拍陳平安的肩膀，勉強安慰道：「陳平安，讀書百遍其義自見，習武也是一樣的道理，練拳幾萬下，出不來味道，那就幾十萬，一百萬！你去撿你的石頭吧，笨鳥先飛，別灰心喪氣，慢慢來，在小溪裡一遍遍練習這個走樁。」

陳平安一想，真是這個道理。

以前聽宋集薪說過一句話，跟寧姑娘的「讀書百遍」差不多意思，叫「讀書破萬卷，下筆如有神」。不過他覺得更有道理的，還是寧姑娘所說的幾萬、幾十萬不夠，那就練一百萬次嘛。

陳平安笑著跑出泥瓶巷，一路上默念三小三大，按照記憶去模仿寧姚的走姿。

陳平安在心中告訴自己的「真相」是，練習一百萬次之後，興許練拳就能小成了。所以這部《撼山譜》的練拳，起步就是一百萬次，在那之後，他陳平安才有資格再來談其他。

寧姚獨自坐在門檻上，自言自語道：「為何感覺自己好像挖了一個天大的坑？那傢伙會不會爬不出來啊？」

——劍來　第一部（一）少年起微末　完

高寶書版集團
gobooks.com.tw

DN 287
劍來【第一部】（一）少年起微末

作　　者　烽火戲諸侯
責任編輯　高如玫
封面設計　張新御
內頁排版　賴姵均、彭立瑋
企　　劃　鍾惠鈞

發 行 人　朱凱蕾
出　　版　英屬維京群島商高寶國際有限公司台灣分公司
　　　　　GlobalGroupHoldings,Ltd.
地　　址　台北市內湖區洲子街88號3樓
網　　址　gobooks.com.tw
電　　話　(02)27992788
電　　郵　readers@gobooks.com.tw（讀者服務部）
傳　　真　出版部(02)27990909　行銷部(02)27993088
郵政劃撥　19394552
戶　　名　英屬維京群島商高寶國際有限公司台灣分公司
發　　行　英屬維京群島商高寶國際有限公司台灣分公司
初版日期　2023年06月

本書中文繁體字版由浙江文藝出版社有限公司授權出版。

國家圖書館出版品預行編目(CIP)資料

劍來第一部（一）少年起微末/烽火戲諸侯著. --
初版. -- 臺北市：英屬維京群島商高寶國際有限公
司臺灣分公司, 2023.05
　面；　公分.--

ISBN 978-986-506-719-9（平裝）

857.9　　112005778